時限人形

jigen ningyo

川辺純可

Kawabe Sumika

原書房

時限人形

目次

登場人物

石山憲《いしやまけん》太郎《たろう》……私立K高校数学教師
若名芹《わかなせり》……学生（T大法学部）
田島靖夫《たじまやすお》……田島家長男、画家
田島宏明《ひろあき》……田島家次男、タジマホテル役員
田島雄《ゆう》……田島家三男、浪人生、石山の教え子
田島京美《きょうみ》……田島家長女、K大大学院応用生物研究室助手
田島晶《しょう》……タジマ会長、雄の祖母
大戸木《おおどき》医師……晶の主治医
ジム倉内《くらうち》（斉藤）……ライター
美奈《みな》……屋敷のメイド
河村《かわむら》……美奈の夫
吉見《よしみ》……公務員、晶の客
仲野《なかの》……バー〈綸子〉マスター、石山の先輩
脇田修《わきたおさむ》……学生（T大理学部化学科）
若名菜摘《なつみ》……学生（T女子大人文学部史学専攻）
皆本隼人《みなもとはやと》……音楽喫茶ムジーク店長、元俳優

二〇一四年十一月

その夜、石山憲太郎《いしやまけんたろう》を待っていたのは、古式ゆかしい結婚披露の招待状だった。年明け早々に絢爛《けんらん》豪華な宴を催すようだが、新婦の祖父が名高いホテル王であったことを思えばごく自然のなりゆきである。が、すでに新郎から報告を受けていた石山にも、紆余曲折《うよきょくせつ》を経てジム倉内《くらうち》と田島《たじま》京美《きょうみ》が結ばれたいきさつは珍事ともいえる話で、どうしても夢のごとく頼りない感覚は否めない。

事件からすでに十年——。

セレブ感とドラマティックな殺人劇があいまって、当時一連の事件はテレビ、雑誌、ネット、あらゆる媒体を賑わせた。結局、陰の功労者、若名芹《わかなせり》の半ば強引な調査と推理で解決は見たものの、屍《しかばね》たちのどんよりとした眼《まなこ》や、どこに蓄えられていたのかと思うほど大量の血、折れ曲がった首、ひからびた骨の色、飛び散った肉片に至るまで、暗い悪夢は未だ石山の瞼《まぶた》に焼き付いて離れないのである。

グロテスクに脚色され色づけられ、さらに深まった闇の指先——。

ふと、芹の面影が蘇《よみがえ》った。青白く透き通った皮膚、濃い眉、ぽってり膨らんだ唇、尖った鼻梁。不自然なほど古風な日本語を話す骨董人形《アンティークドール》。

奇妙な事件の始まりに相応しい異体の夜、蒼く島々に区切られた海は魔に彩られ、殺意を閉じこめる棺と化した。

石山はこの金箔入りの招待状によって、また再び、事件を脳裏に蘇らせる。

二〇〇三年　四月

その夜、満月は赤かった。進路指導を終えた石山は春独特の気怠さにうんざりしながら、ここのところ毎晩、町はずれの小さなバー〈綸子《りんず》〉に立ち寄っていた。マスターの仲野《なかの》は学生時代のバイト先の先輩で、せっかく就職した大手銀行を一週間で辞めてしまった豪傑である。関西出身で、芸術愛好家としての原点は万博公園太陽の塔。景気が底をついて久しいながら、その独特のセンスで音楽、インテリア、酒の種類とともにマニアックな客筋を得て地道に流行らせていた。時々、ジャズジャーナル等の音楽雑誌にコラムまで書くというのだから、あらゆる方面で趣味の域を超えている。

その日も石山がカウンターの端に腰をおろすなり、仲野はすぐビールの栓を抜いた。

「金曜だぞ。いい女でも連れて来いよ。胸のぼよよんと大きいさ」

「無理言わないでくださいよ」

苦笑した石山が鞄から朝刊を取り出すと、仲野は表情を変えず小声で決めつける。

「うちで、ラーメン食う会社員みたいな格好、やめてくれんか」

バー〈綸子〉の揺るがぬコンセプト。「非現実」に生活臭を持ち込んではいけないのだ。店名も「昼間がむしゃらに働いたとて、夜はちりめんの高級着物を重ね着するような洒落者でいよ」とかいう、古くさい都々逸《どどいつ》から取ったものらしい。バイトの女の子も音大生で美人だがまったく無愛想で接客業に向いていない。今日も髪を芸術的に結い上げ、真っ黒でぼろ布のような服を引きずっていた。

わざとくすませたコンクリート壁には能面や中国の京劇の面、河回《ハフェ》・安東の舞踏面、イタリアの仮面舞踏会《マスカレイド》の仮面、アフリカの狩りの面までが、奇妙な調和で並んでいる。ＢＧＭはウェイン・ショーターの「サンクチュアリ」。面はリズムに合わせるかのごとく微妙に表情を変え、たくさんの目に見張られているようで、石山にはすこぶる居心地が悪い。

顔を横に向けると、入り口近くに座った男と目が合った。時々、店で見る顔だが、血走った眼をギラギラさせて明らかにかなり酔っている。慌てて視線を逸らすも、男はお構いなしにグラスとボトルを持って近付いて来た。どうやら店でも高い部類のブランデーらしく、高級酒に縁のない石山ですら、その変わった形のボトルには見覚えがある。

「マスター、グラス」男が言うと、仲野は無言のまま、空のグラスを差し出した。こういう時の仲野はいかにもマスター然としている。仕方なく、男が作った濃いソーダ割りを受け取りながら、石山はいかにしてこの場を逃れるかばかりを考えていた。

「あんた、何やってる人？」

二十代後半か。乾いた髪をかき上げる様は、最近よく見る俳優に似ている。服装も金が掛かっているようで、こざっぱりとセンスがよかった。「高校の……教師だけど」

「へえ。堅え。ぴったりだ。公務員かい」男は無邪気に笑った。

「あ、いや」

私立高校だと言いかけてやめた。しかし男はいよいよ腰を落ち着け、またグラスを取り上げる。麻ジャケットの下には、石山などとても着こなせないような紫の柄シャツを着ていた。

「俺はさ。絵を描いてる。画家さ。全然売れないけどね。実は今日まで銀座の画廊で個展やってたんだ」

「へえ……そりゃ」絵で食べていくことがどれほど大変か、石山にも少しばかりは見当がつく。

「はは」男は嬉しそうに笑った。「名の知れた画廊でさ。いかにもそこの企画みたく見せかけて、たっぷり金払ってんの」

「……」石山は顔をしかめる。

「あんた、独身だろ。年は？」

「二十六」つい馬鹿正直に答えた。

「へえ。俺より上かよ。若いな」童顔でもないのになぜかそう言われる。仕事柄、学生と変わらない服装のせいだ。

男は遠慮なく笑ってブランデーをぐっと飲み干した。かなり速いペースだった。石山も半ば諦めてグラスを取り上げたが、腹を決めると馴れ馴れしい口調もあまり気にならなくなった。花のような香りの酒。実際、石山自身、酔いが回ってきたのかもしれなかった。

「俺、今日、女に振られたんだぜ。失恋記念日ってか……あはは」

「そ、それは……はあ」突飛な展開に戸惑い、曖昧にうなずく。

「長年付き合って、愛想を尽かされたのなら諦めもつくがな。結局、門前払いだ。この、オレがさ。ガキみたいに冗談めかして惚れてるっつったら、真面目な顔して『私があなたを好きになる可能性は消費税以下です』ってさ。あれ？　未満ですって言ったんだったか」

どちらにしても絶望的だ。思いやりの欠片もない返答に絶句したが、男はたいして気に病まない様子で笑う。

「きつい奴でさ。お姫様みたいにくそ丁寧な言葉遣いで、白黒はっきり物を言う。頭はいいし。すげえ可愛いんだ、猫だからさ、猫」

男はもたれてイスを傾けると、上着のポケットからスナップ写真を取りだした。おかしな言い方にひっかかりつつ、石山はついその着物姿に眼を奪われる。十代にも見えるショートカットの女の子が、淡い水色の着物を自然に着こなし、ニコリともせず写真に収まっていた。隣にはいかにも裕福そうな老婦人が、車いすで上品に微笑んでいる。

「あ、こっちはうちのゴウツク婆さんね。遠縁とかいうの？　婆さん同士が姉妹《きょうだい》でさ……セリっつうんだ、可愛いだろ。現物はもっといいんだぜ。強気でさ。猫は猫でもアメリカチャンピオン。俺みたいなボンクラ、完璧、相手にしてもらえないんだよなあ」

悲惨な状況にも拘わらず、男はうきうきした表情で言った。石山は写真の彼女、セリのつぶらだが気の強そうな眼、唯一愛嬌ある唇を見つめた。アメリカチャンピオンの猫がどれほど気高いかは知らないが、確かに彼女には品格を感じる。

「あいつは昔っから気を持たせたりしないで、イエスならイエスって言うやつなんだ。俺のものにしたい反面、実際見向きもして欲しくない、ていう気もするんだよな」

「うーん……」自虐的な純愛。人は見かけに寄らない、と石山はしみじみ男を眺めた。

男はくすぐったそうに写真をしまい込むと、冷たい石のテーブルを指でこつこつと叩きながら、

「でも俺もいつまでも今のままじゃあない。親なんか関係なしで一山当ててやる。そしたら堂々とセリを口説けるさ」そう言って言葉を切り、品定めでもするようにしげしげと石山の顔を見た。「あんた、何の先生?」

石山は、え?と目を上げる。「……数学だけど」

男は笑って「なんだ……じゃ、知らないか、村上水軍って」

「海賊……だっけ」

「海賊っていうより海軍だな。戦乱の世になると武士が加わって、組織を固め、商人や武家の警護なんかやってたらしい。力を持った水軍はちょっとした大名並だったって言うぜ」

「うーん」石山はいきなり歴史うんちくを語り始めた男に面食らったものの、そういう話も嫌いではなかったので、自然、耳を傾けた。気がつくとグラスも運びがちになっている。

「俺は一応文学部だが専攻はフランス文学、歴史にはあんまり興味なかったんだわ」男は一瞬、無責任な口調に戻ったが、またすぐ身を乗り出して「それがなぜ、ロマンを求めるようになった

か、だ」

間接照明が反射した指は芸術家らしく繊細で、それを強調するかのようにナットめいたごつい指輪が光る。

「水軍が大名も手を焼くくらい、力を持ったのはなぜだと思う？」

「は？」石山は急な質問に一瞬戸惑ったが、男は元々、答えなど期待してはいないように笑って

「戦乱に不可欠な条件を三つとも備えていたからさ。一つは地の利。大三島《おおみしま》って島があるだろ。あそこの神社には国宝級の鎧や刀が山ほどある。そもそも大三島ってのは日本全土のことなんだぜ。本州四国九州三つの大きな島って意味だ。あんなちっぽけな島にこれほどたいそうな名前が付くことじたい、すげえことだ。あのあたりは内海で、特に全国海路の要所だったんだ」

男は言葉を切ってピーナツを口に投げ入れる。かりっと小気味よい音がした。「二つ目は軍事力。基本は科学技術だな。造船技術はもちろん、鉄砲が伝来した頃、すでに機雷や潜水艦を作ってたって話もある。ちゃちなもんだろうけど、海を知り尽くした奴らが好き勝手動かしてるんだから、怖いもんなしさ。兵法も本物だし、艦隊の組み方や作戦は、下手すりゃ今の海軍でも通用するんじゃねえか」

熱に浮かされたように喋る男。見た目よりずっと頭がよさそうだと石山は思った。照れてわざとのらくらする、あるいはムラがあって才能を生かせないタイプ。しかし聞いているうち、店の雰囲気とアルコールの作用で、その話術にのめりこんでいることも事実だった。音楽は気怠いソプラノサックスから、いつのまにか子供が弾き殴るようなピアノへと変わっている。

「お、ケルン・コンサートじゃん」男は独《ひと》り言《ご》ち、しばらく体を揺すってから言葉を継いだ。「もちろん気象や地理的な知識も半端なかったろう。でも俺が目を付けたのはそんなもんじゃない」髪をかき上げて、舌なめずりでもするように微笑する。「……財力、だ」

「ざ、財力……」

男は石山の素直な反応が気に入った様子で、額に手を当てたまま嬉々としてまた酒を流し込む。「内海を勝手に領海にして、警護料を要求する。積み荷の一割っていうからぼろい商売だよ。本来盗賊だから、出し惜しむ奴らに容赦はない。積み荷を襲ってお宝をぶんどったら即、皆殺しさ。結局、力の源は財だからな。時代を動かしてきた労働力でも米でも、金さえありゃ手に入るんだ。今も昔も金に糸目をつけなけりゃ、不可能なことなんか何もないだろ」

派手さと成金臭のせいか、妙な説得力があった。

「一山って……まさか、海賊の財宝？」

「だとしたら……おかしいか？」

「いや……」石山は本来、平凡であることを安心の拠《よ》りどころに生きる人種だった。それがいつのまにかこんな危なっかしい男の、夢のような話に気持ちを踊らされている。「確かに。宝が残っていたとしても不思議はないけど……地図か、何かあるわけ？」

「さあな」男はあっさり言って口を歪めた。肩すかしにあった気分で口をつぐむと、男は急にまたくすくすと笑う。「あんた、鬼ヶ島とかカリブの海賊みたいなの、考えてんだろ。大判小判に金銀珊瑚」

「あ……」思わず赤くなる。貧困な想像力を指摘された気がした。では、武具や骨董品の類《たぐい》だろうか。

「それも望み薄だな。やたら神社や寺に奉納してあるからな」

「それじゃあ……」更に言いかけて言葉を飲み込んだ。

——騙《かた》りの一種かもしれないぞ。わざと勿体《もったい》をつけ、相手が食いついたところで投資話を持ちかける、そういう再現ドラマを見たことがあった。ドラマの詐欺師は、遊び人風のこの男より数倍は信頼できそうな人物。人が良くても、本来石山は常識の固まりなのだ。次第に、用心深い性格を取り戻し始める。

「釣りは好きかい」男も喋りすぎたのを後悔するように、ふいに話を変えた。氷だけになったグラスに水を入れて一口飲む。

「はあ。波止めくらいは……田舎が今治だから」

石山は答え、どうしてそういう話になったか考える。波止めとは防波堤のこと、石山の唯一の趣味といえるのが釣りなのだ。平日はなかなか目が覚めないが、休みは始発で三浦半島などにも出かけていく。

「今治か。じゃ、まんざらあさってでもないな。酔狂なうちの爺さんが、名字と同じってだけで無人島買ってさ……明日から俺、そこ」

「無人島？」

「ただの税金対策。何もない島なんだ。取り柄はブダイや石鯛がわんさか釣れるくらいかな」

夢を持てるのは、所詮金持ちだけか——。虚しさで急に酔いが醒める。しかし次に男が口にした言葉には、さすがの石山も目を剝いた。

「別宅もあるし、暇なら、あんたも釣りをしに来ないかい」

「え?」再現ドラマとあまりに似通ったセリフ。

「今、すぐじゃないさ。夏休みにさ。教師って夏休み長いんだろ」

休みとはいえ、学校には出ている。特に今年は三年生の担任なのでほぼ休みなしと言ってよかった。しかし、そんなことより不気味なのは、始めて話す相手にその手の誘いを持ちかける男の神経、或いは思惑だ。悪い男には見えないが、よほどの常識外れでもない限り、素性の知れない人間を別宅に誘うことなどすまい。女に振られたと言っていたからゲイではなかろうが、旅券偽造か臓器売買か——知らず、石山は自分の顔が引きつるのを意識する。

「い、いや、ありがたいけど……色々忙しくて」

「そうか。ま、気が向いたら電話してくれよ。九月までは島だし。えっと電話番号は、と」男はジャケットのポケットを探っていたが「ちぇ、こんなもんしかねえ」と呟いて裸の文庫本を取り出す。

何を始めたのかも分からず、ぼんやり手元を見ていた石山は、男が背表紙に番号を書き始めたのを見て、少々慌てた。「いや、番号をもらっても。そ、そんな。本なんかに……」

「いいから、いいから。ネットも携帯も圏外だし、衛星電話だけだけど。そのうち水中ケーブルとやらを繫ぐんだと。俺は今のままで、何も不自由ないんだけどな、雑念入らないし」

そう言いながらまるで耳を貸そうとしないので、ここは場を収めるしかないと、石山はしぶしぶ携帯を取り出す。

「……ちょっと。じゃ、こっちに入れるよ。番号は……」

「もう書いちまったからいいよ。島は圏外だが、こっち俺の携帯な」

読書好きと言うわけではないが、薄い文庫といえども表紙をメモ代わりに使うなど、かなり気分の悪い話だ。もちろん電話をしたり、島に行くこともあり得ない。二度と取りだして見るつもりもないのに——。石山は密かに溜息を吐いた。


「絡まれてたな」男が怪しい足取りで帰ったのを見計らって、マスターの仲野が話しかけて来た。客は減り、バイトの姿もない。

「何者ですか。あの人」石山は尋ねた。男からはただセリという少女の写真を見せられただけで、今のところ、投資話も持ちかけられてはいない。しかし文庫本に残された数字の羅列はどう判断すべきだろう。芸術的とも言える酔っぱらいのミミズ字は、ほぼ落書きに近い。

「知らずに盛り上がってたのか。あれは田島グループの御曹司《おんぞうし》だぞ」

「……田島？」いくら石山でも「タジマ」の名くらいは知っている。とはいえその業績については、勤務する高校に田島の三男坊がいる縁で、聞きかじった程度だった。優秀で真面目、先の男とはあまり似ているふうはないが、年齢的に見て兄弟だろうか。

田島は、多様な分野に跨《また》る企業グループである。さほど歴史はなく、高度経済成長の波に乗ってにわかに現れた、よく言えば急成長、悪く言えば成り上がり。現在は美容や健康食品など主に女性をターゲットに幅広く展開しているようだ。——とすると写真でセリの横に収まっていた車いすの老婦人こそ、夫亡き後、グループを牛耳っている凄腕の会長なのか。

「何を話してたんだ？」仲野が尋ねた。

「瀬戸内の水軍の話」

「高尚なこった……」両手を上げて肩をすくめる。この男は小唄や歌舞伎を好む反面、こういうばた臭い仕草も妙に様になるのだ。

「俺はまた、お前が口説かれてるんじゃないかと心配したよ」

「冗談、やめてくださいよ」石山は顔をしかめた。

「あの人、女の子に振られて、やけ酒だったみたいですよ」

「ふうん……どっちでもうちが商売繁盛なら、ＯＫ牧場だがな」

やけ酒＝安酒と思っている自分とは根本的に違う。

「彼は……何か、やばい部類の人ですか」

「やばい？　まさか。見かけどおり、かなり純粋培養のお坊ちゃまさ。金に飽かして遊んでも、領域は決して外れない。危ないものに近付かないよう、防衛本能が異常覚醒しちまってる感じだな。それが田島家の教育ならお見事だよ」

昔から人を見る目だけは確かな仲野が言うのだから、きっとそうなのだ。では、本気で自分を釣りに誘っていたのか。理解できない上流階級の脳天気さに、なぜか気持ちがもやもやする。

「ああいう人種と自分を比べても、どうしようもないぞ」

気持ちを読んだように仲野は言った。その間も休むことなくテーブルを片づけていたが、ふと椅子に掛かったままの麻のジャケットに目を留める。「……ありゃま、御曹司の忘れ物だ」

「あ……」石山はポケットからはみ出した写真を見た。惚れていると散々言って写真ごと忘れていくあたり、実際、酔っていたのだろう。「携帯番号、ありますよ」石山は文庫本を取り出す。まさかこれほどすぐ使うとは思わなかったが、取りあえず役に立ったことは確かだった。が、しかしせっかくかけた電話は繋がらず、伝言モードにもなっていない。仲野は諦め、ジャケットをハンガーに吊す。「ポケットには写真だけか。金目の物は入ってないし、御曹司が気付いて取りに来るまで預かっとくかな」

「いい加減な店ですね……」

「素人の道楽だからな」

仲野は、古いドーナツ盤を大事そうにしまいながらそう言った。

十日後――。

月はなく、夜明け前の空はどこまでも暗かった。

高い天井、漆喰の壁。黒ずんだ柱が剝き出しで、一つ一つに玉状の木目が浮かび上がる古民家の造り。かと思えばぴかぴかのマホガニー机やサイドボードには、食べ残したナンやドライフルーツ、広げたスケッチブックなどが雑然と並んでいる。派手なTシャツが裏返しのままテレビの上に置かれ、リーデルのグラスには濁ったロゼワインがまだ半分以上残っている——。

彼は、足を投げ出して床に座っていた。

さほど遠くない場所から、砂をこぼすような波の音が響いている。

ナット状の指輪をはめた手がテーブルに掛かり、微動だにしない。あたかも梁を数えるように天井を見上げ、端正な顔立ちでじっと静止している。欄間《らんま》からは、荒縄に繋がれた西洋の骨董人形が逆さにぶら下がり、風もないのにゆっくりと回っていた。

主役は絵だった。イーゼルに置かれ、部屋の中央に据えられている。

——不合理な絵。

飛沫を上げた荒い波。岩の断層と中世的な建物が宙に浮く。

異次元を遊泳する人形。輪に結ばれた荒縄。ちょうど半分だけセピアに着色され、新たな色が加えられるのを待ちわびる図案。

それは壊れて、永遠に止まったアナログ時計のようだった。そしてその画題のいくつかが少しずつ形を変えて、黒ずんだ部屋の中に散在していた。

ほどなく、ゆっくりと朝日が差し込んだ。光の筋が少しずつ動き、やがて部屋全体をぎらぎらと包み込む。

「靖夫《やすお》兄さん、兄さん」慌ただしい足音。

一度消えた声は、またすぐ別の人間を引き連れて戻ってきた。

「ほら、チェーンロックまで掛かってるんだよ、これ」

「河村《かわむら》は……ちぇっ、人見島《ひとみじま》か」

「や、す、お、ってば。もう、いい加減にしなさいよ」乱暴なノック。

「これ、隙間からチェーン外せないかな。長いドライバーとかで」

「無理だ。しかたないな、雄《ゆう》、でかいペンチ持ってこい」

困りきった口調で三人が言い合う。そしてしばらくの間、チェーンを切ろうと試行錯誤する気配が続いた。やがて引き剝がすようにドアが開く。

「また酔っ払ってる。たくもう……」部屋に入るなり、長髪の若い男が舌打ちした。

「靖夫、起きなさい。具合が悪いのなら、大戸木《おおどき》先生に……え？」女がそう言いかけてやめる。

一瞬、時間が止まった。

「……兄貴？」チェーンを切った男が、ボルトカッターを握ったまま呆然と立ち竦《すく》んだ。

その時、彼の手がテーブルから滑り落ちた。が、その腕は、中途半端な角度で止まっている。

そして三人が同時に駆け寄った勢いで、ぶら下がった人形が右へぐるりと回転した。

「靖夫兄さん！」長髪の男が叫んで彼の腕を摑《つか》み、すぐに驚いて手を放す。

「か、硬いよ、なにこれ？」

硬直した彼の上半身は、腕を曲げた姿勢でまっすぐ床に倒れ込んだ。

「ひ、ひーっ」女が泣き叫ぶ。

そして——。吊された人形を見て、もう一度悲鳴を上げた。

「……きゃーっ」

逆さになって真っ黒い髪を揺らしつつ、恨めしげにこちらを見つめる人形――。その顔は苦しげに歪み、ただ泣きじゃくっていた。

「どうしたんです……」

白髪の男、エプロン姿の女、ヒゲ面の男、次々に人が集まってくる。

悲鳴、焦り、恐怖、動揺――。

やがて波の音がまた少しずつ大きくなった。

幕間　八月六日　午前八時五分

茹だるような暑さが、朝からコンクリートに照り返して、じっとしていても汗が流れるのが分かる。六月に異常なほど雷が発生したせいか、夏の暑さまでどこかおかしい。しかし八月六日、広島はまた今年も静かな祈りの朝を迎え、式典は滞りなく進行していた。

慰霊の火が景色を揺らす中、ブラスバンドの重厚な音楽にのって、白い花輪が次々と捧げられてゆく。数珠とハンカチを握った手は、どれも年を重ねて深い皺が刻まれており、時折耐えられなくなったように目を押さえ、汗を拭う。やがて献花も半数を超えたと思われるころ、木陰に立って式典を眺めていた脇田修《わきたおさむ》は、ふいにひんやりした手で腕を摑まれ、驚き、振り返った。

「ごきげんよう。あなた確か、理学部よね」

ショートカットの若い女が、睨むように脇田を見つめて立っている。ぴったりした重ね着のTシャツ、色あせたデニム。スリムな体型は少年のようだ。

「法学部の若名《わかな》……」

「あら、ご存知？」

「学内で、あんたを知らんやつはもぐりだ」

きれいで高飛車。が、誰とでも寝るという噂。それを信じて誘った男が半殺しの目にあったという噂——まあ、俺もこの顔のおかげで有名だけど、と脇田は心の中で付け加える。長い前髪で隠した左の頬、引きつった火傷跡を撫でる指にも微かだがケロイドがあった。

「あんた、こんな所で……何してるんだ」

「あなたこそ」首に茶色のスポーツタオルを巻いているが、まるで汗もかいておらず、キメ細かく白い肌は氷のようだ。

「こっちは旅行中。昨日、厳島神社に行ったら、今日が原爆記念日だって聞いたから」

「今、記念日って言った？」彼女は眉をひそめた。「その言い方、感じ悪いわよ。記念というのは思い出に残したいことを言うの。まだ、祈るに念仏の念で祈念、平和祈念と言うのならよいけれども」

その時、献花が終わって、八時十五分を告げる平和の鐘が鳴った。脇田は強要された形で、仕方なく一緒に黙禱をする。市長の平和宣言が始まると、彼女は促すように脇田を見て、木を囲ったコンクリートに腰を下ろした。

「あんたが平和活動してるなんて、知らなかったよ」

脇田はナップザックを引き寄せて、仕方なくその傍らに座った。宣言を読み上げる市長のこもった声が流れる。

『爆弾は灼熱の閃光を放射し……その一瞬、広島市はすでに地面に叩き潰されていた……』

「通訳ボランティアよ。あなたも英語かドイツ語くらい話せるでしょ、式典終わったら手伝ってちょうだい。ええとあなた、名前は」

「脇田……悪いけどこれから俺、予定があるから」

「だめよ」彼女は脇田を冷たい目で見た。青白い光は怒りのようにも見えたがすぐに消え、いきなり指で脇田の肘を押さえて軽く捻る。何かの護身術か。万力で挟まれたように腕を動かすこともできず、脇田はぐっと息を詰まらせた。

『倒壊した建物の下……或いは襲い来る火焔の中から……路傍に打ち重なってそのまま息絶え……川にはまた浮き沈みつつ流される』

「あなた、昨日まで原爆忌が何日かも知らなかったくせに、まさかここで騒ぎを起こそうなんて考えてるわけじゃないわよね」

「え?」辺りの音が全て消え、耳鳴りのような金属音が響いた。どうして——脇田は思わずザックを握りしめる。しかしその後の彼女の言葉はもっと驚くべきものだった。

「自爆して死んじゃったとしても、マスコミが喜ぶだけだわ。田舎のご自宅まで記者が押し掛けるの。見出しはそうね……広島平和記念式典、T大生が自作の爆弾でテロ行為。エリートの心に巣くう闇、ってところかしら。まあ、生き延びたとしても今後、あなたの研究環境なんて絶望的でしょう。マッドサイエンティストにとってはそちらの方が辛いことかしら」

「別に俺は……」脇田の肌に粟粒が浮き上がる。

『一歩でも安全を求めて逃げまどう血だるまの……水水と息絶え絶えに水を求める声……』

平和宣言の声が、蟬の声に包まれるように辺りに流れてゆく。彼女は穏やかな表情に戻ると、手のひらを上にして、すんなりと白く細い腕を差し出した。

「何？」脇田はおどおどと尋ねて一歩、後ずさる。

「パムシェル？　かわいこちゃん、っていうのよね」彼女はあっさりと言った。

「化学科始まって以来の英才、って言われるあなたが作ったんだから、コーヒーカップに釘入りなんてちゃちな物じゃないわね。振動や静電気に反応したりはしないでしょ」

「馬鹿にするな。ブースターは完璧だ……でなきゃ、平気で持ち歩いたりするもんか」脇田はつい、語気を荒げて苦々しく言った。

「周りを汚染するようなものでも？」

「……そういうのは趣味じゃない」

「それ、私にちょうだい」

「なっ」脇田は驚いて、彼女の整った顔を見つめた。

「そこに理論があるから組み立てたかった。材料も手に入ったから作りたかった。それで成果を試したかった……ずいぶん楽しそうね」

「余計なお世話だ……お前、頭おかしいんじゃないか。素人が面白半分に扱えるようなものじゃないんだぞ」

「自分の立場、分かって言ってる？」信じられないことに、彼女はうっすらと笑った。

『今や世界が無秩序な核戦略時代という人類の滅亡を招く重大危機に突入しつつあることは……』

「あなたのこと、今ここで大声張り上げて警備員に知らせてもいいのよ。間違いなく現行犯逮捕ね。この場所にどれだけの警察がいるか知っている？　今は貧乏でも、卒業さえすれば将来を約束されているあなたですもの。そんな結末、望んではいないでしょ」

「……脅迫するつもりか」

「脅迫？」彼女は笑ってつんと顔を上げたが、もう次の瞬間、微笑は消えた。「そうとも言うわ……早く渡して。ボランティアとはいえ、仕事を放り出して来たのだから」

「手に入れて……どうするつもりだ」

「ブラックホールがあるのよ。世の中に害を及ぼすものはすべてそこに捨てるの。物だけじゃなく。思想だって。人間だって」

「……ちぇっ」脇田は舌打ちする。「俺には何のメリットもねえな」

「何か欲しいの、私と寝たい？」にこりともしないで彼女は言った。

「なっ……」

その時ちょうど平和宣言が終了し、放たれた鳩が拍手のような羽音で空を一瞬黒く覆った。二人は話を途切れさせ、しばらく頭上の鳩の流れをじっと見つめ続けた。

八月六日　午後一時二分

東京を午前中早くに出発した〈のぞみ〉は、昼過ぎに広島駅に着いた。夏休みの最中《さなか》ということもあって、駅も電車も学生グループや家族連れでごった返している。それでも石山は東京とは違うゆったりした人の流れに息を吐いた。そう言えば今日は八月六日だから、平和関連の行事で普段より人が多いのかもしれない。

一九〇〇年代最後の年になって、しまなみ海道がほぼ全線開通し、島沿いの橋を渡れば今治まで陸続きになった。島を繋ぎながら七つの橋がかかり、特に大島を経て馬島までの三連吊り橋など、かなり大がかりな工事であったらしい。瀬戸大橋を始め、四国と本州をつなぐ三ルートの構想は石山が子どもの頃から地元の地理として教わり、今にも着工、完成せんばかりに言われていたが、完成を見るまでかなり時間がかかったなと思う。しかしそのお陰で今や、天候に左右されることもなく、快適に海を横断出来るようにもなった。

石山が今日、広島で下車したのは人に会うためである。学生時代と比べ乗車時間も短縮され、心地よい揺れにうとうとするうち、危うく駅を寝過ごすところだった。慌てて下りた新幹線口辺りは大きなホテルが目の前にそびえ、かつて伯父の家に下宿して通った予備校もビルに隠れて見えなくなっている。

ホテルに入り、石山は汗を拭った。心地よく冷房が効いたロビーを抜けるとすぐ明るいカフェテラスが見える。「先生。こっちです」

「……田島？」

田島《たじま》雄。在学中は美少年然とした青白い生徒だったが、半年の間に伸びた髪を雑に束ね、陽にも焼けて逞しさが増している。しかし相変わらず細身で、襟ぐりが伸びて色あせたグレーのTシャツと白い綿のパンツがだぶついて見える。普通ならこういう立派なホテルにはそぐわない服装も、生来の育ちの良さと堂々とした態度もあって浮いた感じはしない。市内で調達して来たらしく、日焼けした両手にフランスパンやワインが入った紙袋を抱えている。

「すみません。わざわざ。カフェに入りませんか」

そう言うと飄々とした足取りでカフェテラスに向かう。小柄な印象だったが、こうして見ると石山とあまり変わらない。席につくとどさりと荷物を下ろし、安堵したように息を吐いた。

忘れ物に気づかず、そのまま島に行ってしまったのだろうか。田島の御曹司はその後一度も、バー〈綸子〉に現れなかった。薄手のジャケットは予想に違《たが》わず、石山のスーツ上下が三着は買える高級品である。店を訪れた石山が、再度、文庫本に書き殴られた携帯番号に電話してみたが、島にこもりきりなのかまったく繋がらない。不承不承、国際電話のような別荘の番号にかけると、声の野太い女が「いません」とけんもほろろで、反対にこっちの名前やら関係やらをしつこく尋ねられる始末だった。

当然のことだが、田島家全てが彼のように無防備というわけではなく、バー〈綸子〉の名前で頼んだ伝言も伝わらなかったらしい。そのうち取りに現れるだろうと呑気に構えているうち、夏が過ぎ、秋も矢のように過ぎた。更に冬が過ぎ、受験時期が済んでさらに春も終わる頃、例によって代わり映えせずカウンターでビールを飲んでいる石山にむかって、仲野が大げさに顔をしかめてみせた。

「石山。この御曹司のジャケット、お前にやろうか」

「いらないですよ」石山は首を振った。「あっちが取りに来ないんですから、放っておけばいいじゃないですか」

「まあそうだけど。別嬪さんの写真が気になってさ。最後に、もう一回だけ電話してみてくれないか」

「……一年も前ですからね。今更、っていうのも」

「そう言わずに、頼むよ」

携帯は番号でも変わったのか、依然繫がらない。責任の一端はお前にもあると脅された石山が、しぶしぶ教え子の田島雄に連絡を入れた頃、すでに時は七月になっていた。三年でクラスを担任していなかったので知らなかったが、群を抜いて成績のよかった雄は意外にも浪人中で、二、三日たって、やっと折り返し電話をしてきた。

「連絡取れてよかった。元気でがんばってるか」雑用を片づけて職員室を出ようとしていた石山は机に鞄を置き、携帯を持ち直した。

「はあ。まあ、それなりですけど」

在学中、個人的な話をしたことはなかったが、気楽な口調にほっとする。話すうち、やはり〈綸子〉で会った男は雄の兄で靖夫といい、目白の自宅で一緒に暮らしていることも分かった。

「じゃあ、〈綸子〉って店でジャケットを預かってること、お兄さんに伝えてくれないかな。マスターがひどく気にしていてね」

「いいですけど」雄は言い澱んだ。「僕……今、島なんですよね」

「島……瀬戸内の？」そういえば着信番号が圏外だったと思いながら、石山は余計なことまで口走る。

「何で？　兄さんが喋ったんですか。島のこと？」

「あ、去年、〈綸子〉で会った時、島に行くって言ってたから」

「僕のこと、何か話しましたか」

「いや。互いの話はほとんどしなかった。君の家族と分かったのも、後でマスターに聞いたからなんだ」自分らしくない夜のことを思い出し、密かに顔をしかめる。

「お兄さんもそっちに？」

「ええ、まあ……先生。あさって帰省するんでしたよね。どこですか」

「今治」近況を訊かれて、夏休みが始まったと話したばかりだ。

「その日僕、人を迎えに広島に出るんですけど、会えませんか。その時、兄さんのジャケット持って来てもらえれば……助かるかも」

「なんだって」突飛な提案に、石山は電話を落としそうになった。

「今治まで車で送りますよ。しまなみの終点ですよね。一度、橋を渡り切ってみたいと思ってたんです。ジャケットなんか別に急がないけど……久々に先生にも会いたいし。実は進路で、ちょい迷ってて……相談もしたいんですよね」

「構わないけど……予備校は？」今頃、何を決めあぐねているのか見当もつかないが、そう言われて無下に断ることもできない。

「ペース作りで行ってますけど。夏期は別カリキュラムなんで」

受け持ったのは数学だけだったが、フレンドリーな印象はあまりない。質問することもなく、かといって反抗的でもない。若い教師など見下した感のある、どちらかと言うと扱いにくい生徒だった。正直なところ、進路相談を持ち掛けられるなど思いも寄らなかったのである。

しかし雄はそれを承諾と受け取ったらしく、畳み掛けるように時間と場所を指定してきたのだった。


「お兄さんは忙しいの？」普段、使い捨てカップの店でしか珈琲を飲まない石山は、明るい店内に気後れしながら言った。テーブルとテーブルの間隔も広く、洗練された贅沢な色調だ。

「え。まあ」雄は一気に水を飲み干して、具合悪そうに頷いた。

「あ、これ、ジャケット。一年もそのままで申し訳ないってマスターが謝ってた。また店にも顔出してくださいってさ。ずっと姿を見ないって、心配してたよ」

夕べ、急遽〈綸子〉に寄り、引き取って来たのだった。対応が遅かったお詫びにと、せめてクリーニングに出してある。雄は黙って紙袋を受け取り、開けて中を覗いた。

「ポケットの物は、マスターが封筒に入れといたから。一緒に入ってるってお兄さんに伝えといて」そう言うと、今度は閉じかけた袋を開け、封筒から写真を引っ張り出す。

「だめだろ。勝手に……」

写真を見て雄はちょっと顔をしかめたが、それが咎《とが》める石山の口調のせいか、写真の彼女のせいかは分からなかった。石山も一年前にちらと見ただけというのに、セリという少女の面影はなぜかしっかりと記憶に残っている。そこに折悪しく飲み物が運ばれてきて、しばらく気まずい沈黙が続いた。

「先生。実は、ですねえ……」雄がやっと言い難そうに口を開いた。と同時に、ぱっと鮮やかな色が視界に飛び込んで、石山は顔を上げる。そしてそのまま目が離せなくなった。

少年のような細身の女の子。すぐには写真の彼女とは分からないくらいだった。靖夫の遠縁で想い人でもある彼女が、雄のすぐ後ろに現れ、黒目がちな瞳でじっと石山を見据えて立っていたのだ。そして意外にハスキーな声で言う。

「雄くん。いつまで引き延ばすつもり？　靖夫さんが亡くなったこと、まだ言ってないのよね」

「……セリさん」

雄は振り返って、困ったように彼女を見た。確かに顔立ちはきれいだが、印象がまるで違う。破れたデニムにTシャツという服装や、髪型のせいだけでもないだろうが、写真の上品さとはかけ離れている。手足も肩も細くて女性らしい丸みはまるでない。首にはスポーツタオルを巻き、真ん中から分けたショートヘアはボサボサ。靖夫の話と写真で勝手にイメージを作り上げていた石山は、野良猫のような実物を目の当たりにして、軽い失望を感じる。

——と、いうことは、雄が迎えに来た人物というのは彼女か。いやそれよりも今、何か驚くべきことを口にしたような気もするが。

「セリさん……その格好」雄が顔をしかめた。

「野暮用だったの」彼女は細い腕で雄を押しのけ、石山の向かいに腰を下ろした。「石山先生ですよね、はじめまして」

「あ、はあ……」やぼよう？　言葉遣いは古風なのに、動作はがさつで乱暴だ。輸入物らしいロゴの入ったシャツは丈が短くぴったりとして、大きいトートバッグを動かそうと手を伸ばした時一瞬、白い脇腹が見えた。しかし女性というより中性的。まるで色気を感じさせない。

雄はうんざりしたように頷いて「親戚の……若名セリさんです。セリは斧《おの》みたいな字？　T大の法学部三年生です。今から一緒に島へ行くんです」

T大？　石山は驚いて芹を見る。

「オノって何。せめて春の七草でしょう」芹は前髪をかき上げ、石山を見返した。「先生は靖夫さんと、どういう友達なのですか。靖夫さんが亡くなる前、バーで一緒に飲んだのですよね」

「……亡くなる？」やっと思考が追いついた気がした――靖夫が死んだ？　唖然とする石山を見て、雄は大げさにため息をつく。

「順を追って、説明しようと思ってたのにさ」

石山は訳も分からず、ただ雄と芹を見比べる。二人とも細身でしなやかな体型。はっきり整った顔だちは姉弟のようにも見えた。雄は高校の頃より、枯れた印象を受けるがそれは伸ばして束ねた陶芸家か書道家のような髪型のせいだろう。

「隠しててすみません。僕、靖夫兄さんが自殺したなんて、どうしても信じられなくて……直前に兄さんと話した先生に、何とか事情を聞きたいと思って」

正直に喋って安堵したのか、雄はふうと息をついた。石山は『自殺』という言葉に改めて驚く。そして進路相談は口実だったかと、教師としては少し落胆した。

「バーで時々見かけてはいたけど、口をきいたのは一度きりだよ。他愛ない話をしただけなんだ」

自殺など確かに想像だにしなかった。かといって、話してやれることなど何もない。

「お兄さんはお気の毒だと思う。僕もあんな元気だった人がその……急に亡くなるなんて信じられないし」

「死ぬ名目なんて、そこらじゅうに転がっていると思いますけど」

芹は淡々と言った。後《のち》に石山にも、芹のそういう人生観が自然なものと理解できたのだが、その時は悟った口振りが鼻持ちならない気がして不快に感じられた。痛手こそ深刻ではなかったが、靖夫は芹を好きだったのだ。

「もう少し思いやりがあってもいい……というか、ちょっと冷たいんじゃないかな」

雄も芹も同時に顔を上げた。石山はきまり悪さを抑えて、かろうじて二人の視線を受け止める。「何があったかは分からないけど、人間にとって、死よりも大きな出来事はないんだし」

「……そうですね。ごめんなさい」

意外にも芹があっさり謝ったので石山は拍子抜けした。自分に謝ることでもないと思いながら、気まずく雄に視線を戻す。

「ああ、いや……お兄さんはその日まで個展をやってたって言ってたな。それからお祖父さんが買った無人島が瀬戸内にあって、そこで釣りをする、って話をした」

「それだけですか」

「よく覚えてないんだ。一年も前のことだし。酔っ払っていたから」

「うーん」雄はがっかりしたように冷たい珈琲を飲み干した。その目が芹をチラリと見る。

「芹さん、荷物は？　それだけ？」

「まさか。まだ、チェックアウトしてないの。部屋に行ってくるから、待っていてもらえる？

……失礼します」

芹がエレベーターに消えると、雄は後ろ姿を見送りながら、ほっとしたようにグラスの水を取り上げた。

「ほんと、得体が知れないなあ。何してたかなんて、やばくてうっかり聞けないっすよ」

「……仲がいいんだね」石山はつい、興味を感じて言った。

「まあ、遠い親戚ですから。祖母の妹って人が芹さんのお祖母さんなんですけど……」顔をしかめて、Tシャツの上から腕を掻く。「帰国子女で日本語苦手だって言ってますけど。あの、昔の人みたいな言葉遣い、ほんと気持ち悪いですよ……表情なくて、何考えてるか見当つかないし。靖夫兄さんは『可愛い可愛い』ってのぼせて、振り回されてばっかでしたけど。さっき先生がつんと言ってくれて、ほんと僕、ちょっとすっきりしました」

棘があるな——そう思いながら、ぼんやり顔をながめていると、雄は赤面して急に話題を変えた。「先生って、釣りが趣味でしたよね」

「……ああ」石山の釣り好きは、学校でも有名だ。が、その突飛な問いかけがあの夜の靖夫とよく似ていて、一瞬どきりとさせられる。

「今年は一年生の担任だから、先生も少しは夏休みあるんですよね。せっかくだし、二、三日だけでもうちに寄って釣りしませんか」

「そんな……急にお邪魔しても迷惑だろう」石山は慌てた。靖夫の時とは状況が違うが、彼の死を知った今となっては、なおさら呑気に釣りなど楽しめるはずもない。もちろん卒業したとはいえ、元生徒の家に押し掛けて寝泊まりするなど、あまり自慢できる話でもなかった。

「兄さんのことなら何も問題ないっすよ。一年も前のことですし。もうみんなそんなに気にしてませんから……あ、そうだ。先生は靖夫兄さんとまったく面識なし、ってことにすればいいんですよ。ただ、釣り好きのせんせってことで……本当言うと、数学で教えて欲しいところもあるんです」

「しかし……」進路の次は数学か。石山もさすがに今度は、手放しに信用できないと身構える。

「島の屋敷はほとんどホテルなんです。いつも誰かしら客がいて。今だって家族よりお客さんの方が多いんですよ。てんでバラバラ、一人くらい増えても誰も気付かないかも……」そう言って雄は笑った。そして巧妙に石山の弱点をつく。「先生、暗いうちから船を出して、近場で釣り、するんですよ。僕はあんまり行かないけど、兄さんたちの話だとほとんど入れ食い状態だそうです」

兄弟共に誘うほどだから、人の出入りが多いのも事実だろう。靖夫が「ブダイや石鯛がわんさか」と確言していたことも思い出す。

結局、釣られたのは魚でなく石山で、珈琲のお代わりが来る頃には、一日くらい寄っても罰は当たらないか、などと本気で思い始めていた——こんなことなら、道具を持って来ればよかった。試していないリールがあるし。ブダイも石鯛も引きが強烈なのだ。

あれこれ思いを巡らせていると、セルリアンブルーのスーツケースを引いて芹が現れた。海外旅行並の荷物だ。ブランド物らしいシンプルなワンピースからまっすぐな足が伸び、厚底のサンダルで背が十センチは高く見える。

「見事なご変身で」雄は皮肉っぽく言った。

「そちらの首尾はどうなの？　先生を島に引っ張って行けそう？」

芹はばちりと音を立てそうな睫毛を上げた。「この子、相当な策士ですもの。先生を呼び出した時点で、お家にはすでに『ご招待』って通達済みなの」

「……性格悪いな」雄は顔をしかめて、隣に腰を下ろした芹を睨む。

芹は気にする様子もなく肩を竦めた。「先生、靖夫さんにも誘われてたのではない？」

「どうしてそれを？」石山は驚いた。

「ホントに？　それってやっぱ、自殺をする人間の行動じゃないですよね」雄は急き込んで言ったが、芹は再度無視する。

「先生っていかにも靖夫さんに気に入られそうだし。と言うか『田島カラマーゾフ兄弟』すべてに、ですけれど」

そう言ったかと思うと、今度はいきなりすっくと立ち上がった。

「……じゃ、そろそろ行きましょう」

「ちぇっ、ほんと自分中心に地球が回ってるよ」

雄も車のキーとパンの袋を持ってしぶしぶ腰を上げる。どうやら迷っている間に、石山が島の客となることは確定したようだった。

八月六日　午後一時四十分

車は富豪らしからぬワンボックスカーで、荷台に置かれた段ボールには食料品や本、ＤＶＤが雑然と投げ込まれていた。

芹は助手席に、石山は後ろの座席に座る。いつの間に免許を取ったのか、雄の運転は巧みで危なげなく、周辺の地理にも明るいらしかった。ナビはついていなかったが、混んだ市内を避けて抜け道を走った後、迷うことなく高速道路に入る。

「宏明《ひろあき》兄さんが上蒲刈島《かみかまがりじま》に来てるはずなんです」

しまなみ海道沿いの大三島と呉市沖の上蒲刈島、一カ所に船の停泊場と駐車場を借り、どちらからでも渡ることができると雄は説明した。相次いで橋も完成し、田島への行き来もかなり楽になったという。「買い物は福山で十分なんだけど、今日は芹さんに呼びつけられたからさ。いつもより人も多くて、装甲車みたいのが軍歌鳴らしながら走ってるし……誰か偉い人でも来てたの？」

芹は眉をひそめ、差し込む陽光を暑そうに手で遮ったが、何も言おうとはしなかった。やがて高架橋を経て、車は三十一号線沿いの広島呉道路を快適に進む。

「先生、こっちの眺めもいいですよ」雄はミラーでちらと後ろを見た。目元涼しいというのはこういうことか、と思わせる視線だ。靖夫はどちらかと言えばバタ臭い容貌だったが、雄ははっきりした目鼻立ちながらどこか若武者のような精悍さが漂う。

道沿いには埋め立て地が続き、その向こうにすぐ海が見えた。石山が幼い頃から見慣れている島だらけの景色だが、方向が逆のせいか、微妙に海と陸のバランスを異にする。山側は線路を挟み、住宅地を抱えるなだらかな斜面が続いた。

「私も海は好き。私たちの先祖は水軍だったらしいの」

「うん、うん。だからうちの家系はみんな自分勝手で野蛮なんだ」雄はハンドルを切りながら「セイラーウエントゥ、シーシーシー」と英語の童謡を口ずさむ。

例によって芹は軽く無視して「だから一度、田島に行ってみたくて。可能かどうか、大伯母さまに尋ねたの」

確かに妙な言葉遣いだと石山は思った。発音や文法はアナウンサーのように正確だが、古風なわりに敬語、特に謙譲語が存在しない。気取ったセリフを淡々と話すので、横柄だが機械的な感じ。雄との間にも、常に腹を探り合う緊張感が漂っていた。

「靖夫兄さんも楽しみにしてたな」一度そう思うと、雄の言葉にまた微妙な棘を感じる。「芹さん案内するつもりで、観光地色々調べてたし」

「それで水軍のことも?」

しかし結局、また足をすくわれたのは石山で、思わず飛び出したひと言にミラーの中で雄の目がきらりと光った。

「兄さん、何か話したんですか。水軍のこと」

「うん、まあ……」

石山は観念し、あの夜の水軍談義を語って聞かせた。靖夫から水軍の話が出たのは唐突だったので、わざわざここで芹との話を持ち出す必要もなさそうだ——。

しかし雄はとっくにお見通しらしく「やっぱりそれ、自殺する人の考えることじゃないじゃん。一山当てるとか。どうせ誰かさんの気を引くためだよ」

「靖夫さんと、そういう話をした覚えはないわ。雄くんは？　宝探しについて、何か聞いてた？」

スピードを落としながら、雄は鼻の上に皺を寄せた。「どうでもいいや、金なんて。水軍のことは手がかりとして把握してるだけ……え、まさか芹さん、こんな所まで来て、宝探ししようとか思ったの？　大丈夫？　どっかネジ、飛んだんじゃね？」

「お生憎様……あなたに心配して頂く道理はないわ」

今どき、翻訳小説でも見かけないような切り返し。が、確実に険悪な雰囲気にはなったので、石山は慌てて口を挟んだ。

「……ご家族はみんな今、島にいるの？」

雄は若干表情を緩めて「いいえ。両親は目白の家です。母はあんまり島が好きじゃないし、猫の世話があるから。父は単に忙しいっすね。今、島にいるのは祖母と僕ら姉弟だけ。京美《きょうみ》姉さんと宏明兄さん。あとはお客さんと働いてる人。でも兄さんと姉さんは仕事があるし、じき帰っちゃうんですけど」

雄はタクシーだらけの車道に狭い場所を見つけ、器用に車を停車させた。「ちょっと待っててください。買い物あるんで」

車を降りて身軽に走り出す。店が並ぶ路地に入ってじき、姿が見えなくなった。

「先生って、お姉さんなしの長男でしょう」唐突に芹が言う。

「そうだけど」

「一番上は分かりますよね。無理に我を通そうとしないし、人当たりがいい。雄くんはああいう顔をしているけれど、案外強情で好戦的なところがあるわ」

「自分のことは分からないけど。まあ争いは嫌いかもしれない」石山は曖昧に口を濁す。

「争いを恐れて何もしないのは罪悪です。平和の実現も核兵器廃絶も結局、争いなしでは実現不可能でしょう？」振り返った格好のまま言って、挑むように石山を見る。石山は答えた。

「……争いで挑むと必ず相手も争いで返してくるからね。人を傷つけない方法もあると思うし、実際それを行ってる人もいるよ」

日本語じたい分からないかのように、芹は眉間に皺をよせた。そして何か言おうとした時、ちょうど包みを持った雄が帰って来る。揚げ饅頭《まんじゅう》のようなものを口にくわえたまま運転席に座ると、すぐにまたハンドルを握った。勧められて石山は軽く首を振ったが、芹は手指に油が付くのも構わず、こしあんの揚げ饅頭にかぶり付いている。カレーか肉ならいいのに、と石山は思った。

「僕の悪口言ってたでしょ」

「被害妄想、もしくは自意識過剰」芹が答える。車は二車線を快適に走り、トンネルを抜けてやがて郊外に出た。

「海沿いに走ってるんだけど、ここからは海、見えないっすね」

雄はハンドルを切って車線を変えた。芹はもうすでに二つ目の揚げ饅頭を取り出し口に運びながらも、ガイドブックの地図を見ることに集中している様子だ。

「桟橋は三原辺りかな」石山は尋ねる。

「そこまでは行かないのよね。あら、大久野島《おおくのじま》が近いのね」

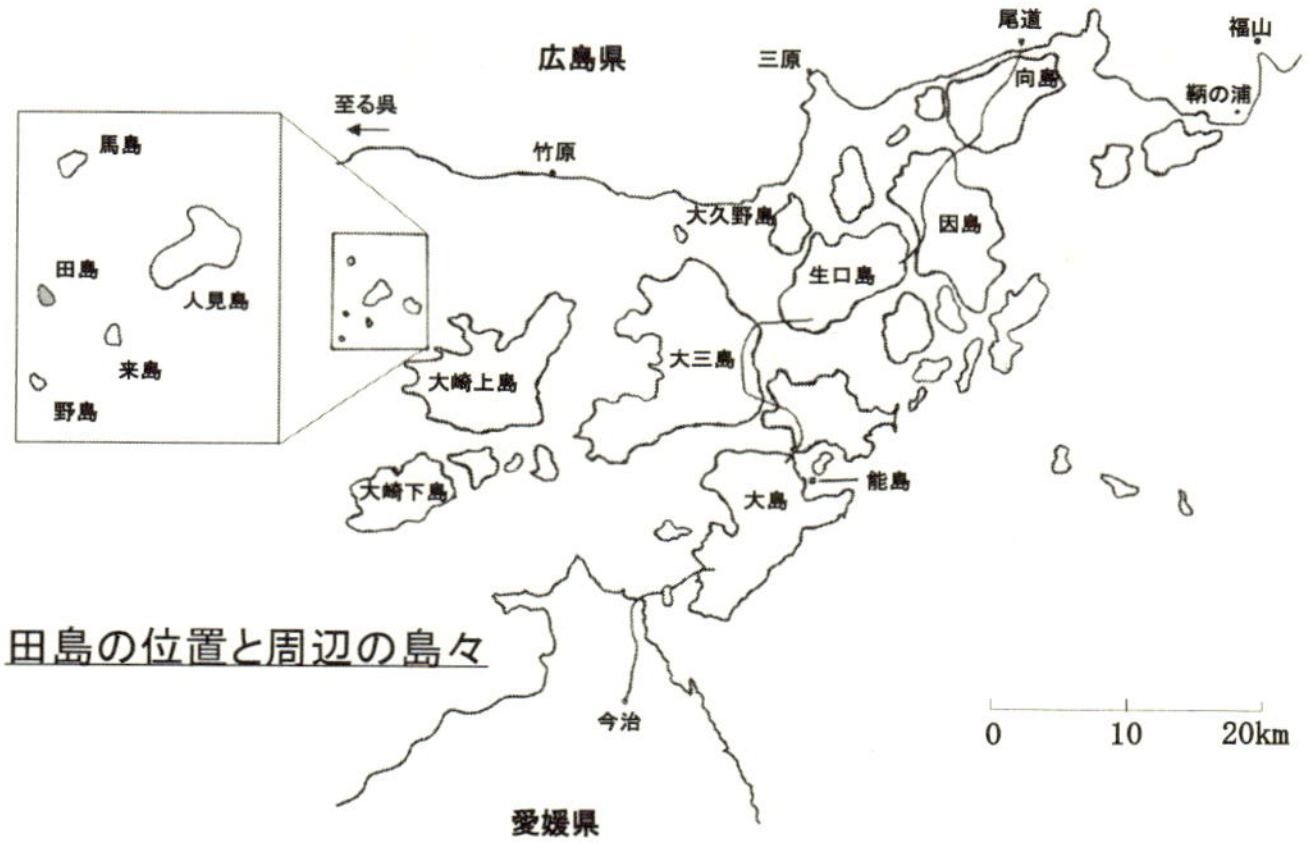

田島の位置と周辺の島々

「おお、くの島？」

芹は運転している雄にガイドブックを見せた。雄もそれを覗き込もうとする。

「ああ、戦争中に毒ガスを作っていた工場跡があるんだ……田島、君は前を見ていないと危ないよ」石山は慌てて雄に声をかけた。

「へえ、先生、行ったことあるんですか」雄が驚いたように言った。

「ああ、テニスコートや海水浴場があるリゾート地だよ。放されたうさぎが野生化して増えてるって聞いたこともある。昔、遠足で行った時は、毒ガス工場跡もそのままあった。天井の高い建物で、窓ガラスが障子紙みたいにびりびりに破れてたな。工場で働いていた時の後遺症がいまだに残る人もいると聞いたけど」

「遠足で行くような所？　軍艦島みたいなのかと思った」

「それくらい、常識として知ってなさいよ……あなたは美しいものには敏感だけど、社会の暗い部分にはまるで無関心なのだから」芹は頭ごなしに決めつける。

「働いていた人たちはね。人殺しの道具ではなく、敵方の戦意をそぐための平和的兵器を作っていると信じ込まされていたの。繁殖しているのは、もしかしたら毒ガスの実験に使われたうさぎの子孫かもしれないわ」

さすがにそれはないだろうと思うが、雄は大げさにのけぞって、

「げっ、そういうのパス。瀬戸内海の島って、どれも過去がありそうで怖いよ」

話が社会問題に及ぶのを恐れたように話をまとめ、早々に切り上げる。しかし芹はすでに地図を指でなぞりながら、周辺の地理を確かめる作業へと戻っていた。揺れる短い髪を後ろから見ながら、石山はふと、野暮用と言うのは原爆忌に関わる活動かもしれないと思った。直情的性格と社会活動が結びつくと、攻撃的になりそうだと余計な気も回す。

「しまなみ海道の西辺りが、芸予《げいよ》諸島。しまなみは……因島《いんのしま》、生口島《いくちじま》、大三島、か……あら、田島ってこれは違うのね、鞆の浦の西にあるのは……」次々と揚げ饅頭を口に運びながら芹は言った。運転中の雄がまた地図を覗き込んで、石山をはらはらさせる。

「こんなに大きくないよ。同じ名前だけど、地図にも載ってないくらい小さい島。瀬戸内海って三千も島があるんだってさ。だから同じ名前の島なんてそこらじゅうに転がってるって……本州と四国はもともと陸続きで、間の部分が沈んで雨水が溜まったり、海水が流れ込んだりしただけなんだ。山間部の高い部分だけ、沈まないで島として残ったんだって。この間、展望台でカップ

ルがそんな話してた」

言われれば、目前の島々も、海中で裾野を広げた山の頂に見えないこともない。やがて車は次第に海よりに出、海産物の店が並ぶ道を進むと、右手に橋が見え始めた。

八月六日　午後四時五分

上蒲刈島はモニュメントを抱えた公園や温泉施設など観光スポットが点在し、遺跡も残る歴史の島だ。ミカン畑や野菜や果物を売る屋台など、そこここに素朴な生活風景も広がる。浜と呼ばれる海岸は水も砂も美しく、子供連れの海水浴客で賑わいをみせていたが、夕暮れを前にそろそろ皆、引き上げる準備を始めていた。

雄の言ったとおり、港の横に釣り船や個人のヨットなどを置く小さなマリーナがあり、駐車スペースもある。磯の匂いは石山には近しいが、聞くところによると海とは本来無臭であるらしい。潮の香と信じられているものは、海草や魚介類の匂いなのだ。

車の外に出ると、とたんに汗が滲む。日もかなり傾いてはいたが、まだまだ暑さは衰えていなかった。

「暑いなあ。この辺は瀬戸の夕凪って言って、夕方にガチで風が止まって、サウナ状態になるんです」雄は荷物を取り出して箱形のカートに詰めながら、Tシャツの袖で汗を拭う。

「ふーん。あ、それ、ワレモノが入ってるから気をつけて運んでね」海岸にまるで不釣り合いなスーツケースを雄に預け、透明なビニルのバッグ一つだけ抱えて芹は言った。

「化粧品の瓶？　……まさか寝酒の芋焼酎とか」

「プラスチック爆弾。起爆装置が複雑だから、少しくらい落としたところで、まったく平気だけれど」

「けっ」危ない冗談を鼻で笑って、雄はわざと乱暴にスーツケースを転がす。見かねた石山がカートに手を伸ばした時、船からちょうど若い男が下りてくるのが見えた。富豪には白いクルーザーでも似合いそうだが、意外にこれも車と同様、地味な釣り船である。

「あ、宏明兄さんこっち」雄が手を振った。兄が二人いたので名前を呼んで区別していたのだろうか。片方の兄を亡くしてからもその習慣は残っているようだ。

　芹の言うとおり、石山の訪問は予め知らせてあったと見えて、宏明は意外な顔もせず愛想よく会釈した。やはり靖夫、雄と同様、整った顔立ちである。中肉中背、きちんと髪を撫で付け、短パンをはいているので、まるで育ちのよいスポーツ選手に見えた。片方の眉を曲げ、手を広げてこもったような高音で言う。

「おー、はじめまして。無理にお招きしてご迷惑かけましたっ」

「いえ、こちらこそ突然お伺いして、申し訳ありません」満面の笑みに、つい体を引きながら石山は頭を下げた。かけ声のような口調はいかにも健康的だ。

「名刺交換でもするつもりかしら」退屈そうに二人のやり取りを見ていた芹が独り言ちた。

「芹ちゃんも、元気そうだね」

宏明は若干気後れした表情を浮かべつつ、何とか笑顔を保って言った。

「はい。迎えありがとうございます」まったくと言っていいほど、心のこもらない謝辞。さっさと一人、船の方に歩き始める。

「ワインか、いいな」芹がいなくなって、宏明はほっと息を吐いた。

「シャブリだよ。お刺身に合うって大戸木先生が言ってたから。どうせ、移動中暑くて茹だっちゃうし、安いやつにした。あ、あと兄さんが好きなフライケーキ、芹さんが全部食べちゃったよ」

「……多めに買わなかったのか」また一瞬テンションが下がる。

「買った……すっげえ、食うんだもん」

確かにひっきりなしに食べていた、と石山も思う。

「しかし今日の姫さま、ちょっと派手だな」宏明は声を潜めた。

「平和公園で座り込みでもした反動だよ、きっと」

原爆忌も知らないような発言を繰り返していたのは、わざと煽ってからかっていたのか——芹もそれを承知で無視していたと思うと、石山は薄ら寒い気分になった。雄は買い出し品が入ったカートを兄に任せ、芹のスーツケースをがらがらと運び込む。

「魚群探知機ですね」古いが、生け簀もついた本格的な釣り船を見て、石山の心が躍った。もうすぐ魚が集まる時間帯、まずめでもある。

「それ、もう壊れてだめなんですよ。ああ、そこ濡れてますから気をつけてください」

宏明は気さくに石山の荷物も抱え上げながら「新しいのを買う暇もなくて。でもこの辺はどこでも結構釣れますよ。初めて来た時は撒き餌をしてるのかと思ったくらいです」

石山にはそれだけでもう、最高の島に思えた。

「汚い……」芹は汚れるのを気にしながら、しぶしぶ腰を下ろす。

「ちゃらちゃらした服、着て来るからさ」雄は言ったが、エンジンが掛かると爆音でかき消されてしまい、おかげで芹の怒りを買わなくて済んだようだった。

古い船だが割とスピードも出る。湾を離れるといきなり小さな島が点在しはじめた。海風は湿って肌にまとわりつくが、日差しが陰る時間帯なので十分涼しい。

「もっと島ぎりぎりに走ってよ」

「無理言うなっ、はっはっは」宏明も白い歯を覗かせる。

仲のよい兄弟だな、と石山は思った。喧嘩しているつもりはないが、石山と弟は高校くらいから会話らしい会話を交わしていない気がする。

年は石山より下のはずなのに、宏明にはとうに三十を越したような安定感があった。明朗快活の度が過ぎるきらいもあるが、兄弟の中では最も一般人に近いイメージだ。

芹はというと、時折何か言っているようだが、エンジン音で消されて聞き取れなかった。え？と雄が耳に手を当てるジェスチャーをするが、声を上げることなく同じトーンで繰り返す。

どうやら興味の尽きない風景だったらしく、小島にある祠を振り返って見たり、海面の海草を指さしたり。が、いかんせん無表情なので、何を考えているかまでは分からない。しばらくするとエンジン音が小さくなったので、やっとお互いの声が聞こえるようになった。

「石山さんはおいくつなんですかあ」宏明が尋ねる。

「二十七です」

「へえ、兄貴より上か。でも重ならないな。卒業生でしょう？」

「いや、僕は高校まで今治で」宏明はともかく靖夫もか、と一瞬意外に思うが、クラスに一人はいそうなタイプではある。

「僕ら兄弟、三人ともK高なんすよ」

雄が石山の気持ちを読んだように説明した。宏明は懐かしそうに何人か古株の教師の名前を挙げたりしていたが、そのうち瀬戸と呼ばれる狭い海峡に船が入り、前方向に集中する。

「あ、先生。あそこ。島があるでしょ。人見島って言って、野菜や生活用品はあの島で調達するんです」雄がいきなり間近に迫る島を指さした。ささやかな集落も見える。「あの島が見えるともうすぐですよ……釣り餌もあそこで買うんですよ」

「餌は何を？」釣りの話になると、他のことに頭が回らなくなる石山だった。

「青イソメで十分ですね」宏明もうれしそうに「竿は売るほどあるから、好きなのを使ってください。小物も大抵揃ってるけど、どれも今一つかもしれないなあ。でもまあ、釣り場がいいんで平気だと思いますよ。さっそく明日行きましょう」

今からでも、と言いたいところだが、さすがに図々しいと思い留まる。

「お客さんは誰と誰？」芹が前髪をかき上げ、夕日に染まり始めた海を見つめて言った。

「お客さん？　ああ」雄が眉をひそめる。「京美姉さんの彼氏になりたがってる倉内さんって人と、ばあさまの主治医の大戸木先生。それから芹さんも知ってる、メイドの美奈《みな》おばさんとその旦那さんの河村さん、以上っすね」

大富豪のメイドというのは、エプロンドレスを着た若い女性だと思っていた石山は、おばさんという言葉にちょっとがっかりする。おまけに広島で言っていた『家族より客が多いくらいだ』というのも掛け値だったらしく、主治医以外の居候はその倉内という男のみ。従業員まで水増しされていた。石山が密かにため息をついた時、ちょうど船が人見島を背にして回り込み、芹が珍しくぎょっとしたように息を飲んだ。

「何、あの島？　……あれ、観音さま？」

島の尾根部分に白い観音の大きな上半身が、今にも倒れんばかりの妙な角度で載っかっている。

「あそこが田島なんだよ。祖父が体を悪くした時、気が弱くなっていきなり作らせたんだ。悪趣味で申し訳ない」常識人の宏明が、きまり悪そうに言った。

「え、僕は好きだけど、何か変かな？」雄が真面目な顔で言う。「それに急いで雑に造ったわりには、すぐ治っちゃったんだよ、病気」

「雄くんは大物ね。お祖父さま譲り」口をへの字に曲げて芹が言うと、再びエンジンが大きな音を立てて回り始めた。

グロテスクな観音を目の当たりにしながら、石山はとんでもない所に来てしまったという軽い後悔の念を覚える。もしその一抹の不安が、図らずもこれからの出来事を予感していたとすれば、石山の第六感はまだまだ頼りないと言わねばならないだろう。

「あ、姉さんと倉内さんだ」雄が見つけて手を振る。

船を桟橋につけると、男女が連れ立って近づいてきた。女は派手な縞模様のケープを羽織り、その下からショッキングピンクの水着が見え隠れしている。真っ直ぐ顎の線で切り揃えられた髪。つい豊満な胸に目を向けた石山は、慌てて会釈してごまかした。宏明に似てあっさりした印象のせいか、初めて会った気がしない。

「いらっしゃい」京美は言って、チラと品定めでもするように石山を見た。

あの野太い声だ。石山はやっと、電話の無愛想な相手の正体に辿りついた。

「……こちらは?」

「言ったじゃん。僕の学校のせんせ、石山先生だよ」

「急にお邪魔してすみません」内心冷や冷やしながら頭を下げる。

「いいえ、何もない島ですけど、ゆっくりしてくださいね」

同一人物とは思えない心やすさ。歯切れよい口調は無駄がなく、知的で好感も持てた。普通に考えれば、亡くなったばかりの弟を名指しし、島にまで電話してくる人間など怪しんで当然かもしれない。

と、京美がさらに屈託ない笑みを浮かべたので、石山は視線の先を追う。そこには芹がいて、黙々と桟橋の岩場にある穴を踏み、サンダルのかかとで堅さを確かめるような所作をしていた。

「芹たん。会いたかったわあ。お姉さまにその可愛いお顔を見せてちょうだい。ま、勝負服。まさか男が出来たんじゃ……」京美が芝居がかった口調で言いつつ、豊かな胸に芹を抱き締めたので、石山は呆然と二人を見つめる。

「違いますよ……相変わらずですね、京美さん」

芹は京美のハグから逃れ、髪を直しながらも冷静な声で答えた。

「姉貴、石山さんが怖がってるから、そういう趣味の悪いジョークやめろよ」宏明が珍しく顔を歪めた。

「あはは……石山さん、芹ちゃん。こちらはジム倉内さん。ライターさんなの」

京美は開けっぴろげに笑いながら、後ろでおどおど立ちすくむ小柄な男を紹介する。

「こんにちは……」倉内はやっとそれだけ言って頭を下げた。身長は石山より頭一つ分くらい低く、童顔でぽちゃぽちゃした印象だ。それを補うつもりなのか顎髭を伸ばし、ぐるりと揉み上げまでひとまわりさせている。白い肌が日焼けして赤くなり、ランニングシャツから覗いた肩は皮が剝けて痛々しい。

「ハーフみたいな名前だけど、ただのペンネームで英語とか絶望的にだめなんだそうです」

雄は面と向かって意地の悪いことを言う。よい感情を持っていないのは分かっていたが、おとなしい同級生を苛めるような冷めた視線も気に掛かった。「本名は佐藤さんでしたっけ?」

「斉藤です……」

わざと間違えたな、と石山は思った。

「でも純な日本人じゃない、って言われればそうかなあ、って思える顔だからいいわよ。私なんて靖夫にいつも小面《こおもて》、小面って」

「こおもて?」京美の言い方がごく自然だったので、石山はつい問い返した。雄が言うとおり、一年経って靖夫の死へのわだかまりもだいぶ消えてしまったように見える。

「あ、それ能面のことです。靖夫兄さんの行きつけのバーに、姉さんそっくりの小面があるんだって。ええと、〈綸子〉とかいう店だ。倉内さん、行ったことある?」

ああ、そうか、石山は納得した。どこかで見た気がしたのは、〈綸子〉の壁に飾られた能面に似ていたからだ。たしか、マスター仲野の一番お気に入りだったはずだ。

「え、いや……知りません」倉内は首を振り、皆の表情を窺った。なぜ雄がなぜわざわざ倉内に話をふったのかは分からないが、やはりどこか棘を含んだ口調だと石山は思った。

するとも、どうでもよいことをいきなり尋ねる。

「ジムさんは広島まで何で? 飛行機?」

「……新幹線です」芹に見つめられて倉内はますます赤くなり、怯えた様子ながら何とか答えた。芹は大して気に留めることもなく、またすぐ宏明を振り返った。

「大伯母さまは?」

「この時間は読書かな。夕食には会えるよ」

「芹たんがいると、お祖母様の機嫌がよくなって助かるのよ。やりたい放題でお祖母様に気に入られてるのは、世界中で芹たんと、うちの暑苦しいお猫さまくらい」京美が楽しそうに言った。

石山は靖夫の言葉を思い出す。「アメリカチャンピオンの猫?」

「先生、興味あるんですか」雄が驚いたように「母親と父方の祖母がＣＦＡチャンピオンなんです。ミシェル自身は性格悪いから、ショーに出たってシャーシャー威嚇しまくって失格ですよ」

海岸はさほど広くはないが、プライベートビーチには十分だ。その奥に観音像を従えた日本住宅がある。夕日に染まり闇が迫ったせいか、島全体、極楽浄土に後光が射すように怪しく揺らぐ。

「明治の豪農の邸宅を、岡山からバラバラにして運ばせたんです。わざとボロい材木使って、中は昔のホテル風に作り直してるんですよ。運んだ人たちが嘆いてたって父さんが言ってました。これじゃ新しく建てたのと同じだって」怖じ気づいている石山に雄が耳打ちした。

焼けたビーチを横切って、田島邸に向かう。宏明が船を繋ぐ間に、雄はスーツケースを重そうに抱え、皆を先導して屋敷へ入った。

芹が自室に消えた後、石山が案内されたのは二階の角部屋で、眼下には広々とした浜が広がっていた。すぐにエアコンが心地よく効き始める。

「いいのかな。厚かましくお世話になって」

「まだそんなこと言ってるんすか」ソファに腰掛けた雄は可笑しそうに笑い、すぐ真面目な表情に戻った。「先生、倉内ってどう思います。あいつ、ちゃっかり姉さんのお客みたいにしてるけど、元は靖夫兄さんの友人だったんですよ。去年の春も来てたし、〈綸子〉って店だって、行ったことあるに決まってるのに。ぐだぐだごまかしちゃって……もうずいぶん長くいるんだけど、フリーだからどこでも仕事できるって、まだまだ居座りそうなんです。上下逆さにしたら別の人、みたいなだるま顔のくせして、あの目つき。もろ、金目当てって感じじゃないすか。姉さ

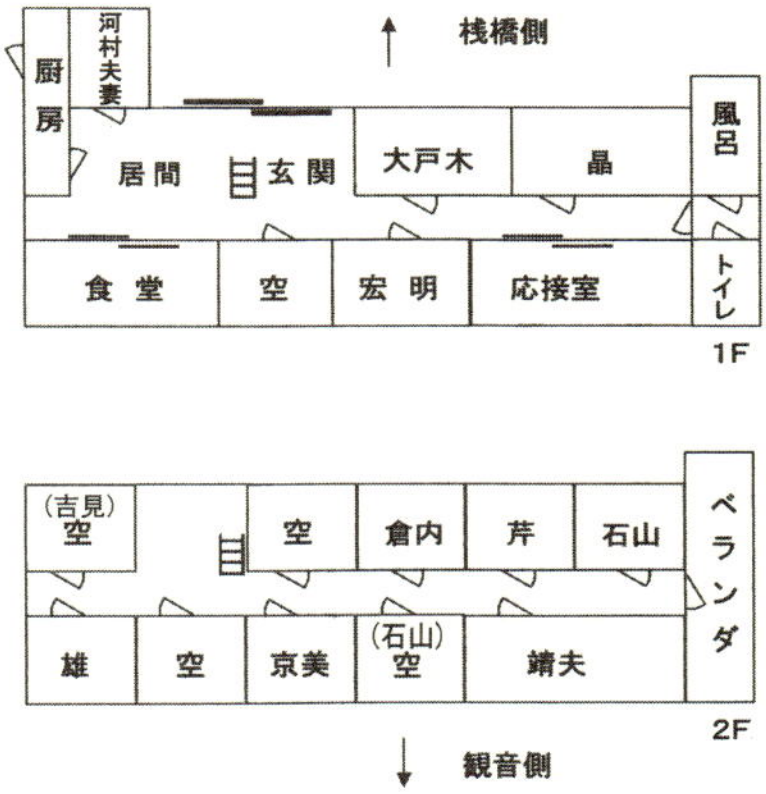

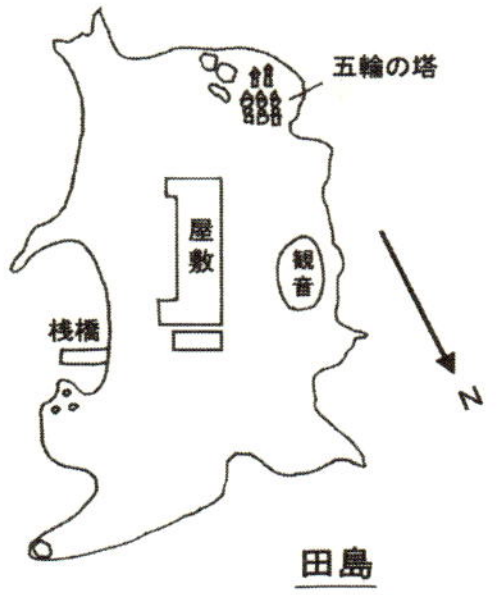

ん、ああ見えて抜けてるから心配だなあ」

実に言いたい放題だ。それでひとしきり〈綸子〉の話をしていたのか。家族ならまだしも、あの場でどのように靖夫の話題に加わるか悩む心情は、気の小さい石山にはよくわかる。

「悪い人には見えなかったよ。君は少し強く当たり過ぎじゃないか」

「姉さん、男、見る目ないんです。先生みたいな人がもらってくれたらいいのに」

石山が目を剥いたのを見て、雄はぷっと吹き出した。

「冗談っすよ。そんなマジで青くならなくても、先生の好みじゃないって分かってますから。でもあれで不思議にモテるんですけどね、逆玉狙いが怖くて、被害妄想の塊なんです」

世間には色々な悩みがあるものだ。石山は感心した。しかし雄が石山の好みをどう把握しているのかも気になる。

「それより、靖夫兄さんのことで……」雄はソファから立ち上がり、薄暮の垂れ込め始めた海を見ながら言葉を継いだ。「やっぱりいくら考えても、自殺だなんて信じられないんです。だからバーで会った時のこと、何でもいいから教えてもらえませんか」

どうしても気になって仕方がないようだった。しかし石山にしたところで、何を話すべきか見当もつかない。

「お兄さんは、どういうふうに亡くなったんだい？　あ、差し支えなければだけど」

「差し支えなんかないですよ」雄は目を逸らし、早口で言った。

「去年の春、靖夫兄さんは島で絵を描いていて、その半ばで一度、東京に戻ったんです。絵のモチーフは人形と海。それから首吊りの縄……一ヶ月くらい家に居て、画廊の展示もして、〈綸子〉って店で先生に会ったのも、その時だと思うんですけど」

「うん……」石山は頷いた。あまり覚えていないと言ったものの、その実、〈綸子〉での記憶は昨夜のことのように鮮明だった。しかし人形と海はまだしも「首吊りの縄」とは、どういう美意識だろう。いずれにせよ、客間などに飾る部類の絵ではなさそうだ。

「展示終わってまたこっちに来るって言うんで、ゴールデンウイークだし僕も一緒に行くことにしたんです。兄さんは着いた次の日から、また部屋に閉じこもって絵を描き始めて。ノッてるときはいつもそんなだから心配してなかったんですけど、夜通し描いてて、朝ごはんにも起きて来ない、でもその日はお昼になっても、まったく部屋を出る様子なかったんで、僕が起こしに行ったんです……」雄はさすがに顔を強ばらせ、手のひらで粟粒の浮いた腕を撫でた。

「そしたらその日に限って、鍵が掛かってたんですよ。ドアを叩いたけど返事がない。宏明兄さんを呼んでマスターキーで開けてみたら、鍵だけでなく、丁寧に中からチェーンロックまで掛かってた。これまで一度も使ったことなかったのに……鎖を切って中に入ると、兄さんは酔っ払ってるみたいに……床に座り込んで硬くなってた。そのすぐ横で……いつも笑ってるはずのアンティークドールが……首吊りの縄でぐるぐる巻きにされて、逆さにゆらゆらぶらさがって……しくしく泣いていたんです」

「何だって？」思わず聞き咎める。

雄はつと立ち上がって、部屋の電気を点けた。少しの間に日も沈み、辺りは暗くなっていたようだった。体に巻き付けるようにカーテンを閉め、口元を微かに歪める。

「先生、気を付けた方がいいですよ。電気つけたらすぐにカーテン閉めないと、どっからか、ものすごい数の蛾が集まって来るんです。色とりどり大小さまざまで。あれ見たら正気じゃいられない……」

その様を想像しただけで胸が悪くなったが、雄の思わせぶりな話に引っ掛かって、石山はどうしても聞き返さないではいられなかった。

「……人形が泣いてた、って言うのはどういう？」

雄はまたソファに腰を下ろすと、前髪の間から上目遣いに石山を見上げた。

「両面人形、マルチフェイスドールって言うんですよ。ちょっと見は、有名人形作家の骨董にそっくりらしいんですけど。からくりで顔がくるっと百八十度回転すると、笑顔の裏の歪んだ泣き顔が現れて驚かせるんです。そういうのがあると、骨董としては価値が下がるらしくて、買ったじいさまにさえ、知らされてなかった。靖夫兄さんだけは気付いてたみたいで……ここに来たら必ず応接室から持ち出してばあさまに叱られてました。あの時も彼女をモデルに描いていたんですけど……そう言えば何年か前、兄さんがしらふで人形抱えてげらげら笑ってて、大丈夫かって本気で心配したことがあって……ちょうどからくりに気づいた時だったのかも」

笑顔の裏に泣き顔を隠した古い人形。少女のように骨董人形を愛でる男。石山は得体の知れない戦慄を感じたが、雄はそのまま憑かれたように喋り続けた。

「密室だったんです。ワインの瓶には毒物、青酸カリだったんですけど、入ってなくて。飲んでたグラスの中からだけ、致死量の倍くらいの青酸カリが検出された……それで兄さんは自殺ってことになって。青酸カリであんな安らかな死に顔珍しいって、警察の人が言ってました」

「……そうか」徒《いたずら》に刺激して、受験生を動揺させることは避けたかった。言葉を選びながら慎重に言う。「楽しそうな様子だけ印象に残っていたから僕も驚いたけど。状況を考えると……納得するしかないかもしれないね」

「ミステリーじゃ、自殺に見える時はたいてい他殺ですけど」

「フィクションと現実を混同しちゃいけない」

「そうっすね……」

これ以上、何を言っても無駄だと思ったのか、雄はしばらく黙って指を鳴らしていたが、急に思い出したようにソファからぴょんと立ち上がった。「そうだ、先生も来ませんか。芹さんが人形を見たがってるし。ついでに家の中、案内します」

吹っ切れた口調にほっとしながら部屋を出ると、ちょうど階段を上ってきた芹に出くわした。飾り気のないワンピースに下駄のようなサンダルをつっかけ、長い素足を覗かせている。現れた時の粗雑さも無理した派手さもなく、写真のイメージに一番近い気もする。濡れた髪をタイトに撫でつけ、芹は白っぽいルージュを引いただけの青ざめた顔で、雄と石山を等分に見た。

「そこが靖夫さんの部屋？」

「うん……ほとんど片づけられちゃったけど」

雄は頷いて、石山と芹の部屋の向かい、山側に面した角部屋のドアに手を掛けた。芹は表情を硬くして、暗い部屋にゆっくり足を踏み入れる。湿った画材の匂いとむっとする暑さが一どきに襲い、数秒遅れて灯りがついた。

殺風景な部屋の中に、ぽつんと白布を掛けたイーゼルがある。

ソファが一つ。これも同じ埃よけのシーツが掛けられたままだ。サイドボードも布で覆ってあり、シーツだらけのせいか妙に白々と感じられる部屋だった。戸惑いもなくイーゼルの布を外した雄だったが、それでも幾分緊張していたらしく、うっかり手を滑らせる。微かに埃が舞い、雄は面倒臭そうに体を屈めて布を拾い上げた。

「……あ」石山は目を奪われる。

リアルな海が危なげない筆致で表現され、前面に岩の塊と、ヨーロッパの建造物が浮かんでいる。アンティークの西洋人形や荒縄が一瞬飛び出して見えるのは、その絶妙な構図に秘密がありそうだ。

お世辞にも気味のよい絵とはいえなかったが、実際目の当たりにすると、想像したほど違和感はない。不思議にあの夜の楽しそうな靖夫の表情が蘇り、描き手はもうこの世のどこにもいないのだ、と改めて思い知る心地がした。

「相変わらずシュールね、靖夫さんって。感性と俗っぽさが両極端なの。波か人形だけならそれなりに評価されるの分かっていて、照れてわざとこんなもの描き込んでしまうのよ……お人形はどこ？」

芹はドアの前で腕を組んだまま、真っ直ぐな足をクロスさせ、それ以上中に入って来ようとはしない。

「あ、あ。あれは応接室……」何か考えていたのか、雄はうっかりした口調で答えた。

「そう、絵だけ放りだして、元に戻したの」芹はおよそ感情のない声で言う。

「あのまま置いとく方が薄情だよ」雄は笑って、元通り絵に布を掛けた。

ニスで黄土色に光らせた階段は、滑りが悪すぎてむしろ危険だった。踊り場の壁にはクジャクの羽が飾られ、一階も二階とほぼ同じ作りの部屋が並ぶ。来たときは気づかなかったが、潮の香と古い柱の饐えた匂いが、下に行くほど重くたれ込めている。応接室は靖夫の部屋の真下にあって、ノックすると宏明が驚いたように顔を覗かせた。

「あれ、兄さん、どうしたの？」雄も目を見張る。

「本を取りに来たんだ」手には古い本が数冊抱えられていた。にこやかに会釈しただけで、足早に自室へと戻っていく。

「逃げなくてもいいのに」芹は体を投げ出すように、革のソファに腰を下ろした。「でも独特ね。ここの蔵書は。さっき宏明さんが持っていたのもそうだけど……原書が多いし。あと写真集」

確かにヨーロッパ、特にドイツ語に似た文字が並ぶ。英語やフランス語も多い。

「じいさまの趣味なんだ。兄さんは、普段ホテルの仕事とスポーツジムで忙しいから、本なんか読む暇ないでしょ。ここでは釣りをする以外、ずっと古いミステリーばっか読んでるみたいだね」

「ホテル？」石山はつい、聞き返した。

「あ、うちって、最初は祖父のホテルが中心だったんです。今は祖母の健康食品や化粧品の方が有名ですけど。宏明兄さんはホテルの仕事を主にやってて、やっと先週休みが取れてこっちに来たんですよ。世間で思われてるほど、僕ら派手な生活してるわけじゃないんですけど。ここでは特に東京の生活を忘れるため、使用人も最小限にして自然に過ごすようにしてるんです」

ワンボックスカーや釣り船を自分で動かし、庶民と隔たりない生活を送っているように見えたのは、そういう理由だったのか。しかし家具や置物には本物の風格があり、やはり並大抵の物ではなさそうだ。

「ホテルも有名よ。お料理が美味しいし、本格的なエステも入っているの」

芹は立ち上がって言った。

「芹さんは親戚なのに、タジマの化粧品は使わないんですよ。動物実験してるからって。ばあさまにも宣言済みで」雄は石山に向かって小声で言うが、当の芹は本棚を見上げて背表紙を指さす。

「あ、『レッド・レドメインズ』。『アルセーヌ・リュパン』こちらは『おやゆび姫』の初版本……目白もそうだけど、お祖父さまの存在って大きいわよね。まだ屋敷のどこかにいらっしゃる感じがする」

雄は肩を竦めただけで何も言わず、ロシアの色鮮やかなマトリョーシカや兵隊型のクルミ割り人形、インドネシアの木彫り猫、ブリキの飛行機などが統一性もなく並べられた飾り棚を開けた。石山の目は、玩具ブロック「レゴ」で精巧に作られた、瀟洒な洋館に釘付けになる。

「これは……すごいね」

「ああそれ、目白の家です。じいさまが自分で組み立てたんですよ」

軽い調子で雄が答えた。西洋の有名な建造物だとばかり思っていた石山は、その豪華さに目を剝く。雄は模型を横に避け、奥から大きな西洋人形を取り出した。

「それね。両面のマルチフェイスドール……」芹は呟くように言って人形を見つめた。

十九世紀の流行なのだろう。セピア色に変色したレースの外出着で、少し太めの体を包んでいる。広げた手に、古めかしい宝飾を施されたビーズのバッグと、細工も細かい日傘をさげていた。

「きれいだけど……どうも怖いね」石山が呟くと、雄は頷いて、

「目がギラギラしてるでしょ。睫毛なんか放射状にびっしりだし。その辺だと思います。怖いのは」

「この顔は……」何で出来ているのかと言いかけて、石山は手をひっこめた。触って汚しでもしたら大変だ。

「先生、遠慮しないでいいっすよ。靖夫兄さんなんか抱えたまま、平気で飲み食いしてたんだし。発見された時も、縄で括られてたんですから。顔ならビスクって焼き物です。蠟、ワックス製が出てからはあんまし作らなくなったらしいですけど。これなんかせいぜい十万単位だろう、ってばあさまも言ってます」

蠟人形も石山には気味悪いものでしかない。人形に『せいぜい十万単位』と言ってしまうあたり、理解できない感覚だ。

「縄で括るって……この絵に描かれている荒縄で？　でも絵では、人形はぶら下げられてないね」

「そうです。絵の解釈として、海とこの建物と縄、それから人形は、たぶん別の次元に存在してると思うんです。描いてた時も、縄はその天井の梁からぶら下がっていたけど、人形は机の上にきちんと座って別個に置いてあったんですよ。それがあの朝だけ……人形が仰向けにのけぞって……ちょうど縄の輪っかの部分でお腹や肩を括られて……髪の毛逆立てて、誰も見たことなかった泣き顔をこっちに向けてた。今にも落っこちそうにゆらゆら揺れながら……」

人形を抱いた雄は闇に呑まれそうに見えた。感情を抑えきれず、震える唇を嚙みしめる。唐突に芹が人形を取り上げたので、雄はほっとしたように泣き顔を背けた。芹が抱くとさらに雰囲気が出て、まるで一枚の絵のようだ。

「信じられない、本当にジュモーじゃないのね……首筋に、ロゴが入ってないし」

「ロゴ？　ジュモーって？」横を向いたまま、雄が聞き咎めた。

芹は細い指で人形の髪の毛を整えながら「ジュモー？　フランスの有名な人形職人よ。親子二代の。活躍したのは十九世紀一杯くらい。ほら、手首に赤ちゃんのような切れ目があって、ふっくらしてる。顔も下ぶくれで特徴がはっきり出ているわ。骨董人形《アンティークドール》といったら、最初に名前があがる人たちよ」

「ふーん」石山ほどではないにせよ、雄も人形作家に関する知識はないらしい。雄弁に語る芹を、興味もなさそうに見る。

「ジュモーはね、純粋に人形の美を追究したせいで、世紀末の猟奇的な波に押されてしまったの。ドイツ製ワックス人形の方が表情豊かだし、新しい時代に受け入れられたのでしょうね。マルチフェイスドールっていうから、ドイツヘッドだと思ってたのだけど……」

そう言いながら、洋服と共布の帽子をめくり、指を差し込む。

じき、微かな音とともに表情が崩れ、人形は泣き顔に変化した。石山は思わずアッと声を上げる。大げさに太い眉をひそめ、口を歪めた顔。それは醜く下品にさえ見えた。

「ど、どういう風に変わったんだ。早くてよく分からなかった」

「この帽子の中、つまり頭につまみがあるの。そこを回すと顔が百八十度回転して、後ろに隠れていた裏の顔が出てくるわ。浄瑠璃の人形でもぺろっと顔がめくれて鬼になったり、顔を刀で切られてばっさり生身が出たりするかしらがあるでしょ。同じ発想ね。ストーリー上『さあ驚け』が必要な場合はともかく、ただの骨董人形がこれでは、あまりよい趣味とは言えない……」

芹はそう言って、人形をゆっくりと元の笑顔に戻して見せた。今度は石山にも、顔が左から右へと移動する様がはっきりと見て取れた。

「目白には、市松が多いわよね。これはどうしてここにあるのかしら」

「じいさまのやることだから分かんないよ。こっちは建物が和風の造りだから、わざと外国の人形を置いたんじゃない？」

「本当にジュモーだったら、画期的な発見なのだけれど……」

芹は人形を抱いて、じっとその顔を見つめた。石山は醜い泣き顔のショックが後を引き、元のきれいな笑顔にさえ邪念を感じて、夏というのにぞっと背筋が寒くなるのだった。

幕間　八月六日　午後六時五十五分

「駅さえ間違えなければ、すぐ探し当てられる豪邸」という噂は本当だった。鎌倉近くの高級住宅街。それは予想していたよりもはるかに立派な日本建築で、周りはぐるりと白塀に囲まれている。若名はまだ戻ってはいないだろうが――。

式典の後、彼女は動揺する脇田からザックを取り上げると、素人とは思えない該博さでそれを調べ、詳しい説明を要求した。脇田はやっとからかわれたことに気づいたが、どうにも腹の虫は治まらない。「これ、敏感そうね。軽いけど、スラリーなの？」

「……近いが違う。水分は不安定だから。代わりにある物を使った」

つい、正直に答え、さらに説明したい衝動にかられる。小学生の頃、乾電池を爆発させ大火傷を負った脇田には、安定こそ大前提だ。知らずその時の傷跡を撫でながら、声を潜めて液体の名を告げる。

「あなた、やっぱり天才だわ……爆発の時、有毒ガスは?」

「九十九パーセント出ない」

軽く頷き、それまでの経緯《いきさつ》などなかったふうで、彼女はそれを自分のバッグに入れた。そして当然のようにまた白い手を差し出す。「な、何?」脇田はどきりと震えた。

「素人だと思ってバカにしてるの? 雷管よ」


何なんだ、あいつは——。

思い出すたび、苛立ちの度合いが増す。正直、騒ぎを起こそうなど、脇田は一度も考えたことはなかった。発展の余地があるならともかく、完成を見た後は興味すら失せるのが常だ。薬品の匂い。理論どおりの化学変化を得た充足感。幼い頃、硫化銅の炎色反応を見た時と同じ高揚感でメタノールを爆発させ、三硝酸グリセリンを使い、そして当然の成り行きでアレが出来上がった。ただ、悪用され人を傷つけることにでもなれば、それはそれで寝覚めが悪い。

言われるまでもなく、脇田は一時の感情で将来を台無しにする愚者ではない。アレだって何の問題もない完成品だ。子供がプラモデルをランドセルに入れて持ち歩くのとなんら変わらない。

顔の火傷は、そうした尊大さがもたらしたしっぺ返しだった。神童と呼ばれた小学生は憐れみをはねつけるため明るくなり、内面はさらに唯物論で武装した。幸い彼には思考力も判断力も、選ばれた人間だという自負もあった。しかしこの有様はどうだ。あの、イカれた女のことが頭から離れず、どうしてこんな所をうろついている――。

自分はただ、アレを取り戻しにきただけだ。できるのは、せいぜい先回りして家の前で張っていることくらいだった。

勝手口あたりをうろついていると、後ろで低い犬の鳴き声がし、脇田は驚いて振り返った。

「あら……」白いブラウスと紺のフレアスカート、華奢なシルエット、清楚な微笑み。が、その面影は――脇田は息を呑み、そして思い切り、顔をしかめた。

「……ふっざけんなよ。お前、若名かよ」

飼い主の横には大きな二匹の紀州犬が、狛犬のように行儀良く腰を下ろしている。彼女は目を丸くした。「ええ……そうですけれど。どちらさま？」

「はあ？　忘れたとは言わせないぞ。もういいだろ、アレ、返せ」

「……あ、あのわたくし」そう言いながらも、笑いを抑えきれないように口に手を当てる。

「……お前」また胸が高鳴った。いくらうまく化けても、正体は明らか。商売女並のすれっからしに、一瞬でも見惚れるなんてどうかしている。しかし猫を被るにしてもこの凄まじい変わりようは何だ――。

「ごめんなさい。セッちゃんのお友達なのですね」彼女は花のように微笑んだ。

「セッちゃん？」

「ええ。姉の若名菜摘《なつみ》と申します」

「姉……」

「双子なんです」

脇田は慌てた。てっきり若名だと思って、ずいぶんきつい物言いをした。よく見ればウエーブした漆黒の髪が長く、柔らかそうに背中にかかっている。

「……失礼しました。あ、俺、脇田といいます」

「お気になさらないで」

顔は同じでも月とスッポン、天と地ほどに違う。おっとりして頼りなさげな雰囲気はまるで市松人形かお姫様だ。あいつにこんな可愛い姉がいたなんて——。

「セッちゃんは生憎、旅行で」

やはりまだ、帰っていないのか。「いいです。たいした用じゃないんで」

「そうですか」菜摘は真正面からじっと脇田を見つめた。それまで忘れていた火傷の跡に思い当たって、脇田は無意識に手のひらで顔をなぞる。

「あら。その傷？　どうなさったの？」虫されでも見つけたように、菜摘が首を傾げた。ずっと顔を突き合わせていたのに、手を添えるまでまったく気付かなかったかのようだった。気まずく目をそらされることはあっても、面と向かって尋ねられたのは初めてだ。最近は人と顔を合わせるなりすぐ「芋と間違えて顔を焼きました」などと軽口を叩く癖までついていたのだ。

「小学生の時、火傷して……」正直に話したのは何年ぶりか。

「まあ、まだ痛みます？」菜摘は言って両手を伸ばし、いきなり滑らかな指で脇田の頬を包みこんだ。脇田は呆然と立ちつくす。手のひらから、清らかな日だまりが流れ込む感覚。それも一瞬。菜摘はすぐに手を離した。「わざわざお訪ねくださったのに申し訳ありません。セッちゃん、脇田さんの連絡先、存じ上げてます？」

「あ、今、電話切られてるんです。金なくて」

つい余計なことを言って、子供のように赤面する。脇田の父は地元の缶詰工場の経理部長。母は自宅を兼ねた小さな店で化粧品を売っている。決して裕福ではないので、三男坊の脇田は奨学金をもらい、アルバイトの掛け持ちで賄ってきた。他の学部より実験費が嵩む上、個人的な作業までやっているせいで、毎月ピーピー言っている。おまけに何故か最近、家庭教師をクビになり、食うことも危うい。ウンともスンとも言わない電話が、部屋の隅で長いこと埃を被っていた。

「こっちから、連絡します」

菜摘の手前そう言ったものの、たぶんもう関わることはないだろうと脇田は思った。あんなやつ、犯罪者になろうがテロリストになろうが関係ない。しかしそうなれば姉の菜摘は悲しむだろうな——。それだけが少々気掛かりではあった。

「そうですか」菜摘は目を伏せた。そこにちょうど勝手口が開いて、中年の女が顔を出す。

「菜摘お嬢様、山谷《さんや》の炊き出しのことで、お客様が」

「あら、大変……それでは脇田さん、失礼いたします」

菜摘は脇田を残して狭い勝手口に駆け込み、犬もはしゃぎながらその後を追った。

今、山谷と言わなかったか。脇田は耳を疑う。まさかドヤ街で炊き出しを。あんなお嬢様が大丈夫なのか――。若名といい菜摘といい、ここのお嬢様たちは一体どうなってるんだ。

そしてふと、足元に落ちている一枚の葉書に気付いた。慌てて玄関を見やったが、もう誰の姿もない。「定期コンサートのお知らせ」とあり、日時は明後日。店の住所と電話番号。店名はカタカナの飾り文字で「ムジーク」。

ここに行けば、菜摘にまた会えるかもしれない。最初に考えたのはそのことだった。脇田は店の場所を記憶すると、古風な郵便受けに葉書を投げ込んだ。紙が底に当たる微かな音が数秒、消えることもなく脇田の胸に響き続けた――。

八月六日　午後七時三十分

雄たちの祖母で女主人の田島晶《しょう》は、美容関係の女性にありがちな年齢不詳の容貌の持ち主、ふくよかな体型と明るい裏声で、女王然とした貫禄を誇っていた。高級ブランドらしい派手な色柄ワンピースが、靖夫の持っていた写真よりも十歳は若く見せる。足が悪く、車椅子から立ち上がることはなかったが、特注のそれは高級家具並みの細工が施され、ファッションの一部と化して皆の目を惹く。

石山は晶刀自《とじ》を前に緊張してしまい、ナイフとフォークが音を立てるたび、身が竦む思いだった。おまけにさり気ない会話の中に、セレブぶりを見せつけられる。亡き、雄たちの祖父田島寅《とら》之介《のすけ》を、未だ「ホテル王」と呼ぶ者も多いらしい。

「雄は学校ではどうでした」刀自が歌うような口調で尋ねた。が、目は笑っていない。明るく胸を張り、常に空を仰いでいる感じは宏明と同じだが、数倍の貫禄と威圧感があった。

「もちろん、とても優秀です」野草のようなサラダと格闘していた石山は、慌てて口の中の物を飲み込んだ。

満足げに刀自が頷くと、その隣で冷酒を味わっていた白髪の小柄な老紳士も、顔を上げてうんうんと頷いてみせた。「主治医の大戸木医師」と紹介されたはずだと、石山は緩みがちな記憶を辿る。

「雄くんは医者に向いていると思うんですがね。本人はまるでその気がなさそうで残念ですよ」

「そんな忙しいお仕事、選びませんよ、この子」京美が鼻で笑った。

「楽するためなら、血の滲む努力も惜しまないタイプですもん」

下がり襟のブラウスとタイトスカートをいう地味な服装でも豊満な胸は隠せないが、まだ二十代というのに、すでに女を捨てた感じがする。大学の研究室でミドリムシの研究をしているといい、姉弟中一番、祖母の才知を受け継いだ剛毅さもある。いずれ主要美容部門を引き継ぐのは彼女だ、というのが世間一般の認識らしかった。

「僕を話題にしても、面白いことなんかないっすよ」雄は迷惑そうに言った。「来年は入れる大学に入って、技術系の公務員か、一般企業で普通のサラリーマンになるつもりなんです」

「傲慢……」何か考えていたのか、それまで口数の少なかった芹が冷たく言い捨てた。「普通の一般のと言うけど、『普通の人』なんてどこにいるの。その程度の認識で就職してごらんなさい。半端な帝王学が身に付いてるあなたなんて、三日と続きはしないのだから」

「きついなあ」宏明が余裕あるところを見せようとばかりに笑ったが、どうやっても顔が引きつっている。当の雄はさして気にする様子もなく平気で珈琲を飲んでおり、前向きで元気な宏明より一枚上手のようにも見えた。

石山はふと、自分と同じようにまったく場に馴染めていない倉内に目を留めた。甘い物が好きらしく、シャーベットを大事そうにスプーンですくっては口に運んでいる。

「このお皿は……」芹は皿の裏を見て、意外そうに呟いた。「国産？　ヨーロッパ製かと思いました。ロイヤルコペンハーゲンより絵画的ですね」

「これは古い大倉陶園。初期の青い薔薇《ブルーローズ》なの、ナッちゃんも大好きだって、聞いたことがあるわ」

刀自がうれしそうに答える端から京美も頷いて「お祖母様はロイヤルコペンハーゲン、お好きじゃないから」

「そうですね。セーブルやジノリは、目白で見掛けましたけど。そういえば……」

芹は納得したように頷きつつ、すでに食器に対する興味は失せた様子。頭の回転が速いゆえだろうが、次に持ち出したのは、歓迎されそうもない微妙な話題だった。

「応接室のアンティークドール。あれはどういう物ですか」

姉弟で〈綸子〉の話をするのとはまるで違う。場の空気が一瞬で凍り付いた。が、刀自はさすがに一筋縄ではいかず、大きな指輪をいくつもはめた手を空中でちょっと止めただけで、すぐさり気ない口調で答える。

「西洋人形のこと？　あれはまだ京美が生まれる前だから、この子たちの両親が結婚したばかりの頃ね、夫がドイツから買ってきたのですよ。女の子もいないのに可笑しい、って笑ったのだわ」

「ドイツ？　フランスではなくて？」親戚とはいえ、物怖じもせず真っ直ぐに刀自を見る。

「ええ。確かにドイツだったわ。どうかした？」

「いえ……」芹は軽く落胆の様子を見せ、デザート皿に匙《さじ》を戻した。「ジュモーかと思ったものですから」

「それは違うの」刀自はやっと言わんとすることを理解したのか、安心した様子で微笑した。

「夫もそう思っていたらしいのよ。安く手に入ったって喜んでいたし、でもやはりお値段って正直なものね」

からくりのことを言っているのだろう。芹は長い睫毛を伏せて考え込んだ。横顔に見とれていた石山はいきなり腕を摑まれる。振り返ると、京美が冷やかすように笑って尋ねた。

「石山さんはおいくつ？」

「二十七だよ」と雄が代わりに答えた。「でも先生、若く見られるの嫌がってるから、そういうこと言っちゃだめだよ」

石山は苦笑した。お見通しなのが面はゆい。

「いいじゃない。若く見られる方が。うちの研究室の男なんて若いのに見かけオッサンで。入社試験の時、御不浄で他の学生に面接官と間違えられたんだから。それでがっくりきて、一生をプラナリアの切断に捧げる決心がついたってわけ」そう言ってがははと笑う。トイレを御不浄と呼ぶあたりさすがお嬢様とは思うが、笑い方はきわめて豪快だ。

大戸木医師も失笑を噛み殺して「いや、私らは、少しでも年かさに見られたいと思いながら育った世代ですが、古希《こき》ともなればさすがにそれはなくなりましたなあ」

物言いは穏やかで、女性的に見えるほど優しい。白い豊かな髪の毛は、色白で上品な顔立ちを一層引き立てているようだった。「わざと杖ついて、よぼよぼするとか？」京美が笑って言い、隣の倉内を見た。「古希って……ええと」

「三と二分の……」不意打ちに動揺した倉内は、皿を持ったまま目を白黒させ、わけのわからないことを呟く。

「ったく、何言ってるのさ。古希は七十。八十が傘寿、九十が卒寿、百八が茶寿……」

雄が馬鹿にしたように言うと、老医師は大きく頷いた。

「雄くんは物知りですな。茶寿というのは私も初めて聞きます。果たしてどこまで近づけるものやら」

「大丈夫ですよ。先生なら……」宏明が言う。「悩まず、怒らず、心が広く。精神レベルが高くて、プラス思考でいらっしゃるから」

「……出たあ、宏明の『前向き』教」京美が小声でいった。茶化されてみれば、確かにそのポジティブさは少し宗教的である。

石山は珈琲に手を伸ばした。このままいけば、緊張したディナーもなんとか無事終わりそうな気がした。

「石山さん。明日早く起きて釣りしましょう、楽しいですよお」

京美の呟きが聞こえなかったのか、宏明がナプキンを几帳面に折り曲げつつ声を掛けた。やっとその話題が出たので、石山も嬉々として「ええ。はい。ぜひ。何時でも起きます」

「じゃあ、私も久しぶりにご一緒しますか」

大戸木医師も、石山の反応を面白そうに眺めて言った。これでこそ堅苦しい席も我慢のしがいがあるというものだ。石山は後で道具でも見せてもらおうと、遠足前日のように浮き足立ちながら、やっとデザートを平らげた。

——と、その瞬間。

天井から大音響が降ってきて、皆が動きを止めた。石山は心臓を鷲掴みにされたような衝撃を受ける。

給仕をしていた五十がらみの女性は悲鳴を上げて、重ねた皿を床に落とした。しかし皮肉にも皿が割れる音が、皆を正気に戻す。

「リヒャルト・シュトラウスだわ」

「ニーチェ、だ」芹と雄が同時に叫んだ。

屋敷中に重低音が響き渡って、びりびりと振動すら感じる。その派手な導入部分は石山にも聞き覚えがあった。たしか暗黒肉弾魔人と呼ばれる格闘家のテーマ曲だ。

「靖夫兄さんだ……」雄が椅子を倒して立ち上がった。皆の表情がますます固まる。

「どこからですか」大戸木医師がナプキンをテーブルに投げた。

「二階の奥の部屋だ。雄、一緒に来い。何でもない、大丈夫だ」

顔面蒼白になった宏明が、力強い言葉とは裏腹、おろおろ立ち上がってただ天井を見上げる。その間も耳を押さえたくなるほどの音量で曲は流れ続けた。

刀自は色を失い、大きな手が震えていた。京美は刀自に寄り添いその肩を抱えているが、刀自よりもさらに青ざめている。

「石山先生も来て」芹はいきなり石山の腕を摑んだ。引き回すように強い力を込め、宏明には目もくれず階段を駆け上る。腕に食い込む指が痛いほどだ。

二階に上がるとさらに音量は大きくなった。どうやら石山にあてがわれた部屋の向かい側から聞こえるようだった。絵だけがぽつんと残されている広い空き部屋。やっと追いついた宏明と雄を乱暴に押し退け、芹は迷うことなくドアを開けた。「……電気をつけて」

明るく照らされた部屋は一見、さっきと何ら変わりはなかった。部屋は無人で、イーゼルも白いシーツを掛けられたまま。音楽はサイドボード上の、やはり布で覆われたものから流れ、シーツごとびりびりと振動している。芹は部屋に入り、剝ぐように布を取り去った。そこには思いも掛けず古い小型テレビがあり、それがとてつもなく大きな音を発していたのだった。

「これは……」石山は呻く。

テレビ画面では猿が、持っていた骨をまさに今、空に向かって放り投げようとしていた。その骨が宇宙船へと姿を変える瞬間、芹は慎重にテレビの電源を落とす。やっと辺りに静寂が訪れた。

「ビデオか……誰が」宏明は蒼白になって譫言《うわごと》のように言った。

「センスゼロね。それとも何か。そういうお約束へのオマージュ？」

芹は呟きながらも、旧式のビデオデッキや、コンセント型のタイマー、部屋の窓、戸棚などをチェックしている。石山と宏明は何が起こったのか理解できぬまま、ぼんやりその場に立ちつくした。雄もさすがに青ざめた顔で腕を組み、芹を見守っている。

「ＯＫ。食堂に戻りましょう。みんな心配しているでしょうから」

一通り調べ終わった芹は、今頃になっておずおずとコンセントを覗き込んでいる宏明に冷たくそう言い捨てた。


「テレビとビデオの共通の電源が、タイマーセットされていました。デッキに古いビデオテープが入っていたのです」

芹ははっきりとした口調で、いまだ凍り付いている面々に説明した。テーブル上にはたくさんの皿が、片付けられずそのまま並んでいる。「それが急に動き出したのよね。ね、宏明さん」

「……ああ」ショックが覚めやらぬのか、主導権を握られてきまりが悪いのか。さすがの宏明も表情が薄く、掠れた声でやっと返事をした。

「二階のテレビ……」京美が苦虫を噛みつぶしたように「古いのにあんな大きな音が出るなんて」

音響のデモンストレーションに使われるような、派手な曲調がよくなかったと石山は思う。

「移動か掃除のはずみで、ボリューム最大《マックス》になっていたようです。回転タイプのアナログタイマーでしたし、電気のコードもかなり熱を持っていたから、誤作動の可能性が高いですね。摩耗した歯車の動きが鈍くなって途中で止まっていたのが、何かの拍子に動き出したのでしょう。あの状態で電気が通ったままだったら、古いコードが焼き切れて火事になったかもしれませんし。むしろ早く分かってよかったとも言えますね」

あれだけセンスゼロだの、オマージュだのと貶《けな》していたにも拘わらず、悪戯の可能性は言及しないつもりらしい。渋々頷いていた宏明もやっと席に着き、珍しく無言のまま冷めた珈琲を手に取る。刀自は未だに動悸が収まらないのか、拳を握りしめて浅い呼吸を繰り返していた。

「あのビデオ……キューブリックは、靖夫兄さんのお気に入りだったんだ。それが今頃勝手に動き出したなんて、兄さんが何か訴えてるみたいだよね」

雄がピアノの前に座り、冗談めかして言った。ピアノの蓋を開けてちょっと指を揉むと、さっき大音量で流れたばかりの曲を軽いタッチで弾き始める。こんな才能もあるのかと石山は密かに感心したが、雄は無表情のままで指を滑らせ、憑かれたように呟き続けた。

「俺が自殺なんかするわけないだろ、どうして誰も認めようとしない……無念を晴らして欲しいのに。どうして分からない。どうしてどうしてどうしてどうしてどうしてどうしてどう」

「いい加減になさい」刀自が震え声で一喝した。

雄は手を止め、息を吸ったきりしばらく微動だにしない。あたりにまた緊張がはりつめた。

「……気持ちは分かります。靖夫くんが自殺だなんて私も信じたくはない。が、日本の警察は優秀です。蒸し返したところで徒にプライバシーを暴くばかり。靖夫くんが帰って来るわけではない」

　大戸木医師が温かい口調で、取りなすように言った。しかし雄はたがが外れたようにだらんと両手を鍵盤に落とし、その弾みで辺りに軽い不協和音が響いた。

「……原因は本人の素行の悪さだし、世間体もあるからほっとけってことですね」

「いや、そういう意味では……」畳みかける雄の言葉に老医師は顔を赤らめ息を吐く。

　重い沈黙――。

　刀自が胸を押さえ、雄を叱責しようと呼吸を整えるのが見えた。が、一瞬、早く芹が口を開く。そして例の妙な言葉遣いと、突き落とすような残酷さで言い放った。

「そこまで言うならば……あなたが靖夫さんの死因に疑問を持つところの理由。今すぐ、皆が納得するまで説明してごらんなさいな」

　雄は鍵盤に手を置いたまま鼻白んで「それは……兄さんに死ぬ理由なんて……なかった。悩んでる風も全然なかったし、直前に島に人を招待したりもした……」ちらと石山を見る。

「それで全部?」芹は顔をつんと上に向けた。短い髪の毛が揺れる。

「死にたくなる状況なんて、突発的にできあがるものなのよ。それに。もし悩んでることがあったとして、あなたならあちこち相談して家族中に触れ回る?　あなたは靖夫さんのプライバシー全てを知っていた訳じゃない、やはり……」言葉を切って哀れむような目で見る。「あなたの話は甘い状況把握と希望的観測。物理的に他の介入が必然である証明をするならともかく、事実関係の矛盾点をまったく挙げてもいない。普段、理屈で人の揚げ足を取っているくせして、自分のことになるとまるで浪花節《なにわぶし》ね」

――浪花節？　石山は昨今聞いたこともない言葉にまた呆れた。しかし雄は声も出ないほど青ざめ、ただ唇を震わせる。見ていてかわいそうになる動揺ぶりだった。ゆっくりピアノの蓋を閉め、椅子を引き、そして体を傾けて誰にともなく呟く。

「……すみません。どうかしてました……」気まずい空気が、皆を沈黙させた。「大戸木先生、八つ当たりしてごめんなさい……」

「いや。こちらこそ余計なことを……」

「僕、勉強の途中だから……これで失礼します」

「……うわて出し投げ、芹の山の勝ちい～」

後ろ姿を見送りながら京美が呟いた。続けてふっと息を吐き、勢いよく前髪を吹き飛ばす。幾分和らいだ空気の中、刀自も疲れたようにこめかみを揉んだ。

毒舌家だがどこかユーモアを漂わせる京美。敵の逃げ場を奪って確実にトドメを刺してしまう芹。石山は、雄の落胆ぶりを思いやりながら、ぼんやり目の前の二人を見比べた。

八月六日　午後八時十五分

重要文化財のような日本的旧家でいて、家中どこにも畳がないというのは奇妙な話だった。

手を加え過ぎて原型を留めない料理にも食傷気味だ。せっかく新鮮な魚なのだし、刺身か汁にして、温かい飯さえあればそれで十分ではないかと石山は思う。

古い建物なので隙間だらけだが、ホテル王の別荘だけあって、部屋の設備だけはさすがにホテル並みだ。一応一階に風呂とトイレはあるものの、各部屋バストイレ付きで、使いたい時にたっぷり湯も出る。島では水が貴重なはずだが、電気や水道はどうなっているのだろうと、つい小市民的な心配も頭をもたげる。屋根には巨大な太陽光の発電板があるようだが、それだけで足りるとも思えないので、別に発電室でも持っているのかもしれない。

ネクタイをほどいて息をつく。見合いを企む母に言われ一張羅を持参してはいたものの、式典以外いつも普段着の石山には、正装の夕食など思いもよらないことだった。Tシャツに着替え、ほっとしながら荷物を片づける。ベッドに糊の利いた浴衣が置いてあったが、まだそれを着るには早い時間だった。打ちひしがれて部屋に戻った雄のことも気になるが、本当に勉強をしているなら邪魔をしないほうがいい。せっかく海の近くにいるのだし、ここは砂浜に出て波でも見てみようかと石山は重い腰を上げた。

玄関脇、砂だらけの石段を下りれば、すぐに掛け値なしのプライベートビーチだ。散歩用の下駄に履き替えていると、そこはちょうど厨房の裏にあたるらしく、蛍光灯の灯りが漏れる勝手口から男女の話し声が聞こえて来た。

「あんた、さっきはどこにいたんだよ。あれだけの音がしたんだから、聞こえなかったとは言わせないよ」

「ふ、ふん。知らねえよ」初めて聞く声だった。

「どうせ、震えてたんだろ……わたしゃ、皿を何枚も割っちまって。奥様は許してくださったけど、ありゃ大正時代のノリタケとかで、本当なら首が飛ぶところだよ」

「まさか……なんとか皿屋敷、じゃねえんだからよ」

「でもびっくりしたよ。靖夫坊ちゃんのお化けが出たかと思って」

どうやら女は美奈おばさんとかいう、給仕をしていた五十がらみのメイドらしい。相手は夫だろうか。ハンガーのように角張った妻とは対照的に細身でしなやか、なかなかの男前だ。しかしせっかく若く見えても、背中を丸め、ひっきりなしに貧乏揺すりをしているせいか、どこか卑屈な感じがつきまとう。

「いい人だったのにな。代わりにあの暑苦しい次男が死んじまった方が、ずっと空気がよくなったのによ」

「滅多なこと言うもんじゃないよ……でも確かに靖夫坊ちゃんはお優しい方だったたね。あの日も相変わらずで『明日は画材屋に行くから、ついでにセクシーな黒い下着でも買ってきてやろうか』なんて笑ってさ。あんなに元気だったのに……何で急に死んじまおうなんて考えなすったのか」雄が聞いたら、また頭に血が上りそうな話だ。

「お前……靖夫さんは自殺なんかじゃねえんだぜ」

「なんで、そう言い切れるんだよ」

「実はな。奥様から内緒で頼まれてることがあるんだ。まだ言えねえが、知ったらみんなぶっ飛ぶぞ」男は得意そうに笑った。

「なんだよ、それは」

「言えねえ、っていったろ。が、小遣いを一万増やしてくれたら、おまえにだけは、ちらっと教えてやってもいい」

「ふん、冗談じゃない。聞きたくないね。それよりゴミ、外に持ってっておくれ」

近づく気配に、慌てて砂浜に下りた。靖夫はいい加減なようでいて、誰からも好かれるキャラだったのだ。宏明がなぜ嫌われるのかは分からないが、確かにポジティブすぎて鼻につく感はある。しかし——『みんなぶっ飛ぶ』こととはなんだろう。美奈が一万円を出し惜しんだせいで知るすべもなく、諦めて青い光を放つ電灯まで歩く。時々じゅっと音を立てて、焼けた虫が落ちてくる。飛んで火にいる夏の虫、か。嫌な言葉だと石山は思った。

——何も起こってない、不穏なことなど何もないはずなのだ。

が、しかし。資産家一族の別荘、うやむやになった長男の死、大音量で流れたビデオ、何か知っているそぶりの使用人。

「そういうお約束へのオマージュ」と芹は言う。確かに得体の知れない暗い波が、うねりながら近づいてくる不安を拭えなかった。石山はその場を離れ、砂浜に足跡を付けながら更に歩く。

ガスタンクの横に、水を溜める水槽と浄化槽があった。水の確保だけでも、かなり金がかかっているようだが、これほど金と手間をかけて無人島に家を持つ意味がどれほどあるのだろう。釣りをするなら鞆の浦あたり、あるいは自動車道沿いの島に居を構え、船や設備に金をかける方がずっと効率的だ。ここは船も一艘のみ。人や荷物の運搬も全てそれで賄っているようだが、どうせなら釣り専用のフィッシャーボートかせめてミニボートを置くべきなのだ。

海から微かに風は吹いてはいるが、少し歩くだけで汗ばんでくる。人見島の灯火《あかり》は、星のように瞬いて美しかったが、隔てる海はうねる黒い帯となって、深く静かに横たわっていた。普段から夜釣りで慣れているはずが、今夜だけはなぜか謂《いわ》れない不安に駆られる。石山は急かされるように、屋敷へと引き返した。

八月六日　午後九時五分

部屋に帰った石山は枕元のラジオをつけ、ベッドに横になって木目が浮き上がる天井を眺めた。テレビはＮＨＫの衛星放送しか映らない。ネットはもちろん、携帯電話もずっと圏外のまま。ただ部屋には冷蔵庫やミニバーがあり、外に出なくても大抵こと足りるようにはなっている。

ふと、隅に追いやられた木机が目に付いた。起き上がって、引き出しに手を掛ける。小さい三段引き出しはからっぽで、引き出しにはレターセットと聖書。これに館内案内図でもあれば本当にホテルだ。そう思った時、控えめなノックの音がし、石山は慌てて声を上げた。しかし焦ったせいで、向こう脛を嫌というほど椅子に打ち付けてしまう。

「ど、どうされました。石山さん」

ドアを開けて入ってきたのは予想だにしない倉内で、しゃがみ込んだ石山を見ると、目を剝いて駆け寄ってきた。

「いや、足を打って。大したことはありません」言いながら、自分でも涙目になっているのが分かる。石山は脛を撫でながらやっと起き上がり、改めて皺だらけのシャツを着た倉内を見やった。

「……弁慶の泣き所ですね」倉内は同情するように顔をしかめる。

ここがそうなのか、痛いはずだ。さすがに文筆業だけあって言葉をよく知っている。夕方、居間で録音原稿を文字におこしているのを見たが、キーボードを打つ手の速さに感心したばかりである。

「雄くんの先生でしたよね。芹さんともお知り合いですか」

「いえ、今日、初めて会いました」

何しに来たのだろう。意図が摑めず困惑しながらも、取りあえずそう答えた。ぐるっと一回りした顎髭。雄が言った「上下逆さにしたら別の人、みたいなだるま顔」という表現が蘇って、ついつらつらとその不自然な髭を眺めてしまう。

「きれいな人ですよね……」倉内は言って、殺風景な部屋を見回した。

さらに気詰まりな雰囲気。確かに晩餐の席では、同じように浮いてはいたが、だからといって互いに語り合う話題などない。

「記事を書いてらっしゃるとか……どういうジャンルですか」

取り敢えず仕事の話か。たいして興味もなかったが一応尋ねる。

「はあ、頼まれれば何でも……今はレジャー関係が多いですが」

「……そうですか」

話はまた尽きてしまう。しかし倉内は隅に立ったまま、去る気配もない。そしてまた、おどおどした調子で口を開いた。

「京美さんが、あなたと前に会ったことがあるような気がする、と言ってましたが」

「え、そうですか?」小面のことはこちらの勝手な思いこみだ。電話のことがばれたのかと一瞬慌てたが、まさかあの程度で思い出しはしないだろう。

「いや、京美さんのような女性ですが……」倉内は言い淀んで「私と京美さんはどういう風に見えますか。あのですね……石山さんから見て、ですが。いや、京美さんの気持ちがですねぇ……」

散々喋らせてから、鈍い石山はやっと倉内の言いたいことに気付いた。白い肌は真っ赤に上気し、首筋まで赤くなっている。

「はあ、恋人同士だと聞きましたが……違うんですか」

船で雄が、それらしいことを言っていた。図々しいとかまだ居座るとか、散々けなしていたが、実際に話をしてみると、豪快な京美と気の弱い倉内はまるで女上司と部下のようだ。

「いや、京美さんは頭脳明晰だし、僕なんて相手にしてもらえないんです。えんじに似ていて……いや、本当に美しい」

「えんじ?」

「頭に二匹のへびをつけた、人面の怪鳥です」

「はあ?」

何だそれは、妖怪か? 耳を疑うが、倉内はいたって真面目に頷く。小面しかり、そんなおかしなものに似ているというのもどうかと思うが、石山には雄の言うように、倉内が金だけを目当てにしているようには見えなかった。倉内は、京美がどれほど聡明で思いやりに溢れ、心の美しい女性であるかを熱く語る。何とか京美の真意を確かめたがっているようだ。まさか恋愛の悩み——。今どき高校生でもこんな相談をしてくる者はいない。それに自分など一番役に立ちそうもない人選だ。

「しかし……あなたをここに招待したのは、京美さんでしょう? だったらもっと、自信を持っていいんじゃないですか」

「そ、それを誰から?」倉内は神経質げに目を瞬かせた。

「たじ……雄くんが言ってましたが」

「いや、たまたま六月に仕事のことで取材をお願いしようと電話を入れましてね。その時、島の話が出て、誘っては頂いたのですが、今考えれば社交辞令だったかも……京美さんは優しいから」

「うーん、やはりあなたの方からはっきりした意思表示がなければ、何も始まらないのでは……」

あり得ない会話、と雄などには笑われそうだ。それは石山自身、あまり生かされたことのない金言でもあった。

「石山さんみたいにもてるタイプだったら、僕だってそうしますよ」

「え?」そんなことを言われたのは初めてだ。この男なりのお世辞だろうが、こうも互いにもたれ合う会話をしているようでは、せっかくのバカンスも進展なく終わりそうだった。

妖怪に似ていることはともかく、京美の何がそれほど倉内の心を摑むのか。石山は色気に乏しい言動とそこだけ手入れの行き届いた髪、豊満な胸を思い浮かべた。あれで結構もてる、と雄は言っていたが、確かに石山も、お嬢様でありながら気取らない京美を好ましく思う。頭もいいし、美人の部類にも入る。しかしあの豪快さは異性というより、話せる飲み仲間というイメージだ。

心情を吐露して少しは落ち着いたのか、倉内は息を吐いた。案外、誰かに話したかっただけかも、と自らの役立たずを棚に上げて石山は思う。

「ここは懐かしいな、もともと靖夫の部屋だったんですよ」

「へえ……」石山は目を丸くした。「そういえば倉内さんは、靖夫さんと友達でしたね」

「ええ」倉内は頷いて「いい奴でした。あんなことになるなんて」

ワイドショーなどで聞くセリフをそのまま口にして、目を伏せる。

「絵を見せてもらいました……感性の鋭い人だったみたいですね」

石山は、当たり障りのない言い方をする。倉内はしばらく頷いて何か言い倦《あぐ》ねていたが、決心したように顔を上げ、思い詰めた表情で口を開いた。

「ここだけの話……私も雄くんの言うとおり、靖夫は……本当は死ぬつもりなんてなかったと思うんです」

「……え？」

ざわざわと心が騒いだ。またた。何か起こっているわけでもないのに、また、何かが冷たい指先を伸ばし、闇の中から信号を送っている感じがした。

さらに倉内が何か言おうとした時、今度はそれと分かる歯切れのいいノックの音がして、雄の声が響く。「先生、ちょっといいですか」

「あ、どうぞ」

とたんに倉内はおどおどした様子に戻り、部屋に入ってきた雄と芹に会釈した。

「こ、んばんは」

「あら、倉内さん、よかったの？」露骨に意外そうな表情を浮かべて芹が言う。例によって雄からは冷たい視線を浴びせられ、倉内は、まるで話の内容を知られたかのように動揺し、赤くなった。

「ぼ、僕は……もう帰るところです」

「私たちだって用ではないの。雄くんは気分転換だし、私は本を返しに来ただけだから」芹は持っていた文庫本を机の上に置いた。

石山のポケットにあったのを見つけ、暇潰しに読むと持って行った靖夫の本である。裏表紙に書かれた電話番号が、あたかもブックカバーのデザインのように踊っている。

「早いね。もう読んだの？」

「ええ、たいした本じゃなかったもの」

「何の本？」雄が取り上げて、ぱらぱらとページを捲った。

「時限ニンギョ……か。変な題名」

「ええ。何かの賞をもらった小説みたいだけど、変わってるのは書名だけ。最初からずっとどこかで読んだ感じだし、気取ってるし、くどくてだるくて退屈？」

　かなりの辛辣ぶりだ。筆者の苦労など微塵も考えず、軽くこき下ろすところが彼女らしい。

「泣ける恋愛小説？　僕はいいや」雄もぽんと本を投げ捨てる。

「あ、本当に僕はこれで……」

　倉内は居場所がないと感じたのか、こそこそとドアに手を掛けた。石山は慌てて呼び止める。

「倉内さん、明日の釣りは？」

「僕は遠慮します。朝は苦手で」靖夫の死について倉内が何を言いかけたのか気になったが、この状況で呼び止めるすべもない。逃げるように出ていく倉内を黙って見送るしかなかった。

「どういうの？　あれ。私たちが怖いのかしら」

「芹さんを怖がらない人間なんか、いないよ」

　そう言う雄は、あまり怖がっているようにも見えない。年頃の男女の気負いもない。姉弟に見えるのはそのせいだと石山は思った。

　芹は雄をちょっと睨んでから石山に尋ねた。

「何話してたの。あの人と」

「雑談だよ。退屈だったらしい。それと、靖夫さんについて何か言いかけていたんだけど」他に言いようもなくそう答えた。

「そう」芹はどうでもよさそうに、机の椅子を引き出して腰かける。

「なんて？」案の定、すぐに雄が食いついた。嫌いな倉内であっても、靖夫に関する情報は喉から手が出るほど欲しいらしい。

「うん、靖夫さんは死ぬつもりはなかったとか何とか……詳しく聞こうとしたところに君たちが来たから」

「……死亡フラグっぽい。そのまま殺されていいのに」ひどいことを言い、雄は考え込んだ。芹はちょっと黙っただけでカーテンをめくって外を見る。

「ここ、私の部屋より波の音が大きいみたい」

「角部屋で、両側が海だからね」石山は答える。「あ、靖夫さんの部屋だったって聞いたよ」

雄は頷いたが少し言い澱んで「五月に帰ってきて、急に波がうるさいだの眠れないだの言って、向かいの部屋に移ったんだけど……先生、気味悪いですか。ここが一番いい部屋なんですよ」

「そんなことないよ……気を遣わせたね」それは本心だった。

「そこの机、今はないけど、靖夫兄さんのノートやらスケッチブックやら入ってて、あと手帳なんかも……」

「それ、誰が持ってるの？」芹が尋ねる。

「僕だよ。警察から返ってきた後、形見でもらったんだ」雄はしれっと答えた。食堂でやり込められた痛手はすでにその片鱗も窺《うかが》えない。「色々さあ、手がかりっぽい感じ、あったし」

「ふーん」芹はしばらく考えてから「いいわ。同盟結びましょ。靖夫さんのことについて調べてることは認めるわ。その代わり、それ見せて、あと、知ってること全部話してちょうだい」

「了解」雄はにやりと笑って頷いた。


靖夫が水軍に興味を持ち始めたのは、島で命を落とす前年の秋、東京に戻ってすぐのことだった。雄にはまた、靖夫の気まぐれが始まったとしか思えなかったが、書店で水軍関係の本をたくさん買い込んできたり、雄の部屋から歴史年表を持ち出したりして、かなり熱心に調べている様子だった。

「このノートもたぶん、そのころ書いてたやつだと思うんだけど」雄はノートを開き、無造作に挟まれた薄い書物を見せる。「コブンショでしょ、これ」

「古文書《こもんじょ》というのよ。物を知らないわね」芹はそう言いながらも、注意深く古い和紙で綴られた書物を開いた。

「宝の隠し場所が書いてあるの?」雄が尋ねると、芹は首を振った。

「残念だけど、水軍の心得集といったところね」

表紙には水学集上とある。「写しだとは思うけど、どこでこんなもの手に入れたのかしら。ほらこれは船の配置図」芹が示して見せたのは、船がAの字型に並んだ図だった。

「……一種の軍隊だね。他は?　どんなことが書いてあるわけ?」

さすがの雄も、草書で書かれた古文書を読み解く力はなかったらしい。石山など、そこに何という文字が書いてあるのかさえ分からない。芹は細い指で慎重にページをめくった。

「あまりまとまった文章ではないけれど、一種の覚え書きね。こっちは薬草のこと。舟二不酔《ふねによわざる》茶《ちゃ》って、酔い止め薬だわ。海賊でもやっぱり船酔いなんかするのね。これは……火薬ね。先端の技術書って感じ……でもどうして靖夫さんは急に、水軍の宝なんて思い付いたのかしら。雄くん、何も聞いてないの？」

「うーん。直接は聞いてない。でも僕たち兄弟は小さい時から、じいさまに海賊の宝の話を聞いて育って来たから。まったく目新しいわけじゃないよ」

「そうなの？　どんな話？」芹も初耳らしく、驚いて目を上げた。

「話が上手いからさ、見てきたみたいで引き込まれるんだけど。今思うとそんなに面白くなかったかも。昔、海に鬼がいて、船を襲っては人を食べちゃって、積荷の宝をコレクションしてるって話。鬼は強くて誰も退治できないんだけど、年を取ったかなにかでぽっくり死んじゃうんだ。で、今も宝物がどこかにあるんだけど、幽霊が守っていて、誰もその島に近づけないって話」

「お祖父さまの失踪、いつだった？」

「失踪？」ただならないその響きに、石山は目を見開く。

「そうよ。先生、知らなかったの？」芹は呆れた口調で「その当時『ホテル王の失踪』って有名だったみたい。タイのシルク王、ジム・トンプソンのエピソードまで引きあいに出されて。殺されたとか誘拐されたとか、色々憶測が飛んだけど、結局、船を乗り捨てた大三島を最後に、今も足取りが摑めないままなの」

　雄も石山を見て頷いた。「七年前です。別に経営がどうこうってこともなかったし、せいぜいその辺で事故にあってのたれ死んだか、今の生活が嫌になって、愛人と外国に逃げたんじゃないかって。ちょうど『失楽園』が流行ってた時期だったし、いい年して、一番それっぽいってみんな思ってたみたいっすね」雄は人ごとのように説明した。そしてしびれを切らしている芹を見て言う。「あ、海賊？　いつだったかその話をしつこくねだったら、急にうるさい、って怒り出しちゃってさ、それからあんまり話してくれなくなった。だからずっと忘れてたんだ。靖夫兄さんが水軍について調べ始めても、繫がらなかったくらい。これ見てやっと思い出したんだよ」

　雄はそう言って手帳を開いた。やはり靖夫らしく統一性がない。罫線のない紙に大ざっぱな予定が書いてある他は、手の細部《ディテール》や居眠りしている老人、花など気儘なデッサンだ。丸いデザイン的な字でぎっしり書かれたメモは、参考書から抜き書きした資料で、やはり日記的なものではなさそうだった。目を走らせると、はたしてそこに水軍の文字が踊る。「日本海賊大王」と大きく銘打たれ、横に劇画タッチで野武士にも見える美貌の男が描き添えられるに至っては、売れない油絵に固執するより劇画デビューしたほうがよかったのでは、と思わせる巧みさだった。

「上手いなあ……」石山が思わずうなると、珍しく芹も頷く。

「ここ、ここ」雄は手帳の最後のページを捲った。目立たないところに小さな絵がある。

　バー〈綸子〉では石山の想像を笑った靖夫だったが、そこには西洋の宝島かカリブの海賊よろしく、宝石や王冠、ネックレス、金貨などを抱えた骸骨の姿がぞっとするほどリアルに描かれている。その頭部には二本の大きな角がバランスが崩れるのもかまわず、ことさら濃く描き込まれていたのだった。

「靖夫さんはともかく、お祖父さまが絡んでくるとぐっと信憑性を帯びてくるわね」

芹はそう言って手帳を閉じた。そして、今度はもう一冊のスケッチブックを開いた。石山はあっと声をあげ、雄は横を向いてにやにや笑う。「最低……」芹は顔をしかめてスケッチブックを閉じたが、石山は数秒の間にそこに描かれた芹の、少年のような裸体の数々をはっきりと見てしまった。

「芹さんが兄さんのモデルをやってたなんて、知らなかったな」

日頃のリベンジとばかり、雄が意地の悪い口調で言う。確かに一目で芹と分かるデッサンの確かさは見事で、あらゆる角度、ポーズをとって丁寧に描き込まれていた。無表情がかえってリアルで、それらが想像か実際に写生されたのか、石山にはとても判断がつかなかった。

「私の胸はもっと大きいわ」芹はさして気にする様子もなく言う。

「そうかなあ。兄さんのデッサン、いいセンいってると思うけど」

雄はあっさりそう決め付けた。最近の若者にはこういう淡泊なタイプが多いのか。いい年をした自分でさえ動揺を隠すのがやっとなのに、雄が悟りでも開いているように思えて、石山はまた新たな驚きを覚えるのだった。

八月七日　午前九時五分

芹の提案で島の中を歩き始めたばかりというのに、石山はすぐにでも船着き場に座って糸を垂れていたい気分だった。釣り好きのサガか、大漁にほくほくするほど心は釣り一色になってしまうのだ。釣り船には意外にも雄までが乗りこんできて、釣り上げたブダイを「外道じゃん」と海に返したりしていたが、連日遅くまで勉強しているので、朝から何度も欠伸を噛み殺している。

太陽が惜しみなく照りつける下、慈悲深い表情で海を見つめている田島観音。

初めて見たときにはのけ反るほど驚いた巨大な像だが、急いで造ったというだけあって、そばに寄るとあちこちに荒い造作が目立つ。

「像の中は、いったいどのようになっているの？」考えている時の癖らしく、芹はいつも以上に不自然な調子で尋ねた。

「空洞でしょ。たぶん。入り口ないけど」雄は言う。周囲一キロにも満たない島なので、歩いてさほど時間は掛からないはずが、芹の物見高さが手伝ってなかなか先に進まない。芹が立ち止まるたび、雄もわざと大げさな息を吐く。

「暑いなあ。泳ぎたい……」

「まだよ。一周してないではないの」そう言う芹も薄いTシャツの下から青い水着を覗かせている。麦わら帽子の下で短い髪の毛をピンで束ね、白い首筋が涼しげだ。「あら、ここは？」

屋敷を中心としてちょうど桟橋と対称の位置あたりに、山に向かってせり上がった場所がある。古い石の灯籠のようなものがポツポツと十基ほど並んでいた。

「墓だよ」雄が面白くもない口調で言ってから、ふと思い出したように、

「そういえば靖夫兄さんが言ってた。五輪の塔っていうんだって。下の四角が地でその上の丸が水、三角が火、それから風、空、だって。世界の全ての物は、その五つの要素がくっついたり離れたりしてできる、って」

「おでんみたいだけど……中身は仏教かギリシャ哲学なのね」

芹はしゃがんで塔に手を合わせた。どこからともなく大きい蝶が飛んできて、墓の中心にある一番立派な塔に留まった。青や緑、オレンジなどの縞模様の美しい蝶だ。

「蛾かしら。留まり方が変だし」

「サツマニシキだと思うんだけど」雄が自信なさそうに言った。「よく見かけるんだ。九州の南端にしかいないっていうから違うかも。宮島で確認されたって話もあるけど」

「雄くんて蝶にも詳しいの？　まるでヘッセの世界だわねえ」

芹はなぜか皮肉っぽい口調で言って、蝶がふわりと飛び去るのを見守った。

「……宮島って厳島神社がある島よね。聖域で、有名な合戦もあったのよね。その時水軍が大きな力になったという話。取り敢えず、この五輪の塔は要チェックね」

「何をチェックするのさ。まさか塔を並べ替えたら、その辺の岩場に穴が開いて、聖なる棺《アーク》を収めた霊廟が浮かび上がる、なんて言うんじゃないよね」雄は鼻で笑った。

芹は雄の言葉など耳に入らない様子で、塔の表面、何かが刻まれた部分にノートを載せ、鉛筆

で擦って写し取る。記号のような文字が浮かび上がり、あっという間にページが一杯になった。

「なんて書いてあるのかな……風化しちゃって、やっぱり予備知識がないと読めないわ。きちんと調べてみないと……」

「調べるって……」

「まずは靖夫さんのメモ、それから資料を送ってもらうようにうちに頼んだから。全てはそれが来てから、ね」

芹はそう言ってビニルのバッグに筆記具をしまい込んだ。


昼食が済むと、今度は船でまわりの島々を観光することになった。当初の目的を果たした石山は、島巡りの途中で適当な港に下ろしてもらい今治に渡ろうかとも考えてもいたが、芹と雄は巧みに石山から刀自を遠ざけ、暇乞いさせぬよう画策した。引き留めたところで何の得にもならないのに、こういう時だけは協力しあうらしい。

昨日と同じく二人で海岸に出ていた京美と倉内に見送られ、釣り船は大きなエンジン音を立てて田島の桟橋を出発した。地図を片手に色々注文をつける芹に、宏明は満更でもない様子だ。

目的地、大三島へ行くために抜けた御手洗の瀬戸は、大長みかんで有名な大崎下島の港町、御手洗と岡村島の間に位置している。沖合に行くに従って海は深い色合いを増し、水にもはっきり潮の流れが見えた。「この辺は参勤交代の時、大名が潮待ちで寄港して、結構栄えてたんだって。置屋がたくさんあって遊女も百人くらいいたみたい。夜になるとオチョロ舟っていう小舟に灯を点して遊女たちが沖の舟へ渡って行ったって」雄がガイドブックを見ながら言う。

「へえ、風情があるね」宏明が細い鼻筋を指でなぞりながら呟くと、はたして芹が柳眉を逆立て

「宏明さんは優秀なホテルマンのくせして、赤線奨励主義者なの？　いるのよね、そう言う人。『野麦峠』は涙するくせに、赤線青線は粋な日本文化だったとか平気で言うの」

宏明が慌てて弁解しようとする横から、雄が目を細め、眉だけ動かして言った。

「女は得だよね。都合がいいときだけ被害者づらしてさ。売春だって手っ取り早く金を稼いどいて、世の中のせいにしてるだけじゃないか」

「ふーん。だから、あなたは女嫌いなの？」芹は顔を上げる。

雄はチラと芹を見たが、何も言わずガイドブックに目を落とした。どうもこの二人は情け容赦ないせいか、喧嘩になりやすい。

静かな潮の流れに任せて、エンジンを止めた船はゆるりと進んだ。対岸には昔のままの船宿が見える。欲望とともに栄え、廃れていった哀しさを感じる街並みだ。

「先生、それと同じことがこのガイドブックに書いてありますよ。ほんとそのまんま、正論って感じっすね」雄は笑ってガイドブックを石山に手渡した。

大三島は有名な観光地で、説明にもかなりのスペースが割いてある。七年前、ホテル王田島寅之介が行方を絶った島。石山も観光するのは初めてだったので、予備知識を得るため再びページに目を落とす。「全国の国宝、重要文化財の指定を受けた武具類の半数以上が大三島に保存展示されている。大山祇神社は三島大明神と呼ばれ、文武天皇の時代に伊予の豪族越智《おち》玉純《たますみ》によって

創建」

――大三島ってのは日本全土のことなんだぜ。

ふと靖夫の言葉が蘇った。靖夫はここ、大三島や水軍の宝について、いったい何を知り得ていたのだろう。

島の宝物館は、古い兜や鎧ばかりで見学者も少なかった。石山にはさほど面白いと思えないが、芹は目を輝かせて武具、防具に見入っている。神社では楠に手を触れたり、自分も含めてお守りを四つ買い、皆に一つずつ持たせたりした。

「私、天は自ら助くるものを助くと思っているの。でも天っていう絶対的存在は認めているわ」

「お化けとか怖がるもんね。占いも信じてるし」雄が口を尖らせる。「宏明兄さんもカーネギーやら松下幸之助やらに心酔して、プラス思考だの魂のレベル上げろだのいつもいうけど。僕は人生になんも期待してないしさ……人のことはほっといて欲しい」

「いや、お前はまず部屋を片付けろ」その話題に触れてほしくないのか、宏明は微妙に話を逸らす。京美が言っていた「前向き教」はそれか。石山はさらに納得した。

「私が信じてるのは占いではなく運命。宿命や寿命を変えることはできないけれど、運命は行動で変化していくの。ここの楠はすごいもの。長く生きたものには、必ず何かが宿っているわ」

船に乗り込んでからもしばらく、スピリチュアルな議論は続いた。船は大崎上島を一周する形で田島へと向かう。会話も一段落し、皆、しばらく代わり映えしない海の景色を黙って眺めていたが、やがて宏明が、張り付いた前髪をかき上げ、向かいの島を指した。

「あれ、段々畑だ。『耕して天に至る』っていうんだ」

船上は焼け付くように暑い。陽光が照らし出した島々は無限のエネルギーを秘めているが、陽が届かない裏側は暗く、時に歴史的な暗部さえ浮き彫りにする。「土地は狭いし水もない。人手も少ない。暮らしは大変だっただろうけど、この見事な段々畑は、勤勉な努力が実った感じがして僕は好きだねえ。そのままそれが、日本人の歩みの象徴って気がするよ」

太陽が瞬間、雲に隠れてからまた、ことさらに強い光を湛えて現れた。

「大三島も、神社以外は普通の島という感じが強いわね。億万長者が神隠しにあった謎の島とは思えないわ」日差しを手で遮りながら芹が言う。

「七年経つともう死亡が認められるんだ。爺さんがいなくても会社は正常に機能してる。何の問題もない」宏明は顔をしかめ、一瞬不機嫌になった。やはり靖夫や雄と同じように、宏明にも祖父の存在は大きな影を落としているらしい。

「大三島は観光地っていうより歴史の島って感じだよ。今日は無理だけど、また今度瀬戸田の耕三寺に行こうよ。僕、わりと好きなんだ。孔雀がいて日光みたいで。芹さんも気に入ると思うな」雄が珍しく取りなすように声をかける。

「そうね……」何か別のことを考えていたのか、芹はそう言って素直に頷いた。

八月七日　午後七時三十分

　久しぶりに陽を浴び、石山はかなり消耗していた。芹もしばらく姿を見せなかったが、夕食直前になって、島巡りの服装のまま食堂に駆け込んできた。

　石山らが釣った魚は刺身や煮付けにされ、晩餐の食卓に並んだ。食べきれない分は、生け簀でのんびり泳いでいるはずだ。シタビラメはムニエルより干した方が美味いんだがな。そう思いながら、刺身に合うという冷たい白ワインを口に運ぶ。屋敷に慣れて釣りも楽しくなって来たところだが、今度こそ礼を言って、帰る算段をするべきだろう。

　部屋に帰って荷物をかき回していると、微かなノックがして、するりと滑り込むように芹が入ってきた。印度更紗のたっぷりとしたワンピースを着て、朝とはまた違う可憐な感じに見える。毎回ころころイメージが変わるのが何とも不思議だ。

「こんばんは」芹はにこりともしないで言った。そのまま視線は開いたままのバッグに留まる。中から衣類がはみ出していた。

「先生、ここの電話を見ました？　パラボラアンテナがついてて箱に入ってる、砂漠で使うのと同じ」

「へえ、面白いね」なぜ彼女が一人で部屋に来たのか分からず、そう答える。芹は妙に距離を詰めて立ち、ごく間近で石山を見上げた。

「先生がお部屋に帰った後、大騒ぎだったんですよ。宏明さんと河村さん。大喧嘩になったんです。原因は船のことらしいけど。二人ともお互いもう一切、船には触らないって意地はってるわ。大伯母さまはいなかったし、雄くんと大戸木先生の二人がかりで止めるの大変だったのだから」

「うーん」

あの後、芹と雄はまた食堂に顔を出したのか——そう言えば昨夜、河村が「靖夫の代わりに次男坊が死ねばよかった」などと言っていたのを思い出す。芹は身を翻して窓際まで歩き、カーテンの隙間から外を見つめていきなり尋ねた。

「バーで会った時、靖夫さん、私のこと何か言ったのでしょう？」

「……」石山は顔をしかめる。

「最初に私を見て、驚いていたもの……写真も見せたのですね」

「うん……」石山はしかたなく、去年〈綸子〉で会った時、靖夫から芹の着物姿の写真を見せられ、消費税云々で振られたと聞いたことを話した。予想はついていたのか、芹は呆れたように首を振ってみせる。

「消費税以下なんて私、言わないわ……その直前、ヨーロッパに比べて日本の消費税が安いから値上げしようなんて、とんでもないペテンだという話をしていたのよ。イギリスは十七・五パーセントでも、食料品や子どものための消費には税金は掛からないし、医療費などの社会保障も日本とは比べ物にならないって……靖夫さんを好きになる確率については、まったくゼロだと言ったのです」

消費税率の方が上がる可能性があるだけまだましだ、と言いかけてやめた。カーテンを背にして立つ芹から、いつになく落ち着かない感じが伝わって来たからだ。

「私がこの島に来た理由は一つ。犯人を特定するため……雄くんが青筋を立ててわめかなくても、誰もあの人が自殺だなんてこれっぽっちも思ってはいないわ」

石山は息を飲み、芹のグレー味を帯びた瞳を見つめた。怒りか悲しみか、青白い光が細かく揺れている。

「……今、ご丁寧に去年の五月、ここにいた人がみんな集まっている。先生と私を除けばまったく過不足なしなの。解決編そのものよ。私がホームズ宣言をしたんだから、自動的に先生がワトソンね」

「……でも僕は、明後日には帰ろうと思ってるし」

「逃げるんですか」芹は大きな目で石山を睨んだ。酷い言われようだが、事実そうだからしかたがない。

「そういうことは田島の方が適任だよ。君たちはよいコンビだし……受験勉強の妨げにならないよう、気は遣ってやって欲しいけど」

「田島……って雄くんのこと？　だめよ。あの子だって最初からの登場人物ではありませんか」

「彼まで疑ってるのか」石山は少しうんざりして言った。「じゃあ、犯人を見つけたとして、それでどうするつもりなんだ」

雄も芹も罪のない探偵ごっこをしていると思いたかったが、彼らの過激な執念にどこか危うい感じが付きまとうのは否めない。

「状況によりますね」芹は肩をすくめた。「自首を勧めるか自分でやっつけるか、まあ臨機応変に」

「やっつけるって、君……分かった時点ですぐ、警察に連絡した方がいい」

「警察が頼りにならないことは実証済みじゃないですか」

今夜の芹は、特に現実離れしていた。観客の前で一人芝居を演じているようだ。しかし言っていることが無茶であるほど真剣味が伝わり、ますますまずい感じがしてならない。

「目星がついてるの？」

「目星？　まさか」芹は口を歪めた。「でも一般人のみなさんが知らないことを知ってますね。靖夫さんが青酸カリを隠し持っていたこととか、他にもいくつか……」

「そ、そりゃ。本当か」

石山は思わず大きな声を出して、芹にしっとたしなめられた。

「一種のお守りです。事件のちょっと前、ずいぶんなお金を出して買ったのですって。自慢そうにハロッズのミニジャム瓶に入れて持ってたわ。警察も聞きつけて捜したみたいだけど、まだ見つかってないのです」

「……それは、彼が自殺したってことの証拠じゃないのかな」

「まあね。でも他にも色々なパターンが考えられますし……私、弔い合戦のおまけとして、水軍の秘宝というのも手に入れようと思っているのです」

「うーん」石山は唸る。今更何を言っても無駄な気がして、荷物の袋をせめて目に付かない所に移動させた。黙ってじっとその様子を見ていた芹がとん、とスリッパの爪先を鳴らす。「もう」「何?」石山は驚いて振り返った。芹は少し離れた場所に立ったまま、黙ってじっと石山の顔を見上げている。「な……何?」石山はまた同じ問いを繰り返した。

芹はしばらく黙っていたが、やがてふーっと長い息を吐く。

「先生って、まるで茹でたにんじんで、戸締まりをしてるみたい」

「あ、ああ……」変わった喩えだな、と石山は思った。使えない、ってことか。それとも手応えがないとか糠に釘とか、そういう類の意味だろうか。「君の焦りは分かるよ、分かるけど、僕に何かしてあげられるとも思えないし……暴走を止めようにも」

「せんせい」石山を遮って芹は言った。

「靖夫さんが自殺したなんて、本当は私が一番嫌なの。邪険にした相手が数日後に自殺しちゃうなんて、気分よいはずないじゃないですか……私だって、氷で出来てるわけじゃないんだから」

が、次の瞬間、感情が高ぶったのか、芹は足を踏み出し、石山がわざわざ避《よ》けた荷物に突っかかってバランスを崩した。

どん、と体がぶつかり、勢いで後ろ向きに何歩か後退する。部屋全体が振動するほど、石山は壁にしたたか右腕を打ちつけた。

「ぐっ……」シャンデリアの影が埃を落としながら大きく揺れる。なりゆき上、石山は芹を腕の中に抱きしめた形で、ごく間近にその顔を見つめた。

石鹸の香りがした。表情はほとんどない。大きな目と意志の強そうな眉、ぼかしたような青白い肌に薄い産毛の一本一本まではっきり見える。と、ふいに芹が溜め息を吐いた。寛ぎが顔一面に広がり、別人のような柔らかい表情に満たされる。リラックスした口もと。潤んだ瞳——。が、すぐその一瞬のち、我に返った芹は、今度はこぼれそうなほどかっと大きく目を見開いた。

「……え？」相次ぐ表情の変化に石山は呆気にとられる。

「何するんですか！」

いきなり芹はおびえたように体を離し、震えながらボクサーのように両拳を握りしめた。

「何って……別に僕はなにも……」石山は驚いて硬直する。

「今、いやらしいこと考えたでしょう、変態、最低、人間のくず」

「いや、落ち着いて。誤解だから。僕はまったくそんなこと……」

汗ばんだ芹の眉間に小さな皺が寄り、いつも引き結んでいた唇が微かに開くのが見えた——。殴るのか、本気で。いや、まさか。

と、その時——。

何かが落下する気配とけたたましい音——。

すでに最大まで負荷のかかった石山の心臓が、衝撃で危うく止まりかけた。

そして芹の手が、思わぬ力で石山を壁側に引き寄せる。

——数秒後。静寂が戻る。

恐る恐る振り返ると、頭上にあったはずのシャンデリアが落ちて砕け散り、粉々になったガラスの破片が、ごく近くまで飛び散っていた。

「何なの。これ……」

芹は泣き笑いのような表情で言った。


それまで気にも留めてはいなかったが、彼らの上に降ってきたシャンデリアは年代物で、余分な装飾がたくさん施されていたため、かなりの重量と思われた。どうやら老朽化したシャンデリアの鎖が摩耗して、重みに耐えられなくなったということらしい。

しかたなくナイロンのパーカを引っ張り出してはおり、自分の荷物を整理した。鞄を広げていたせいで、飛び散った破片が衣類にまで入り込んでいる。さすがに破片だらけの部屋には居られず、石山は山側、斜め向かいの部屋に移動することになったのだった。

ちりとりを借りに廊下に出ると、宏明と倉内がいて散らかった部屋を覗き込んでいる。

「これは酷いな、本当に申し訳ない」宏明が顔をしかめた。「ちゃんとメンテナンスしてなかったのか、まったく」

「……他の部屋は、大丈夫なんでしょうか」倉内は言いにくそうに口の中で呟いたが、聞こえたのか聞こえなかったのか、宏明は何も答えようとはしなかった。

夜が更けても石山は、九死に一生を得たショックと、直前のあり得ない出来事との相乗効果で完璧な混乱状態にあった。ただ性格上、あまり顔に出ないのが、不幸中の幸いだった。

恐縮する刀自を前に、このタイミングで帰りたいと口に出来るはずもない。芹はといえば、河村が割れたシャンデリアを片づける横で依然、切れた鎖を手に取って調べている。あの異様な反応が空恐ろしくて、石山はあまり目を合わせないようにしていたが、当の芹は普段のまま、石山を変態扱いしたことなど、まったく忘れてしまったかに見えた。

「先生、もうちょっとでスプラッタ状態だったんですよね」新しい部屋に腰を落ち着かせたとたん、雄はため息混じりに言った。「ほんっとすんません。他の部屋も点検したけど、取り敢えず大丈夫そうだって。近いうち、全部のシャンデリア取り替えるって、ばあさまが言ってました」

「それ、急がなくていいかも……」芹はポケットから鎖を取り出した。「ほら、この鎖……これが自然に摩耗して切れたように見える？」

そう言われて、石山も思わず鎖の切れ目を見る。

「よく分からないよ」雄が答えた。「てか、勝手に取ってきたりしていいの？　破片が残ってるかもしれないのに」

芹は軽く肩をすくめただけで「鎖が切れるときは、この輪のところが開くのが普通なのに……ほらここ」と指さして見せる。

「ペンチの跡？」

鎖の繋ぎ目を何か先の細いもので無理に開かせた跡のようだ。

「誰かが故意に狙って、シャンデリアを落としたってこと？」雄が改めて青ざめる。

「そうね」芹はあっさり頷いた。

「どうして先生を狙う理由があるんだよ。ただのお客なのに……あ、そうか。あそこは靖夫兄さんの部屋だったんだ。そいつ、兄さんを狙って、去年すでにペンチで鎖をいじってたんだけど、待ちきれなくて結局、青酸カリを使ったんだね……それがやっと今日開いて、あんな風に落ちたんですよ」最後は石山に向かって言う。

「ああ……」それなら石山にも納得できた。靖夫が誰に殺されたか、そもそも本当に殺人なのか確証はないが、雄の言うとおり、関係のない自分が巻き添えになったとしたら悲惨としか言いようがない。そう思うと、今頃になってぞくぞくと背筋が凍った。

芹はちょっと石山を見たが、何も言わずに鎖をポケットに戻す。そしてまだ何か考えるように軽く目頭を押さえた。

八月八日　午後一時二十分

「こうなると水軍の宝探し《トレジャーハント》より犯人探し《ディテクティブ》の方がぐんと現実味を帯びてくるけどさ」例によって石山の部屋に落ち着くと、雄は開口一番、馬鹿にしたように言った。

「何か収穫あった？　あれだけの資料読んで」

早朝、買い出しに行った河村が人見島で受け取ってきたのは、芹の自宅から送られて来た資料である。古いコピーや論文、教育委員会の調査資料など、宅配便はかなりの重量だったが、どうやら芹は午前中いっぱい、それを読みながら策を練っていたらしい。

「ええ。いくつか、興味深いことが分かったわ」芹は頷いた。

「ふん」雄は鼻で笑って「お父さんって、大学の先生だよね。菜摘さんの女子大だっけ。菜摘さん、元気？」芹が持ってきたコピーを一枚一枚拾い上げながら尋ねる。

「元気にきまっているじゃない。世界大戦が起こったって生き延びるわよ。オヤジさんは今、元のとこ。女子大にも非常勤で行ってるみたいだけど」

「菜摘さんって史学科だったんだ、だからこういうの持ってるんだね」

「卒論で集めたにしては既製品が多くて辟易したけど、おかげで色々なことが分かったから、まあいいわ」

「まさか宝物見っけ、とか言い出したりして」雄は笑う。

芹はそれには答えず、これも部屋から持ってきた地図をベッドの上に広げた。石山と雄は、吸い込まれるように地図を覗き込む。ただ石山は例の一件があってから、必要以上に芹との物理的距離を縮めないよう気をつけていた。芹は石山の思惑など気付かないふうで身を乗り出し、淡々と語り始める――。

「水軍の歴史で一番有名なのは、やはり村上水軍よね。そのルーツは和歌山の北畠師清《きたばたけもろきよ》って人らしい。いきなり日本海賊大王を名乗って瀬戸内に乗り込んだ彼は、後に村上師清として村上水軍の将になるの。次の代は義顕。彼の三人の息子が三つの島に分裂し、それぞれ因島、能島、来島に本拠地を構えたの。地図ではここよ」

芹は迷わず、三つの島を順に指し示した。石山は言われるままつい、素直にその指先に目を向ける。

「三つの島に分かれたから、村上水軍は三島《みしま》水軍とも呼ばれるの。三人は分裂はしたけれど敵対してた訳じゃなくて、ちゃんとなわばりを決めてうまくやっていたのね。そこに現れたのが豊臣秀吉なの。秀吉って長生きし過ぎたのが不幸のもとだと思うのだけど……」

「女の子はみんな信長が好きなんでしょ。ステロタイプのお粗末な頭してさ」

「そうね」性差別とも思える発言を受け流し、芹は説明を続けた。

「最初は三軍とも毛利の傘下にいたのだけれど、その中で来島は早くに豊臣に寝返ったの。来島村上は大名の家臣団として活躍し、やがては陸上がりを望んでいたのね。一方、能島はどこまでも豊臣に反抗した。最終的には二つとも勢力を吸い取られてしまうのだけど、不可解なのはここ……」芹は一番大きな島を指さした。

「因島よ。調べてみると平坦で広過ぎたし、陸に近かったから海賊的な性格を失ったってことになっているけれど、これが解せないの。秀吉の鎮圧って瀬戸内海の重要性を考えれば頷けるけど、鎮圧されるより前に自分から自然消滅なんて、随分、腰抜けじゃないの」

芹は言葉を切って、お気に入りのオレンジジュースを口に運ぶ。

「能島って、ほらここにあるのだけれど、島の三方が海流で、海底は岩礁で浅瀬だから船をつけるのが大変らしいの。いわば天然の要塞ね。この能島村上で有名なのは最後の城主、武吉でね、小早川隆景《こばやかわたかかげ》が能島に攻め込んだ時、島のまわりに船を浮かべて麦わらを積んで火をつけ、まるで島全体が焼け落ちたように見せて竹原に逃げ延びたのだそうよ。それでね。気になるのはこの能島水軍。生活していた実際の島が能島でなく、能島の隣のここ、大島って島だったってことなの」

指がしまなみ海道沿いの、最も四国よりの島を指す。

「じゃあ……」頭の回転の速い雄にはすぐ芹の意図するところが分かったらしく、ことさら嫌みっぽい口調で言う。

「因島水軍にとって因島は、能島水軍の大島みたく単なる生活の場所で、別に全島要塞みたいな秘密基地を持ってたって？」

「言い切ってるわけではないわ。一つの村上氏にとって、その基点となる島が一つとは限らないということよ」芹は肩をすくめた。「因島にはずいぶんたくさんの遺跡が残ってるらしいわね。因島水軍は陸に近いだけ、他の二島の水軍より世の中の流れをいち早く把握する力があったと思うの。対立すると潰され、従うと裏切られる。とすればどうすればいいと思う？」

「尻尾巻いて逃げるか、受け流してるか、でしょ……逃げるのが格好悪いからってのらくらしてるうちに、海賊的な性格を失ったってことじゃね？」雄は肩を竦める。

芹ははっきりと首を振った。「逃げることは、格好悪くなんかないわよ。それで犠牲を最小限に抑えられるなら、スマートな戦法だと思う。あなたの好きな信長だって、朝倉攻めで状況が変化したとき、勝ちいくさを捨てて逃げ出したじゃないの……因島村上氏は、常々大きくなり過ぎて具合が悪いと思ってたところへ、秀吉に思わぬ攻撃を受けたの。だから平和な生活を望む者を因島に残して、もう一つの島を秘かに要塞として確保しておいたのではないかと思うの」

「僕は海賊のことは何も知らないけど……」石山はおずおずと口をはさんだ。「その話はどのあたりまで、史実に基づいてるのかな」

「因島村上氏の要塞建設、辺りからほぼ全部エンタメっすよ」

雄が代わりに答えた。「『とんでも歴史』っつうの？　そう言うこと考えるの芹さんくらいだよ。義経＝チンギス・ハン説と同じくらい頭、お花畑じゃん。第一、因島村上の最後の将、吉充《よしみつ》は一度、陸に上がってるじゃないか。死ぬ間際に因島に帰るまで、ずっと防府にいたって言うよ」

「少しは調べてるのね」芹は初めて笑った。「でもどうして最後に因島に戻ったのかしら。里心がついただけではないと思わない？」

　石山は肯定も否定もできずに曖昧に頷いた。ふとどうしてそんな話になったかを考えて、まさか、と芹の整った横顔を見る。

「君はその、第二因島に財宝があるって……」

「第二因島がまるでメジャーにならなかったのは、その存在自体が秘密にされていて、そこに大切な何かを隠していたのでは、と考えたくもなるでしょう？」芹はまた地図を取り出した。

「雄くん。瀬戸内海には、同じ名前の島が多いって言ってたわね」

「因島って島、他にあるの？」雄が目を丸くして尋ねた。

「ないわ」

「なあんだ」雄はちぇっというように笑った。石山と同じく、内心期待していた部分もあったのだろう。しかし芹はふと表情を緩めた。

「でもほら。ここ……田島。字を見てご覧なさい。そっくりでしょ」

「まさか……」雄は驚いて芹を見つめたが、すぐに腹を抱えて笑う。「この島？　笑っちゃうよ。言うに事欠いて、あはは……」

しかし芹は哀れむように雄を見た。「桟橋の近くの岩場にあった穴を見た？　あれは人工的な物だと思うの。柱か何かが立っていたような感じだったでしょ。あそこは天然の湾があって、小さい船の桟橋にはちょうどよいわよね。あの穴は、船をつなぐ杭が建てられていたのよ……見て。田島の近くを。大ざっぱな地図じゃ分からないけど。これならどう？」

そう言って更に詳細な地図を開く。芹が指さす隣の島名を見て、雄と石山はあっと息を飲んだ。

「来島……」

「そうよ。偶然にしては出来すぎてるわよね」芹はつんとして言った。「それにホントの来島の隣に馬島っていうのがあるでしょ。ここは来島村上氏の支城があった島だけど、これもほら」

言われて見ると、確かに田島を挟むように来島と馬島が位置しており、それは水軍の本拠地、来島のミニチュアのようであった。

「田島は因島という文字が変化した島なのよ。故郷の地名になぞらえて、移住した未開の土地に名前を付けることは、昔から世界中どこででも行われて来たことでしょう。海賊の誇りを捨てたにも拘わらず滅ぼされてしまった来島に対する供養か、栄えた三島水軍時代への郷愁か……近くに浮かぶ名もない島をそう名付けたのは、きっと水軍のノスタルジアね」

地図上に次々示される事実。芹の奇想天外な説もあながちご都合主義と笑えなくなっていた。

しかし雄はまだ認めたくない様子で言い張る。「そんなのこじつけだよ。じゃあ、どうして能島はないのさ。海賊であることを捨てた来島を懐かしむなら、最後まで誇りを捨てなかった能島の方が供養に値するじゃん」

芹は静かに微笑した。石山には芹が細い指で駒を進めて「王手《チェック》」と言ったように見えたが、実際には黙って地図を指さしただけだった。コピーが少し薄くなってはいたが田島の南西に位置する島の名は充分読みとれる。「野島、あ……の、し、ま？」

「お祖父さまがどうしてここを買ったと思うの？　自分の名前と同じっていう理由だけじゃない。この位置関係を全部、承知の上だったに違いないの」そう言うと、芹はおもむろにジュースを飲み干した。「お祖父さまが失踪したのが七年前。でもその前にお宝探しの猶予はずいぶんあったのよ。お祖父さまみたいに賢明で財力もある方が水軍のお宝であれ何であれ、そんなに長い間、手をこまぬいて無意味に見過ごしたと思う？」

「し……しかし」

「さ、行きましょ」

「どこへ？」雄と石山は尋ねながらもつい、芹の勢いに釣られて立ち上がった。

「おでん。五輪の塔よ。あそこの墓標に村上の名前を見つけられればQED。証明は終わりよ」

八月八日　午後二時五十分

島の裏側にある崩れかけた五輪の塔のうち、中央の最も立派な墓石に因島村上の最後の将、吉充の名を見いだしても、石山はもう意外には思わなかった。石に刻まれた文字はかなり風化して、そう思って見ないと分からないほどだったが、確かにうっすらと文字が浮かぶ。芹は昨日写し取った紙ですでに確認していたのか、迷うことなく指でなぞって見せた。

「じゃあ、因島の金蓮寺は？　あそこが因島村上の菩提寺でしょ」

雄がため息混じりに言うと、芹は昨日と同じように墓に手を合わせてから、おもむろに答えた。

「もちろん、あちらが本当のお墓でしょう。でも戦国武将のお墓って一つきりではないわよ。高野山に行ったことはない？　徳川家、豊臣家、信長、明智光秀まで全部揃っているじゃないの。本来昔のお墓は石碑に近いんだから、縁の深い人が勝手に個人的なお墓を建てて偲んだって、何の不都合もないわ……ただ気になるのは、島まで買って宝探しをしたお祖父さまが不機嫌になり、急に話を止めてしまったことね」

「田島は確かに第二因島だったかも知れないけど、お宝なんか何にも持ってなかったんだよ。うちだって外から見たら金持ちと思われてるけど、みんな揃って浪費癖があるから、たいしてお金ないし、普通に火の車だもん」笑いながら雄が言うと、芹は眉を上げてその顔を見つめた。

「否定は出来ないわね。お祖父さまが秘宝を見つけたのなら、目白のおうちでもここでも、沈金の硯箱とか舶来物の鏡とか、それらしいものがあってよいはずだもの」

「ないよ。全然、そういう物」雄は口の端を歪めた。

「何かすっきりしない……でもただ靖夫さんが、あら？」芹は急に言葉を切った。そして墓石を手でそっと押した。

「何するんだよ」雄が驚いて叫んだが芹はお構いなしに、名が刻まれた塔に手を掛けてゆっくりと傾けた。意外に簡単に動く。

「これ、少し位置をずらしてもいいかしら」

「もう、勝手に動かしてんじゃん」雄は手伝おうともせずに言った。

「動かした跡がある……草の生え方と折れ曲がり方、不自然よね。つい最近じゃないけど、そんな昔でもない」

「こういうものは、安易に動かしたりしない方が……」石山が言うと、芹は墓の下を指さした。

「ここ、見て」

塔の前面、地の四角い台座の手前に独立した岩がある。現代の墓石ならば、お供え物を置く場所だ。その岩の下、芹の指摘した辺りを見ると、色が変わってはいるがはっきりそれと分かる煙草の吸い殻が、半分だけ岩の下敷きになっているのが見える。芹が一人で塔を抱えて動かそうと膝を曲げたのを見て、石山は慌ててそれを止めた。「ちょっと。待って、手伝うよ」

気が進まない様子の雄を促して、その台座を抱え上げて隣にずらした。瞬間、湿った苔の匂いがする。

「何かがあるわ」

「ま、まさか……お宝」それまでふて腐れていた雄が、いきなり頬を紅潮させた。

「邪魔だ、この岩……」芹に言われるまでもなく、どこにそんな力があったのかと呆れるほど素早く、岩を持ち上げて退ける。石山がこわごわ二人の後ろから覗き込むと、そこには錆びた金属を埋め込んだような五十センチ四方の空間があった。

「……からっぽ、だわ」芹は悔しげに呟いた。木片がいくつか散らばっている。それは朽ち、年月と湿気のせいでバラバラになってはいたが、もともとは箱の形をしていたように見えた。

「うう、墓まで荒らしたのにさ、タタリがあったらどうするんだよ」雄は土の付いた手のひらを苛々と払いながら悪態を吐いた。

雄と同じく失望の表情を隠せなかった芹は、すでに元の無表情に戻って「それは平気。昔のお墓って、全然それらしい感じしないでしょ。この時代もまだ、遺体は別の場所に捨ててたのかも」

「捨てる？　遺体を？」石山は眉をひそめる。

「ええ、肉体は仮の宿りだから、魂さえ大切にすればよいって考えられていたの。だから体は山などに簡単に捨ててしまって、魂だけ葬るのよ。ここだとやっぱり海かしらね」

「それ、いつの話？」雄が尋ねた。

「火葬が普及したのは、近世以降でしょ。田舎だとそれ以降もしばらく土葬や鳥葬だったはず」

芹はやっと立ち上がって、遠くに光る海を見つめる。

「チョウソウ？」

「山に置きっぱなしにしてたら、鳥がワサワサ集まってきて遺体を食べ、骨だけにしてくれるの。その骨は拾ってきて奉ったり、そのまま捨ててしまったり。地方によって色々ね。食物連鎖だわ」

「げ……」雄はぞっとしたように肩を竦めた。「芹さんって役に立たないことばっか、妙に知ってるよね」

芹は皮肉に耳を貸す様子もなく少し考えていたが、やがて数十センチ移動して木陰に入り、リストバンドで汗を拭った。

「靖夫さんも雄くんと同じく、鬼の秘宝が眠る島の逸話を、おとぎ話仕立てで聞かされて来たのよね。水学集も、お祖父さまの蔵書から捜し出したのかもしれない……」

こめかみを押さえ、遠くを見つめる。「この時点でポイントは三つ。一つは、おとぎ話を孫たちに語り始めてから止めてしまうまでの間が、お祖父さまの宝探し期間だったということ。二つ目は、宝を探す気満々だった靖夫さんが島に来て間もなく、宝のことなどまるで忘れたように絵を描くことに熱中し始めたということ。三つ目はある意味、絶望的ね……二人の宝探しの過程と結果が現在にもたらす意味は、まったく違うということ」

「特に最後。完璧、意味不明なんすけど」雄は不快そうに顔をしかめた。

自分の記憶が出所とはいえ、突然現れた祖父の影が、雄を苛立たせているかのようだ。芹は顔を上げ、そしてあっさり信じがたいことを言ってのける。

「結局、二人ともお宝に行き着いたのよ。お祖父さまの方は『宝そのもの』より『宝探し』という夢の方を愛していて。『残骸』になり果てた夢に、急激に興味を失ったのだとも考えられる。そして靖夫さん。あの人、何か心に引っ掛かってると、まったく絵なんか描けなくなるでしょう？　それが寝食忘れて絵に没頭していたというなら、やっぱり彼も、すでにお宝を見つけていたのではと思うわ。むしろそのお宝に芸術的志向を喚起されて、創作にのめり込んだのではないかと……それが結果の相違」

「うーん」石山は思わずうなった。

「そして宝探しの過程もね、お祖父さまの方が、砂浜に落ちたコンタクトレンズを捜すくらい大変だったのに対して、靖夫さんの方は数ランク難易度が下がっていたと思うわ。たとえばこの『田島』って場所からスタート出来たと言うこともだけど。だから出発点で児童書並の知識しかなかったにも拘わらず、東京を離れてすぐ、宝のありかにたどり着いたの」

「バッカじゃね？」雄がいつになくきつい口調で遮った。「想像だけで、分かったような言い方してさ」

「想像だけ？　そうでもないわ」芹が急に振り返って雄を睨んだので、雄は怖じ気づいたように後ずさる。「……な、何だよ？」

「いつ言うか、と思ってずっと待っていたのだけど……あなた、証拠品を独り占めするつもり？」

「え、何のこと？」雄は眩しそうに手で陽を遮って顔を隠したが、その声はいかにも動揺したように揺らいだ。

「最初の日、靖夫さんの部屋で何か拾ったでしょ。イーゼルに掛けてあった布を剥がして、わざとらしく床に落として見せたわね。あんな初歩の詐術、見抜けないとでも思うの？」

石山はけんか腰の物言いに戸惑いながら、口も挟めず成り行きを見守るしかなかった。

「ポケットね？」

「ちぇ……」雄はがっかりしたように言った。そのまま脱力して肩を落とす。「そんなだから、嫌われるんだよ」膝丈のカーゴパンツのポケットから、雄は小さなピルケースを出して、しぶしぶ蓋を開けた。さすがの芹も中身までは予想できなかったと見えて、目を見張る。

「それって……」

「翡翠《ひすい》かな、と思うんだけど」そこには深い緑色の石が、妖しい光を放っていた。親指の爪ほどの大きさで涙のような形をしている。石山には抹茶飴か何かに見えた。

「……透き通ってきれいね。海と同じ色だわ」

石を受け取った芹は、陽に翳すようにしてそれを見つめていたが、じき確信したように頷いた。「大きいけど、これは翡翠じゃなくてエメラルド。これがあの部屋に落ちていたのよね」

「うん。入り口からは死角で、掃除機のノズルも入り込めない所だったから、今まで無事だったんだろうけど……本物かな」

「今はさすがに判断しかねるわ。東京に帰って鑑定してもらわないと。お店で売っているような物には見えないけど、まるっきり原石とも思えない……あら」

雄は身構えるように言った。「もう、何も隠してないよ」

「ううん。何だかこれ、最近どこかで見たような……どこかしら」

「えー。僕ら知らないよ、ねえ、先生」

「あ、ああ」石山も頷く。たぶん一度見れば忘れない。

「ま、いいか。そのうち思い出すでしょ、はい」芹はあっさりと石を雄に返した。そして改めて五輪の塔を振り返る。

「これ古いけど、紫檀か何かね」言われてみれば、元は木箱らしき木片は、目が細かく黒みがかった赤紫色で美しい。「お墓を建てた人か、持ち主か、どちらかの大切な物が入っていたのでしょう……そう考えると、何となく『石はここにあった』という気がするわ」

芹はまた五輪の塔のそばにしゃがみ込んだ。「他に吸う人いないし……たぶんこれ、靖夫さんの煙草ね。少なくともここを開けたことは確かでしょうね」

「え、でも、お宝がこの箱の中身だけじゃ、小さすぎる……」

雄は言い難《にく》そうに「この大きさでも宝石や金塊が一杯、っていうならまあ、トントンだけど。刀のつばでも一個入った日には相当スペースの無駄遣いだよ」

「強欲ね。大きなつづらにはお化けが入っているのよ」芹は軽くこき下ろした後、ため息混じりに尋ねる。「もしかして靖夫さんが亡くなる前に移動したのは、お祖父さまが使っていた部屋？」

「うん……あ、そうか。靖夫兄さん、じいさまがもうここから持ち出したこと知って、ちぇっとか言って煙草を投げ捨てて……家捜しするために部屋、移ったのか」

「がっかりね……」芹は、ため息を吐いた。「お宝なんて、隠された場所で誰にも知られず眠ってるから、ロマンティックなのよ。もし誰かが先に見つけて運び出していたなら、もう宝探しでも何でもない、下手したら泥棒」

「そうかな。そんなことで物の価値は変わらないっしょ」

「まったく違うわ」芹ははっきり首を振った。「最初のお宝を『X』とするわね。それは海賊自ら、その場所に置いて隠していたもの。でも靖夫さんがたどり着いたのは、元々のお宝『X』じゃなくて、お祖父さまがすでに見つけて、どこかに移動させた『X'』だったってことよ。更に私たちが捜すのが、それをさらに移動させたお宝『X''』だったのなら、それはもう靖夫さんの通帳やへそくりを捜すのと大差ない。浪漫なんてどこにもないのよ」

「兄さん、せっかくがんばったのにな」雄が寂しそうに言う。

「そうね、でももっと最悪なのは、靖夫さんを殺した犯人か、それに関係した人が持ち出してしまった場合。一年も前のことだし、それならもう、手の届かない所にある可能性が高いわ……翠石は夢物語だもの。舞台は華麗なる田島一族だし。お金や財宝の価値が庶民と違っていて当然なのだから、一族にかかわる殺人劇だってもっと美しい芸術的な動機でなくてはならないの」

「僕らそんな大層なもんじゃないから」雄はむっとしたように「殺人劇とか何それ？　ほんと芝居がかってこっちが恥ずかしいよ。人、殺しておいて芸術だのロマンだの。マジ勘弁して欲しい。お宝なんかいらないさ。犯人が捕まれば僕はそれでいいんだ」

「そんな単純なことでもないわよ」芹は眉をひそめた。「殺人事件《マーダーケース》も宝探し《トレジャーハント》も周りからゆっくり解《ほぐ》していかないと何も分からない。特に犯人に関しては嫌な予感がするのよ」

「嫌な予感？」雄と石山は同時に聞き返す。

「ええ、まだ。殺人劇は終わってないのではないかって。あのシャンデリアはスリーピングマーダーの亡霊でなく、第二の幕開けかもしれないって」さらに芝居がかった様子で芹は言った。

「そんな、君……」それまでどちらかというと、ただの探偵ごっことして見守っていた石山だったが、そこまで物騒な話になると黙って拝聴してばかりもいられない。

しかし芹は立ち上がって、膝についた砂を払い落とした。同時にあっさりした口調に戻る。

「靖夫さんが部屋にいたのはたった数日だし。単純な人だから、お祖父さまが隠したままか、それに近い場所にあると思う。興味は半減するけれど、お祖父さまや靖夫さんが見つけたお宝をどこに隠すか、それをまず考えましょう」

幕間　八月八日　午後三時五分

葉書の店ムジークは区役所の裏通り、住宅地の目立たない場所にひっそりとあった。蔦の絡まるクラシックな建物。表は店の看板のみで、コンサートの文字はない。台風が発生したとかで東京も朝から蒸し暑かったが、中に入ると寒いほど冷房が効いており、聞いたことのないバロック音楽が流れていた。ＢＧＭにしては音量が大きいものの、音質が良いためすぐ耳に馴染む。

テーブルはほとんどが一人用だ。木の机と椅子が正面に向かって教室のように並び、客もそこそこ入っているようだ。店主の趣味なのか、窓際にずらりと水栽培が置かれ、薄い緑のガラスの瓶には垂《しだ》り尾《お》のように優雅な根が見える。赤い花が陽を浴びて貪欲に咲き誇っているのが見事だった。

菜摘の姿はなかった。こんな所まで何をしにきたのか。一昨日までの脇田には、およそ考えられないことだ。生まれつきの合理主義者。科学の探究者はいつだって死神になり得る。実際、金の心配をせず実験ができる環境と引き替えなら、悪魔に魂を売り渡すことも十分あり得た。自分を象牙の塔の一部と思えば、人道的モラルすらさほど煩わしく感じることもなかった。

菜摘がいないことに半ばほっとしながら、脇田は空いている席に腰掛けてメニューを取り上げた。飲み物の種類は少ないが、珍しくホットサンドイッチがある。テーブルにはメニューの他に注文表とリクエスト表があり、鉛筆が二本、丁寧に先を尖らせ、添えられていた。脇田がホットサンドと珈琲に○をつけ鉛筆を置くと、地味なワンピースを着た女性店員が、無言で票を持ち去る。部屋用の布靴のせいか足音もしなかった。図書館より数段、物音や私語に厳しいようだ。

じっと前を向いて曲に傾注している者、書き物をしている者、机に俯して眠っている者までいて、年齢もさまざまだ。

無言で運ばれて来たサンドイッチは、思うより手が込んでいた。食べ終わった脇田はつい習慣で煙草を取り出し、禁煙の張り紙を見てしまい込む。喫茶店で禁煙は辛い。喫煙できる場所を捜すが、どうやら店内すべて禁煙らしい。しかたなく珈琲を飲み干し、勘定書を取り上げる。

時計を見ると二時半になっていた。無駄足か——まあサンドイッチは美味しかったし、足を運ばなければこんな店があることすら知らなかっただろう。曲はいつしか脇田の好きなワーグナーになっている。若名とワーグナー、語呂が似ている気がして妙に可笑しかった。

レジは入り口のスピーカーから最も離れた場所にある。マスターは金を受け取ると無言で頭を軽く下げた。年齢不詳で暗い目をしているが、整った顔立ちの男だった。おつりを差し出す手首の赤い痣が、まるで血豆のように浮き上がって見える。

「お兄さま、今日は失礼しますわ……あら、脇田さん？」

そこに、暖簾の奥からいきなり菜摘が現れ、脇田は硬直して息を止めた。わざわざ足を運んだにも拘わらず、顔を見てもまるで実感が湧かない。

「知り合い？」マスターはちらと脇田を見る。目に色が現れ、すぐに消えた。

「ええ。驚きました……脇田さんもお帰りになるの？　あっ」周りを見て、声を潜める。「ごめんなさい……私ったらつい大きな声で」

「大丈夫ですよ。名盤が入ったらまたご案内しましょう。僕はしばらく留守にしますが、店は開けていますから、いつでもいらっしゃい」

マスターが後ろ向きで伝票を整理しながら言う。菜摘は小さな籐のバッグを持ったまま、一瞬、切なげにその背中を見つめた。

（……どちらへ？）唇をそう動かしかけて止めると、諦めたように脇田を促して外へ出る。

「……脇田さん、ご予定は？」

「別にこれといって……」そもそも菜摘に会いたくて来たのだ。ご予定などあるはずもなかった。

菜摘は駐車場に出ると長い生成りのスカートを揺らし、ぴかぴかの白いスカイラインに手を掛けた。車と菜摘のイメージがまるでそぐわない。

「ケーキを食べたいのです。ご一緒いただけます？」

到底、自分から誘えるはずもない脇田は天にも昇る心地で頷き、怖々助手席に乗り込んだ。

「……これ、君の車？」

「いいえ。家族の車ですの」

ギアチェンジはスムーズで運転判断も速い。脇田はまた、菜摘の新たな面を見た気がした。

カーラジオからはアコースティックギターとともに、味のあるボーカルが流れる。

「アイ・ガット・ネームって……」菜摘はサンダルを履いた小さな足でアクセルを踏みながら、首を傾げた。

「自分は名声を得た、ってことかな」脇田は答えた。頷いてハンドルを切る菜摘は、店を出てからずっと何か考えているように見えた。前を向いたまま唐突に尋ねる。

「名声を得て三十歳で死ぬ人生と、無名のまま八十歳まで生きる人生……脇田さんはどちらがよいですか」

「うーん」夭折に憧れるわけではないが、長生きなどみっともないと、心のどこかで思っていた気もする。平凡に生きるとなると尚更だ。しかしあり得ないことだが、もし菜摘とこうして共に過ごせるならば、正直、愚鈍でも石に囓りついてでも、できるだけ長生きしたいと思う。

「長く、平凡に生きる……っていうのも、案外いいかもしれないね。格好悪いかな」

「格好悪くなどありません。長く生き抜いたってことだけでもう、平凡ではありませんよ」菜摘は前を向いたまま、にっこりと微笑んだ。

やがて菜摘の車は女子大近くの店に着いた。幸い、休み中で学生はほとんどいない。

「君、山谷で炊き出しをしてるの？」脇田はずっと気になっていたことを尋ねた。

「ええ、お手伝いだけですけど」菜摘は頷く。「セッちゃんがお友達と始めて。私は材料などを調達して下ごしらえするだけ。裏方ですわ」

「そうか……」迷惑な奴だな、脇田はそう思いながらも、ほっと胸を撫で下ろした。「まだ帰ってないんですか、あいつは」

「ええ……」菜摘は困ったように「台風が近付いているでしょう？　家族も心配してるんです」

「彼女、何か……その運動とかしてるのかな、政治的な」

「いいえ。存じませんけど？」菜摘は驚いたように首を振る。「同じ大学で……お友達でしょう？」

「いや……」同じ大学だが、断じてお友達ではない。菜摘は微笑んで、それ以上答えようとはしなかった。脇田は菜摘の微笑に目を奪われて何度も思考が停止する。気が付くと、菜摘個人のことを知りたい気持ちが抑えきれなくなっていた。

「菜摘さん、専攻は何？」

「歴史です。そろそろ卒論のテーマを決めないと、ここの所ずっと瀬戸内の海賊について調べていたのですけど」

「へえ……勇ましいね」

「家の遠いご先祖さまに、水軍がいるのですって」

「ふうん、すごいね」確かにあの家を見れば、大名並みの旧家であることは分かる。

やがてデコレのタルトが運ばれて来た。菜摘は両手を合わせて「いただきます」と呟くと、すぐにタルトに集中し始めた。脇田は話しかけるタイミングを逃して、仕方なく自分もフォークを口に運ぶ。

「ここのタルトは卵も小麦粉も果物も、店長さんの知り合いから仕入れてる有機栽培なの。美味しいでしょ」

へえ、と脇田はいかにも偏屈そうな細身のオヤジと、反対に太めで愛想のよい奥さんを見た。

「そういうの、気にするんだ」

「これ以上、土地や食べ物を汚染しては、子供たちに申し訳ないですものね」

『子供たち』。彼女はきっと自分の知らないところで幸せな結婚をし、よい母親になるのだろうな、脇田は切ない気分になった。

「僕は、実証主義に凝り固まって……加害者になる側だから」

「大丈夫です。なりませんよ」菜摘は微笑して「農薬や化学薬品の専門家が、悪者というわけではありません。知識と良識が備わった人が味方に加われば百人力ですもの」

「うん……」頷きながら、脇田は少しずつ心が軽くなっていく気がした。もうしばらく幸せな時間が続いても罰は当たらないだろう、が――しかし。

「……菜摘さん、さ」

菜摘は目を上げた。「はい?」柔らかそうな長い髪の毛が揺れる。

「さっきの店、ムジークのマスターと知り合いなの?」脇田はやっと口にした。

ずっとわだかまっていたことだ。菜摘は一瞬、微かに頰を染める。乙女心を雄弁に語る表情に脇田の胸は締め付けられた。何を期待していたのか。この顔で彼女の関心を買おうとするなんて。最初から身の程知らずだったのに。

「従兄弟ですの。といっても伯母は過去に色々あって、うちとは長く疎遠だったので、最近、知ったことなのです……脇田さん、ご存じじゃありません？　俳優の皆本隼人《みなもとはやと》さんですよ」

「皆本隼人……あの？」

脇田は目を剝く。売れている頃もテレビに露出しなかったせいで、まったく気付かなかった。劇団出身の二枚目俳優で、多分に政治的な活動もしていたはずだ。芸術映画中心に出演していたが、その芸歴よりもむしろ何年も経つのに解決を見ない、迷宮入り殺人事件の方が有名だった。

「ええ。奥様が亡くなった。もう随分、前のことで。私はその頃、海外にいたのであまりよく存じ上げずに……」

「あ、ああ。それなら……」脇田はもやもやした違和感を、記憶の底から呼び戻した。そもそも芸能界やスキャンダルなど興味はない。しかしその事件は妙に頭の隅に引っ掛かっている。

確か――『人形の情念殺し』とかいう、おどろおどろしい名前まで付いていた。もちろん人形に宿った執念など、脇田が信じるはずはない。そのオカルトめいた事件に、自らの暗部と似通った歪み、あるいは狡知《こうち》による籠絡《ろうらく》、そういう何かを見たのである。そしてそれが菜摘に拘わると知ると、ますます心に重くのしかかって離れなくなった。

一度、ちゃんと調べてみよう。脇田はそう決意した。

八月九日　午前二時二十五分

石山はふっと目を覚ました。夢を見ていたようだ。

シャンデリアの下敷きになって命を落としたかもしれない恐怖心も、依然強く刻まれたまま、瀬戸内の地図が頭の中で唸り声を立てて旋回し、くっついたり離れたりしている。波の音が混ざり合い、戦国武将の雄叫びに聞こえる。浅い眠りを何度も繰り返すうち、気付くともう午前二時を過ぎてしまっていた。

仕方なく起き上がる。冷蔵庫を開けたが、ペットボトルが一つも残っていない。少し歩けば気分も変わるだろうと、石山は部屋を出て厨房へ向かった。

古い建物は夜の帳の中でさらに不気味さを増し、所々に点いている灯りさえ妖しく見える。行灯は電球を箱で覆ったものらしく、凝った彫刻模様が床を不気味に照らし出している。

階段を下り、冷蔵庫から冷えたミネラルウオーターを取り出したが、一口飲んですぐアルコールにすればよかったと後悔した。悪いことでもしたように、石山はペットボトルを握りしめ、急ぎ二階へと取って返す。

階段から見ると、連日遅くまで勉強している雄の部屋もさすがにもう灯りは洩れていない。上り詰めたところで石山はふと、切迫した声を聞いた気がして立ち止まった。

「ドイツから……まさか」押し殺した低い声だった。

こんな夜中に誰が話しているのか。刀自の声に似ている気もしたが、部屋は一階のはずだし、車いすの刀自がこんな夜中に階段を上がるとは思えない。しかし考える間もなく、今度は少しはっきりとした声が響いた。

「どうして……大三島に……興味を？　……それだけは……決して」

感情的で嗄れてはいるが、張りがある高めの声はやはり刀自のものだ、と石山は思った。大三島と言ったのか。昼間訪ねた歴史の島。田島翁が姿を消した時、船が乗り捨てられていたのもそこだったはずだ。

階段の両隣と向かいは空室で、どの部屋にも灯りが点いている気配はない。石山はさらに全神経を集中したが、その後はぴたりと話し声は止み、静寂の中でただ石山の鼓動が響くだけだった。

何だったのだろう――。

諦めて部屋に戻ろうとした時、今度は廊下の突き当たりから洩れる微かな光が目に入った。靖夫の絵がある部屋の向かい。最初に石山がいた角部屋である。シャンデリアが落ちて斜向かいに移ったので今は無人。目を凝らしてみるとドアの隙間からうっすら灯りが見えるが、距離を考えるとそこから声が聞こえたわけではなさそうだ。

また脈拍が速くなるのを感じたが、すぐにこの不安は、異様な雰囲気のせいだと思い直す。部屋ごとにトイレもバスもあるこの屋敷で、眠れず夜中に歩き回るなんて自分くらいのものだ。シャンデリアは壊れてしまっているがバスルームやベッドの電気は点くはずだから、美奈か河村が消し忘れたのだろう。自分の貧乏症にうんざりしながらも、昨日まで寝泊まりしていた部屋だけに、つい気になって立ち止まる。

しかしノブに手を掛けた石山は、細く開いたドアの前で立ち竦んだ。

誰か——いる？

息を止め、細い隙間から中を覗き込む。その場を通りかかった者がいたなら、そんな石山こそ怪しく映ったであろうが、痛いほどの沈黙と闇が、石山から普段の常識を奪い取ってしまっていた。部屋の中は薄ぼんやりした光に照らされており、見覚えのあるベッドと机が半分見える。そして視界の端で、ワイシャツとグレーのズボン姿、長身の男が、机を熱心に探っているのが見えた。さっき水を飲んだばかりというのに、石山はまた喉がカラカラになる。

まさか靖夫の幽霊——。

ぞっと冷たい汗が流れた。しかし背中を向けてはいるが、その地味な服装と髪型は彼とはおよそ別人で、まさしく生きている人間の後ろ姿である。

泥棒か？　ある意味、そちらの方が恐ろしい。見慣れない服装や後ろ姿。いくら考えても屋敷に当てはまる人物はいない。体型も髪型もありきたりで一見サラリーマン風。しかしここは屋敷しかない閉ざされた島なのだ。誰が？　どうやって島に、屋敷に入り込んだ？　不用意に声を掛けるのは無謀か？　しかしこのまま黙って逃げ帰るのも危うい。この状態で誰かを起こし、一緒に踏み込むだけの猶予はあるのか？　石山の脳裏に、切れ切れの意識が浮かんでは消える。自然、周囲への意識が散漫になっていた。

そこへ——。

いきなり頭頂部にもの凄い衝撃を覚えた。

「うっ……」

痛みに耐えられず、石山はよろよろと床へと倒れ込む。さらにもう一撃——血圧が下がって、次第に視界が失われていく。滴る汗の匂い。荒い息づかいが、自分のものか相手のものか。唯一、辺りを照らす行灯の光が、ぼんやりと滲んで上下に揺れた。

やがて石山の意識が遠のき、光の色さえ消えていく。襲った相手が、走り去る足音が聞こえた。待て。どこへ行く、誰なんだ。

このまま死んでしまうのか。数分、いや数秒。朦朧とした意識を取り戻そうと喘いだとき、ほの暗い網膜に何かが浮かび、古びた色彩の像を結んだ。

——芹か?

輪郭がゆっくりと、しかし確かな形を持って盛り上がっていく。それはすぐ、厚みのある生身の女になった。かぎ裂きのある瀟洒な絹を纏い、手琴を抱えた女。泥だらけの素足。女はこの世に生まれ落ちたばかりのように、もの珍しげに周囲を見回す。女は手に小さな碧の玉を持っている。エメラルドだ。それを透かして石山を見、悪戯っぽく頬笑みながら体を屈めた。

間近に生暖かい吐息が掛かり、白く細い指が優しく石山の頬をそして唇をなぞる。愛撫する手が喉を伝い、胸へと滑った。

——う、うう。

そして石山の意識が暗転する直前。ドアが開き、女の幻想はかき消すように見えなくなった。

代わりに部屋から出てきた黒いシルエットが頭上に覆い被さり、確かな影を作る。

侵入者――。

行灯に照らされ、浮かび上がったのは毛深い腕。そして男にしては白く、血管が浮き出す清潔な手だった。手首にワイシャツのボタンほどの赤いいちご痣が見える。

その手が顔前に迫る。石山の体は、やがて深くゆっくりと沈んでいった。

八月九日　午前八時五分

次の朝は雨が降った。規則的な雨音のおかげで石山は寝過ごしてしまい、カーテンから洩れる光に驚き、慌てて起きあがった。

どこかで遠くピアノの音が響いている。風邪気味なのか、体が重い。のろのろとベッドを下りなんとか顔を洗う。ひどい夢を見た気がして体調は最悪だったが、風邪をひいているわけではなさそうだった。冷蔵庫には、飲みかけのペットボトルが一本残っている。冷水が喉を通ると、少しだけ息を吹き返す心地がした。

食堂に下りて行くと、皆、食事が終わって珈琲を飲んでいた。いつもと変わった様子はない。食堂の片隅で雄がピアノを弾いているが、この前とは違ってゆったりとくつろぎ、曲調も柔らかで平和そのものだ。

「申し訳ありません。寝過ごしてしまいました……」

「お気になさらず、ここは学校ではないのですから」刀自が笑った。

「石山さん、ご紹介しましょうね。ついさっき、着かれましたのよ……吉見さんです」

刀自が言葉を継ぐと、石山の斜め前に座っていた男が会釈した。

「はじめまして。家族ぐるみで、田島夫人にお世話になっていたもので、ご挨拶に立ち寄ったのです……K高の、石山さんですね」

「はあ。よろしく」石山は吉見の明朗でエネルギッシュな様子に押されながら頭を下げた。

鮮やかなブルーのポロシャツを嫌みなく着こなし、好感度の高い笑顔を浮かべる。モデル並みのスタイルに、癖のない顔立ちの好青年。整った顔は以前どこかで見た気もするが、男前とは得てしてそういうものだ。

刀自以外は彼と初対面のようだったが、話しぶりも気さくで嫌みがなく、少しの間に、石山よりずっと溶け込んでしまっている。京美も嬉しそうな様子で笑い、倉内は突然の二枚目出現に恐々としている。芹は考え事をしているのか、吉見には何の興味もなさそうにただ珈琲を飲み、黙って雄のピアノに耳を傾けているようだった。石山は一人離れてテーブルに座り、一口だけパンをかじって珈琲で流し込む。食欲はまったくなかった。

「吉見さんは、広島の方ですかな。関西のアクセントがあるようだが」大戸木医師が尋ねた。

「はあ、出身は神奈川なんですが、中、高と神戸の学生寮にいたもので。その後、酒造りを勉強したくて広島の大学に。思う酒造会社には就職出来ず、そのままこちらで公務員になりました」

挫折と言えるかどうかは微妙だが、彼のような人物でも全て思い通りにはいかないらしい。

「じゃあ、酒には詳しいですね。いける口ですな」大戸木医師が嬉しそうに、手で杯を空ける真似をする。

「でもせっかく来ても雨だからつまんないですね。昨日までピーカンで釣り日和だったのに……」

いつの間にかピアノを弾き終えて、雄がテーブルに戻って来た。

「僕はどうも雨男でね。昔から、運動会や遠足が中止になることが多いんです。妹などそれを理由に、わざわざ違う学校を選んだくらいで……あ、男子校でしたわ」吉見が言ってみんな笑った。

「しかしすばらしいショパンだったね。今朝の雰囲気にぴったりだ」大戸木医師が微笑む。

ショパンなのか、と名前しか知らない石山も納得した。

「若い人が増えると活気が出ますね」

「大戸木先生こそリタイア組なんて信じられないです。なにかスポーツしてはるんでしょ」吉見の言葉に、大戸木医師はまた顔を綻ばせた。「ええ、ゴルフをね。あとボウリングもします」

「マイボウル、マイシューズですか」宏明が初耳とばかりに驚いて尋ねた。吉見がいるせいで、すっかり目立たなくなっている。本降りの雨であたりは薄暗かったが、新メンバーのおかげで、屋敷の雰囲気はむしろ華やいだ感じだ。

席を立つタイミングを窺っていると、芹がカップを置いて、テーブルを見回しているのが目に入った。吉見がすかさず自分の前にあるミルクポットを回す。きゅっと口の端を結んでポット受け取る芹を見て、石山の気持ちが微妙に揺らいだ。

「そういう吉見さんは、スポーツは？」京美が尋ねる。

「バレーボールを。高校まで」

「坊主頭で？」

「わあ。痛いとこ突きますね」二人は顔を見合わせて笑う。

「最近はジムだけです。だんだん衰えて来た感がありますね」

「まあ、まだ三十になっていないでしょ」刀自が目を細めた。吉見は笑って頷く。

「よい年代だ……」

大戸木医師がそう言いながら煙草を吸うためソファに移動したのを見て、石山も立ち上がった。意外にもこの医者はヘビースモーカーだ。テーブルでは吉見を囲んで、まだ和やかな会話が進んでいるようだった。

「どうしたんです。顔色が良くないようだが」自分を追ってきた石山を見て、大戸木医師は驚いたように手を止めた。

「頭が重いんです。何か薬があったら頂けませんか」

「どれどれ。熱は？」

「い、いてっ」医師の指が頭を触ったとたん、石山は飛び上がる。

「おやおや、こりゃ、打撲ですな。防具なしで面を食らったみたいだ。頭に見事な瘤が出来てますよ。どこかでぶつけましたか」

「え、いや……そんな覚えは」

答えたとたん、唐突に夕べの記憶が押し寄せる。思わず目眩を感じた。

暴漢、そして怪しい女の幻想——。

殴られた時、手を離れ廊下を転がるボトルのロゴまで目に浮かんだ。

そうだ、侵入者、侵入者はどうしたのだろう。

吉見を見る。まさかこの男が昨夜、と身構えたものの、すぐ「ついさっき」という刀自の言葉を思い出す。侵入者の後ろ姿はもっと老けた感じだったたし、服装もまるで違う。

「まあ、大変、お怪我でも？」振り返って刀自が尋ねた。昨夜漏れ聞いた声はひどく緊迫していたが、改めて思うとやはり同じ人間の声だという気がした。しかし、どこまでが現実でどこから夢なのか——考えを巡らすのも億劫だが、何とか必死で笑顔を作る。

「はあ……大丈夫です」

結局自分は部屋に逃げ帰ったのか。いや、あの時、確かに侵入者は廊下に出てきたはずだ。まさかそいつが自分を部屋に運んだのか——。

強盗が入った様子がないことは救いだが、もし這ってでも部屋に戻り、おまけに水を冷蔵庫に入れて気を失ったとしたら、臆病ゆえの底力恐るべし、である。

気楽な解釈をするならば、普通に水を持って部屋に戻り、ペットボトルを冷蔵庫に入れ、部屋のどこかで強《したた》か頭を打ちつけて気を失った——と考えることだ。その後、眠りに落ち、痛みが高じて、夢で勝手にストーリーを創り上げてしまった——。

しかし、それはあまりに都合のよい話だ。打撲が発覚してしまうと、漏れ聞いた声や、侵入者のいちご痣、暴漢の息づかいまで、鮮明な記憶がこれでもかというほど蘇る。石山の貧困な想像力の域を超え、微に入り詳細過ぎるのだ——。

飲み薬をもらい、氷嚢で頭を冷やしながら、石山は一人とぼとぼと部屋に戻った。しばらくベッドに横になっていると、勉強をするからと部屋に引っ込んだはずの雄と、今朝は妙に口数が少なかった芹が、連れだって石山の部屋にやってきた。石山のことなど無視してほとんど二人で話をするくせに、なぜかここを溜まり場と決めているようだ。

「先生、どうしたんすか。頭」雄が心配そうに言う。

「ああ、ぶつけたんだ」石山は何とかそう答えた。

「大丈夫っすか……あ、そういえば、台風が来てるんだそうです」雄が外を見た。確かに雨に加えて波も少し高いようだ。

「夏の台風は、どこに行くか分からないから」芹はワンピースと同じ緑色のピンで前髪を留め、聡明そうな額を見せている。

「じゃあ、早めにここを出た方がいいかな。本当に色々ありがとう。どこか最寄りの港に送ってもらえれば、後は何とかなるし……」

「もう一日、居てくださいよ。明日は送っていきますよ」雄がため息混じりに言った。しかし台風が、と言いかけて口を噤《つぐ》む。さすがに今、船に揺られる気分ではない。

「……あまり役に立てなくて悪かったね」

ここ数日間いつ勉強しているのか、雄は石山も考え込むような難問を幾つか持ってきたが、数学的センスがずば抜けているせいで、少し方向性を示せばすぐに閃く頭の良さを発揮する。

「そんなことないっすよ。数学と物理、助かったです。僕も靖夫兄さんと同じで、引っかかると他のことが出来なくなって、効率悪いんですよ……それより先生。芹さんが、例の絵がある部屋を調べて見ようって」

芹も頷く。「エメラルド、どこで見たのかを思い出したんですよ」

「え？」初耳らしく、雄も目を見張る。「……どこ？」

「ブローチ。マルチフェイスドールが付けていた」

「そんなの、あったっけ？」

石山も、人形がミニチュアのバッグと日傘を持っていたことはうっすら覚えているが、洋服のゴテゴテした装飾に紛れてアクセサリーまでは記憶にないのだった。

「アンティーク仕立てにはなっていたけれど、何だかそれだけが不自然な気がして覚えていたの。確かスペイン調の金細工ブローチで、真ん中に涙型の石が張り付けられていたわ。その時は私も翡翠だと思ったの……」

「うーん」

「確かめようと思って今朝、応接室に行ったのだけれど……ないの。雄くん持ち出した？」

「何を？　ブローチ？」

「いいえ。人形よ」

雄は首を振って不審そうに眉をひそめた。「知らないよ。どこ、行ったのかな。靖夫兄さん以外、あれを持ち出すような人いないけど」

石山はふと人形を買った国について、芹がこだわっていたことを思い出した。フランスでなくドイツ——消えた人形。侵入者の目的。

『ドイツから……まさか』刀自に似た声は、昨夜、確かそう言っていた——。

「先生も見てないよね」

「ああ……」石山は頷いたが、どうしても黙っていられなくなって口を開く。「夕べ……二時か三時頃、君たち何か物音か、話し声を聞かなかった?」

「いいえ。何も」芹はあっさり言った。

雄も首を振る。「何かあったんですか」

「いや、眠れなくて水をもらいに下りたんだけど。二階の階段を上がってすぐ、お祖母さんに似た声を聞いた気がしたから」

「二階で? まさか。ばあさま、ここ何年も二階なんて上がってないと思いますよ。必要もないし……目白はエレベーターあるけど、ここは無理」

「そうだね……お祖母さんの足、立ち上がれないくらい、悪いの?」

「ええ。けど、そういうんじゃなく、事故で脊椎をダメにしたんです」

「え……」祖母の膝関節と同程度に考えていた石山は絶句する。「そりゃ……」

「似た声って……なんて?」芹がふいに尋ねた。怪訝そうに眉間に皺を寄せている。

「ああ。切れ切れでよく聞き取れなかったけど、大三島……とか、なぜ興味を、許さない、とか……あとドイツから、まさか……とか」

「大三島……ドイツ？　興味って、何に対する興味かしら」

「いや、聞き違いかもしれない。誰かのひとり言や寝言が聞こえたのかも……」そう言って、石山は頭を押さえた。人形の紛失は気になるが、その程度で侵入者の何の、と騒ぎ立てるのは早計かもしれない。

「痛むの？　少し休んだ方がいいのではない？」芹が尋ねた。

「大丈夫だよ……」普段、薬を飲まない石山は、少しずつ効き目も現れて楽にはなっていたが、氷嚢を外すとそれでもまだずきんと痛んだ。

「先生、頭を打つと危険なんすよ。元気だからって安心してて、三週間後に急死した人だっているんですから」雄は嫌なことを言う。

石山は半ば自棄っぱちな気分で立ち上がり、氷嚢を置いた。

「シャンデリアが落ちた部屋は片付いたのかな……少し覗いてみたいんだけど」侵入者が潜んでいるとは思えないが、まだ今ならいつもと違う状況や、手がかりが見つかる可能性もある。

「あ。いいっすよ」雄はちょっと意外そうに石山を見たが、先に廊下に出て鍵の掛かっていないドアを開けた。部屋は何事もなかったようにベッドメイキングされ、やはりチェックインしたばかりのホテルのようだった。侵入者どころか、石山がいた形跡すらない。夕べの男は一体何を捜していたのだろう。

「先生、何か気になることでも？」雄は眉をひそめて石山に尋ねる。

「いや、いいよ。ありがとう」

「じゃ、あっち行きましょう。早く」

芹は二人を追い立てるようにして、向かい側の『靖夫最期の部屋』へと入っていった。


「山側の部屋で、ここが一番広いわね」

芹が部屋を見回して、事務的な口調で言った。急に大音量を放ったビデオと、靖夫の遺作の絵が置かれた部屋だ。例のテレビは芹が始末したままコンセントが抜かれ、白い布に覆われている。

「うん。二階はこの部屋以外、全部同じ作りの個室だよ。海側も山側も左右対称になっているだけ。ここは下の応接室と同じ広さだから、十五畳くらいあるかなあ」雄はイーゼルの布を取り去って、靖夫の絵を見つめながら言った。

「だからお祖父さまの書斎だったわけね。今はこの絵と机だけ……」

「他の物は全部下の応接室に運ばせたんだよ。トイレやバスも使えないはずだよ」雄はバスルームのドアを開けた。蜘蛛の巣が張っていないのが不思議なほどの荒れようだ。バスタブやトイレは埃と砂だらけで、洗面台は赤茶色に錆び付いている。

「お屋敷の中にこんな場所があるなんて」芹は顔をしかめた。

「そのうち、ここだけまた改装して使う予定だったけど、部屋はまだたくさんあるし。そのままになってるんだと思う」

「ふーん……」芹は何を思ったのか、机の引き出しを次々と外して、床の上に積み重ね始めた。空の引き出しが四段。芹はしゃがんで机を覗き込む。「去年まで、誰もここを使ってはいなかったの？」

「うん。この有様だもん。靖夫兄さんがここに移るまでは誰も……」

芹はポケットから小さいドライバーを取り出してネジを回す。やがて引き出しが入っていた枠を右に移動させた。七つ道具とでもいうのか、常に色々な物を持ち歩いていると感心する。

「靖夫さんって、左利きではなかったわよね」

「うん」雄はそれがどうした、というように頷いて「僕は両手が使えるけど、元は左利きなんだ」

「臨機応変、ってわけね。それもお祖父さま似？」

「なんで知ってるんだよ」雄はなぜかむっとする。「じいさまに会ったこともないくせに」

「机の引き出しが左にあったの、見なかったの？　利き手によって動かせるようになっているのよ」芹は呆れたように言った。

石山と雄が半ば命令され、引き出しを元に戻している間に、芹はスリッパを脱いで両手をつき、いきなり机に飛び上がった。目の前に白い素足が飛び込んできて、石山は腰を抜かしそうになる。芹はお構いなしに、机の上で両手を伸ばして言った。

「ここって、結構天井が高いのね」

「古い建物だから……」雄も驚いたように芹を見上げた。

芹はポンと机から飛び降りる。猫のようにほとんど音がしなかった。そして呆気にとられる石山には目もくれず、黙って部屋を出て行く。やがて柄の長い箒《ほうき》を持って帰ってきた。

「なんだい、それは」

「箒よ」石山の間の抜けた問いに芹はニコリともせずに答え、柄の先で壁を軽く叩き始めた。

「ちょっと大丈夫かよ」芹の腕を掴むと、雄は乱暴に言った。普段は言葉を選んでいたらしく、いかにもうっかり口走った感じだった。

芹は雄の手を振りほどき、雄と、何も言えずに立ち竦んでいる石山まで同時に睨みつけた。

「いいわ。あなた方、向こうでお茶でも召し上がっていてくださいな。これより先は私一人で大丈夫ですから。どうぞお気遣いなく」

いつも以上に穏やかな口調だったので、雄はかえって慌てたようだった。もともと芹の日本語の基礎は、海外生活で忙しい両親に宛《あてが》われた、グリムやアンデルセンの童話アニメらしい。身に付いたお姫様言葉がいまだに抜けないのは明々白々だが、日本昔話だったらもっと笑えたのに、と雄が話していたのを思い出す。

「少しずつ、手分けして捜そうか」石山は遠回しに宥《なだ》めたが、芹は頑固に耳を貸さず、無言で二人を追い出してしまった。

石山の部屋に戻った二人は、仕方なく腰を落ち着けて、冷えたスポーツドリンクを飲んだ。隣ではまだ、がたがたと壁を叩く音が続いている。

「まずいなあ。あんなやたらとドタンバタン……芹さんには逆さの鱗がやたら生えてて、怒らせると始末に負えなくなるんすよ」

「しかし、あの部屋に何かあるというのは……確かなのかな」

石山は不安になり、つい根本的な疑問に立ち戻ってしまう。雄は切れ長の目でふっと笑った。

「受験数学って方向さえ間違えなきゃ、正しい答えだっていう手応えあるじゃないですか。ややこしい数字が出てきても理屈を信じて進んでるうちに、突然割り切れて答えが1になったり……でも人の行動は全然分からない。ついさっきまではこうしようと思っていても、気が変わったり。そういう微妙さが、たぶん先生や僕みたいな左脳人間には超苦手な部分なんですよね。でも芹さんはあんなに我が儘なくせして、そういう心理の妙を平気で読み取るんです。感覚でなく理性で」

でも相手が兄さんじゃロジックもなかなか通用しないかな、と肩を竦めてみせる。

ロジック？　石山は思わず尋ねた。「例の、大音量で流れたビデオは……君なのか」

「ああ、二〇〇一年宇宙の旅？　芹さんがそう言ったんですか。まいったなあ」

雄は苦笑しただけで、肯定も否定もしない。石山もそれ以上追及するのはやめた。雄は珍しく束ねずにいる長い髪をかき上げる。

「仮に芹さんの説を信じるとしますよね。宝物を未知数Xとすると、それはあの水軍の墓らしい五輪の塔にあったわけですよね。それを、島を買ってじいさまが手に入れた……水軍って和寇っていって、大陸を荒らしたりもしてたから、集めればシルクロード秘宝展みたいな展示ができるでしょうけど。実際はずいぶんあちこち、散らばっちゃってるらしいです。気前よく寺や臣下にばらまいてたみたいだし……武吉って人なんか、金をヘビメタみたいにじゃらじゃらネックレスにしてぶら下げて、手柄があるたびに引きちぎって部下にくれてやったって。超かっこいいっすよね」雄は笑った。

「じいさまが見つけた宝が、あんな小さな場所に入ってたのなら、数は多くないでしょうけど。墓の形を取ってるからには、わりと大事なモンだったんじゃないか、って芹さん、言ってました。でもじいさまにはそれほど都合のよい物でもなく、微妙だった……てんでガラクタならまた埋め直しただろうし、価値があるならあるで、それなり正当に扱っただろうから、って」

確かに田島が第二の因島ならば、歴史や考古学的には価値のある発見かもしれない。しかしそれを公表して観光地にするほどのネームバリューはなく、かえってプライベートビーチが危うくなって痛し痒し。そういう懸念が田島翁の脳裏をよぎったとも推測できる。

「遅れてスタートした靖夫兄さんは、墓地からじいさまが持ち出したX'を捜して、目白の家やらここやら、じいさまならどこに隠すかを散々考えたんでしょうね。たぶんあのエメラルドが鍵で。もし芹さんの言うとおり、絵と一緒に落ちていたのと同じエメラルドを、じいさまがブローチに仕立てて人形に付けてたとしたら、それは南米のお面みたいに、両目で対になった翠石かもしれない。時間を隔てて二人が一つずつ持ってたことで、どちらもそれに行き着いた、っていう芹さんの説を裏付けることになるんですよ」

雄が一番祖父に似ている、という話を思い出して、石山は尋ねた。「君には見当はつかないの、お祖父さんが隠した場所」

「僕はじいさまのことそんなに好きじゃないから。なるべく関わりたくないんです」雄は吐き捨てるような口調で言ってから、思い出したように肩を竦めた。「それにみんな忘れてるみたいだけど、僕が知りたいのは、宝のありかじゃなくて、兄さんを殺した犯人なんですよ。先生だって、もう少しでシャンデリアの下敷きになるところだったじゃないですか」

雄が息巻くのを見て、石山は思った。致命的とは言えないものの、ひたひたと迫る不穏な空気。暗い壺に溜まる澱んだ水が表面で膨らみ、今にもこぼれ落ちようとしている焦り——。確かに事が起こってからでは遅いのだ。

石山は自分の記憶があやふやなこと、現実の出来事かどうかも自信がないと念を押したうえで、雄にだけは、昨夜、不審な人物を見掛けたことを話しておこうと思った。

——石山の話を聞いた雄は、驚いて目を見張る。自分の痣一つない手首を撫でさすりながら、

「手首に赤い痣……思い浮かばないけど。でも真夜中にあの部屋を家捜しするなんて、絶対怪しいですよ。この島にはうちの屋敷だけだし。隠れる場所だってない……そうなるとシャンデリアだって、先生を部屋から追い出して何か捜すために細工した、とも考えられますよね……何が目的なんだろ、まさか宝？」

「いや、そこまでは……」石山は慌てて言う。「気を失ってから、どうやって部屋まで戻ったか考えると、やっぱり夢だったかも、という気もするんだ。今朝だってだれもそれらしいこと言ってないし……君はあまり気にしないで勉強に集中してほしい」

「うーん」しかし雄もさすがに考え込んで「でも侵入者はともかく、先生を殴ったやつは確実に

存在するじゃないですか。それも侵入者とは別人、なんですよね。考えようによっては、そっちのがやばいじゃないですか」

言われてみればそうだ。視覚的なショックが大きかったせいで侵入者ばかりに気を取られていたが、後ろから石山を殴り、逃げた人間は、一体なんのためにそんなことをしたのだろう。

「どうもよく分かんないな……ん？」雄は眉をひそめた。

「今、何か……？」

がたん、という大きな音と共に、隣の部屋から小さな悲鳴が聞こえた——気がした。

石山は思わず椅子を倒して立ち上がる。芹の声だろうか。シャンデリアが砕け散る光景が思い出され、血の気が引く。

ドアを叩くように開けて、隣の部屋に駆け込む。自分でも信じられないほど体が勝手に動いた。しかし部屋はがらんとしたまま、どこにも芹の姿はない。

「先生、こっちです」立ち竦む石山に、後から部屋に入った雄が声を掛けてバスルームのドアを開けた。石山も後に続く。

「芹さん、どこ、返事して」雄が叫んだ。

「ここよ。バスタブ……」

弱々しい芹の声、石山は慌てて振り返る。そして驚きのあまり心臓が止まりそうになった。

「あ……」

目にした光景は、にわかに信じがたいものだった。

芹が、ちょうど風呂に浸かるように埃だらけのバスタブにすっぽりとはまり、すらりとした手足がはみ出している。しかし何より石山が驚いたのは、きらきらと輝くグリーンの粒が、頭上からシャワーのように降り注いでいたことだった。

「何、ぼーっとしてるのよ。手を貸してよ。痛いんだから」

漆黒の髪や肩、胸に、緑色の粒がいくつも留まって光っている。二人が呆気に取られる目の前で、やがてグリーンの雨は次第に数を減らし、二、三粒落ちてやっと止まった。

「芹さん……これって」

雄はそう言ってしばらくぼんやり目を見張っていたが、すぐ我にかえってバスルームを出ていく。部屋のドアを閉め、かちゃりと施錠する音が聞こえた。そして帰って来るや否や、両手でそのグリーンの粒をすくい上げた。

「これエメラルド……全部エメラルド？　緑の碁石じゃないよね」

「何やってるの……助ける方が先でしょ」

芹は自力でバスタブの端を摑み、立ち上がった。服からもいくつか粒が落ちた。さっきと同じグリーンのワンピースを着ているのを見てホッとする。一瞬、何も身につけずに緑色のシャワーを浴びているように錯覚したからだ。バスタブのあちこちで、エメラルドが妖しい光を放っている。

そこに、がたがた部屋のドアを叩く音とともに、京美の野太い声が響いた。

「どうしたの、芹ちゃん？　何かあった？　……やだ、開かないわ」

「鍵が閉まってるのかな。おい、君たち……」吉見も一緒のようだ。

「何でもないよ。ちょっと転んだだけ」雄が中から叫ぶ。

「雄？　……あんたまさか、芹ちゃんに悪さしようとしたんじゃないでしょうね……とにかく開けなさい。ここ」

京美はますますドアを壊さんばかりに叩いて揺らす。

「違います。本当に転んだだけ。大丈夫です……ごめんなさい」芹が声を掛けたことでやっと納得したのか、京美はぶつぶつ言いながら、吉見と共に階段を下りて行った。

「この石は一体……」足音が遠ざかってやっと石山が口を開く。

芹は立ち上がって服の埃を払った。ぱらぱらと緑の石がいくつも落ち、芹はその一つを拾うと光に透かすようにじっと見つめる。「……海のしずくね」石山は昨夜の幻像の女を思い出して、妙な気分になった。

「洗面所の天井裏が隠し場所だったの。ここだけ天井が低いでしょ。私でもバスタブに上がれば手が届いたわ。だけど足を滑らせてこのとおり……腰は打つし、エメラルドを頭からかぶるし、もう、散々」

「でも芹さん、きれいだよ。お姫様みたいじゃん」

芹の髪に付いたエメラルドを一つ一つ取ってやりながら、雄が言う。石山には美しい二人の姿が、きらめいて星が飛ぶ少女漫画の一コマに見えた。が、それもつかのま、さっきまで興味はないと言っていた雄の目的はもっぱら散らばったエメラルドらしく、今度は自らバスタブに飛び上がって天井を覗く。そこにはぽっかりと一ます分だけ穴が開いていた。

「あ、箱がある。先生、これちょっとお願いします」

石山は雄の手から安っぽいカステラの木箱を受け取った。かなり古い箱だが、絵心のない石山さえ、とてもエメラルドが入っていたとは信じ難い代物だ。中を見ると確かにまだ二粒、石が入っている。

雄はしばらく天井を探っていたが、もう何もないとふんだのか、埃で真っ黒になった手に、弾みでこぼれたエメラルドと箱の蓋を持って、軽々とバスタブから飛び降りた。

痛そうに腰や腕を撫でていた芹はため息まじりに言った。

「そんなきったない箱に入ってたわけね……これが」

「うん。そうだね」散らばったエメラルドを拾い集めながら、雄はうれしそうに頷いた。石山は未だに目の前の状況が把握出来ず、雄の動きを目で追って、思わず首を傾げる。

「どうして、こんなに同じ石ばかり、たくさんあるんだろう」

「それを私も考えていたの」芹が、用心深くバスタブの縁を跨ぎながら「体積から考えて、たぶんこれが過不足なく、おでんの下にあった財宝でしょうね。でも水軍の財宝というなら、もっとバラエティに富んでいても良さそうなものだし。どうしてこんなにエメラルドばかりに集中しているか、が問題だわ」

石山は、ついその石の深い輝きに目を奪われながら言った。

「他の物はまだ、別の場所にあるのかな……」

「先生もいいかげん、よくばりですね」自分も少しずつエメラルドを拾い集めながら、「もしそうであっても、お祖父さまが見つけたのはたぶんこれだけでしょう」

「これ、しばらく僕が預かっててていいよね」雄がうっとりと石を見つめながら言った。「発見者の取り分は、また後日、話し合いを持つ、ってことで」

芹はもう次の事を考えている様子だったが、口を緩めて「私はいらないわよ。お祖父さまも靖夫さんもいなくなった今、正式な発見者はあなたじゃないの……でもそれ、不幸のエメラルドかもしれないわよ。そういう覚悟があるならどうぞ」

「いいさ。僕なんてどうせ『孤独で不幸な老後』が待ってるだけなんだから」冗談か本気か分からない口調で雄は言う。そして思い出したように、石山を振り返った。

「先生、もしかしたら、侵入者もこれを捜していたのかも……」

「侵入者?」芹は眉を上げる。エメラルドの出現で気分が高揚している雄はお構いなしに、石山が見た不審な人物や手首のいちご痣のことを、洗いざらい話してしまった。芹はさして興味もなさそうに聞いていたが、部屋を覗いていた石山が何者かに殴打された話には、微かに顔をしかめる。「情報不足ね。先生の記憶も不確かなのでしょう?」

「……それはそうだけど」

「ごめんなさい。私、ちょっと消毒してもらってくるわ。破傷風のワクチンはしているけど、跡が残ったら嫌だし……悪いけどここの片付け、お願いね」

即座に重要ならざると却下された気がして、さすがの石山も少し傷つく。部屋を出て行く芹をぼんやり見送っていると、箱を抱えた雄がぽつんと小さく呟いた。

「先生って、やっぱ芹さんが好きなんですね」

「え、いや。なんでそんな……」不意を突かれて石山は動揺する。

「だって、悲鳴聞いた時の慌て方、凄かったっすよ」

八月九日　午後三時三十分

午後になると急に風が強まったようだった。昼食後、雄は自室に戻って勉強を始め、芹と大戸木は居間で碁を打ち始めた。小一時間の間に碁盤は黒と白の石で一杯になり、白を持った大戸木がしきりに何かぼやいている。吉見は見かけによらず囲碁に興味があるのか、わざわざ横に椅子を引っ張ってきて座り、大人しくギャラリーに徹していた。

屋敷は補強してあるとはいうが隙間だらけだし、瀬戸内海とはいえ高波の危険性もある。大きなガラス窓が割れないよう、補強や目張りの必要はないのかと石山は一人、気を揉んだ。台風情報でもやっていればと、遠慮して小さい音でテレビをつけるが、中心が九州の南あたりにいると分かっただけで、画面はすぐに古い映画に変わる。仕方なく砂漠とらくだばかりの画面を眺めていると、じき碁も勝負がついたらしく三時半頃にはもう居間は無人になっていた。石山は厨房に行き、ラジオを聞きながら夕食の仕込みをしている美奈に声を掛けた。

「……天気はどうなんでしょうか」

「台風がこっちに向かってるようなことを言ってます。進度は人が歩いているくらいなのに、勢力は非常に強いんだそうです」美奈は苛々して、いかった肩をますますいからせた。

「困ったなあ。明日、帰ろうと思ってたんですけど。急げば今日のうちに船を出してもらえそうでしょうか」

「え、あ、今、何とおっしゃいました」

「いえ、いいです」宏明か河村に直接聞いた方が早いだろう。石山はそれ以上尋ねるのは諦める。「河村さんは？　どちらに」

「それがあなた、どこに行っちまったもんやら、さっきまでここにいたんですけど」美奈はよくぞ聞いてくれたと言わんばかりに、初めて石山をまともに見た。そして堰を切ったように捲し立てる。「おまけに一番使い勝手のいい包丁がないし、あれがないと冬瓜《とうがん》もスイカも上手く切れないんですよ。勝手に持ち出さないように、いつも言っているんですけどねえ」

美奈の苛々の原因はこれだったのだ、と石山は納得した。

「じゃあ、屋敷の中を捜してみますよ。船のことも尋ねたいし」

「そうですか。じゃあ申し訳ありませんけど、すぐ包丁を戻すように言ってくださいまし。もしかしたら戻し忘れて、そのままどっか行っちまってるかもしれません」美奈はほっとしたように言った。

石山が厨房を出ると、入れ違いに芹に出くわした。芹はちょっと会釈して石山を見上げた。

「先生、当分、帰れそうにないわね。猛烈な波よ。残念ね」

「ああ……」雑事に取り紛れていただけで、石山も例の出来事を忘れていたわけではなかった。二人だけで真っ正面から顔を突き合わせると、さすがに気まずい。今を逃すともう話をするチャンスはないだろう。石山は腹を決めた。

「昨日のことだけど……」

「何ですか」芹の目の光が一瞬強くなった。石山は大きく息を吸う。しかし頭は混乱し、何から話してよいのか思い浮かばない。

「驚かせて悪かったね。でもあれは本当にアクシデントで、まったく君の言うような邪心はなかったし……あ、君は魅力的だと思うけど……僕は平凡で面白味に欠ける人間だから、君みたいなエキセントリックな人にそういう感情は抱かないから安心してほしいというか……でも怖がらせたとしたら、本当に申し訳ない。あ、なんというか」

芹は黙って聞いていたがいきなり吹き出して、それからあははと笑い出した。初めて見る開けっぴろげな笑顔だった。

「いいの、何でもないことで大騒ぎして、ひっぱたこうとしたのは私じゃないですか、アクシデントだってことは分かってるし、わざわざ蒸し返す方がおかしいわ。逆にエキセントリックとか、そういう感情は抱かないから安心しろとか、すごく失礼」

「ごめん……」やはり殴られるところだったのか、と思いながらも石山は赤面する。

「先生は無神経で鈍感。密かに慕われてたのも、それが再燃したのもまるきり気付かない……」

「は？」言われたことが理解できず、石山は目を見張った。いったい誰が自分を慕っていたというのか。芹は悪戯っぽい微笑を浮かべたがすぐに消して、あっさり話題を変えた。

「先生、急いでいたのじゃないの？」

「……そうだった。君、河村さんを見なかった？」石山は動揺しながらも、何とかそう尋ねる。

「河村さん？　いいえ」

「そう、ありがとう」石山は逃げるように、芹を残してその場を去る。安堵はしたものの、かなり気恥ずかしい気分だった。

玄関の土間を覗き、続けて河村を捜すべく二階へ上がる。多少霧があっても、最初にあてがわれた部屋からは海岸が見渡せるはずだった。しかし破片よけに着た防水のナイロンパーカも見つからないし、桟橋にいたとしてもしばらく屋敷内で待つ方がいいかもしれない——。

部屋に入ると蒸し暑かったが、シャンデリアがないだけに幾分広くなったように見えた。カーテンを開けて窓から海岸を見ても、砂浜には人っ子一人いなかった。船はもう、桟橋から少し窪まった天然の船だまりに移動してある。普段より頑丈に繫がれた船が、それでも木の葉のように大きく揺れているのが見えた。波も瀬戸内とは思えないほど高い。この状況で船を出すのが無理なことは、火を見るより明らかだった。

雨はまだほとんど降っていないが、海を見ると確実に台風が近づいていることは分かる。テレビを見ていなかったので、情報を摑み損ねたのだ。うねる波がさらに不安をかき立てる。石山は漠然とした焦りがまた蘇るのを感じ、カーテンを元に戻して窓から離れた。

――どこにいるんだろう。

居間に戻ったが、やはり誰もいなかった。仕方なくテレビをつけ、それしかないのでしかたなくニュースと天気予報を見る。依然、河村は現れない。時計を見ると五時。すでに夕方だった。

石山はふと、西側の海岸をまだ見ていないことに気付いた。確か廊下の突き当たり、全面のサッシ窓からベランダに出られるようになっている。

再び二階に上がる。風に煽られないよう手で止めながらやっと磨りガラスの鍵をはずし、力をこめてサッシを開けた。風が吹き込み、思った以上の力で体が押し返される。しかし足に力を込めて踏み止まった石山は、中途半端な姿勢で呆然とその場に立ち尽くした。

何かの間違いではないか――と瞬きを繰り返す。

血?

視界に飛び込んできた大量の赤い血に、思わず立ち眩みを覚えた。

信じられない光景。ベランダすべてを朱に染め血にまみれた男が、無惨な姿を晒し、その場に倒れ込んでいたのである。

断末魔の苦しみを残す顔を奇妙にねじ曲げ、空を摑んだ指は硬直している。そして床に夥しく流れた血が強い風に煽られ、さざ波のように揺れている――。

奇しくもその場所で、捜していたものが同時に見つかった。

見当たらなかったナイロンパーカ。そしてそれを着て血まみれで倒れているのは――さっきからずっと石山が探し続けていた河村なのだった。

パニック状態が収まった時、初めて皆、どれほど悪い状態なのかに気付いた。

雨も降り始め、時々吹き荒ぶ強い風は、脅かすようにガラス戸を叱咤する。食堂に集まった人々は一様に青ざめた顔でこもごも顔を見合っており、河村の妻、美奈の嗚咽だけが途切れ途切れに聞こえている。

河村の死体は背中が異様に盛り上がって見え、パーカを捲るまでもなく、そこに凶器が突き刺さっていることは明白だった。それはまさしく被害者の妻が捜していた厨房の包丁で、冬瓜やスイカを切り分けるだけでなく人を一突きして殺すにも最適であった。大戸木医師の診断を仰ぐまでもなく、凶器も死因も見たそのまま。疑う余地など何もない。

「海が静まるまで、警察に通報もできないということですか」

遺体を靖夫の部屋に運び込み、石山とともに食堂に帰ってきた吉見が、再度同じ言葉を繰り返した。人数分のココアを入れ、真っ先に美奈に渡してやりながら芹は言う。

「警察に責められる筋合いなどないわ。まさかあんな場所に遺体を放ってはおけないし、運ぶ前の写真はきちんと撮っておいたのだから。でも問題は電話ね。衛星電話が使えないのは最悪。鞄ごとめちゃくちゃで、パラボラアンテナも壊されてる」

状況を一つ一つ思い浮かべながら、頭の中で整理でもしているような口振りだった。

「携帯は圏外だし、ネットも使えない。私たち完全に孤立してるわけね。考えられる意図は二つ。警察の介入を遅らせることで捜査を攪乱するつもりか、あるいはまだ仕事を残しているため、邪魔されたくなかったか……」

最後のひと言でまた場が凍り付いた。吉見が舌打ちする。大戸木医師は言いにくそうに口を挟んだ。「何とか人見島に辿り着ければ、連絡のつけようもあるでしょうが」

「この嵐じゃ、無理して連絡したとしても警察の方で来られませんよ。島の周りは普段、凪いでる時でさえ流れが速くて、船の出し入れに凄く気を使うんです」

宏明がイライラと歩き回りながら言う。妙な成り行きで、芹の説どおりこの田島が天然の要塞であることを立証した形だ。

椅子にもたれて手を伸ばし、後ろから宏明の背中を摑んだ雄は、兄よりも遙かに落ち着いた口調で言った。「兄さんも座ってココアでも飲んだら？　船を動かせるの、もう兄さんだけなんだから、しっかりしてもらわないと困るんだよ」

隣のテーブルで頭を抱え、ぶつぶつ何か呟いていた倉内は、雄の言葉で思い出したようにカップを口に運び、あちっと叫んで手を離す。質の悪いコントのようだが、もちろん誰も笑う者などいない。甘い物が苦手な石山は、形だけ口を付けようとして、それが砂糖抜きのカフェオレであることに気づいた。ブランデーの香りがして、飲むとほっと気分が落ち着いた。

「なくなった物はありませんか」吉見が不味そうにココアを啜りながら言った。

「風雨の中、外部から侵入した者がいるとしたら、食料が減るなり部屋が荒らされるなり、屋敷内に変化があるはずです」そして皆が黙っているのを確認する。「いずれにせよ、我々は殺人を犯した人間と共に同じ島にいて孤立している訳だから、危険な状態であることだけは自覚してください」

「今は……思い当たらないけど。まさかこんな恐ろしいこと……これっきりなんでしょう？」

ずっと黙っていた刀自が、こめかみを揉みながら初めて口を開く。弾みでぎっと車いすの車輪が鳴った。いつもより数段声が低くなり、野太い感じが京美に似ていた。

吉見は臆することなく刀自を見た。「断言はできません……だから用心に越したことはない。お休みになる時は、きちんと部屋に鍵を掛けてください」

「冗談じゃないわっ」京美が高ぶった声で言った。「私が何の悪いことしたっていうのよ。努力しても親の七光だって言われる。金目当ての男しか近寄ってこない。恋愛も結婚もせず、平凡な幸せを犠牲にしてずっとずっと一人でがんばって来たのよ、赤ちゃん抱っこして『京美は仕事人間だからあ』なんて余裕満々に言われても、引きつらないよう必死で顔作って堪えてきたの……なのにどうしてこんな島に閉じこめられて、怯えながら順番に殺されなきゃいけないのよっ」

「殺されると決まったわけではありません。用心してくださいと申し上げてるだけです」

吉見はうんざりしたように言った。さすがの二枚目も、いささか余裕をなくしているようだ。

「ここは小さな島よ。隠れる場所だってないわ。まさかチェーンソー持った殺人鬼が、すぐその辺に潜んでるんじゃないでしょうね」京美はそう言って辺りを見回し、震える自分の腕を両手で押さえつける。「河村が殺されたってことは、誰だってかまわないってことでしょっ」

「……女性だけでも人見島へ避難して安全を確保し、何とか助けを呼べればよいのですが」否定も肯定もせず、吉見は言った。

「あんた、正義の味方なんだから女性陣を一人ずつ抱きかかえて人見島に渡してやったらいい」

宏明は吐き捨てるように「俺は溺れ死ぬより、殺人鬼とやらにやられた方がましだ」

侵入者の存在が現実味を帯びたことで、今こそ石山は、昨夜怪しい人物を見たこと、その後何者かに殴られたことを打ち明けておくべきだと思った。明解に説明できない疎ましさよりも、少しでも情報を共有して、それぞれの身を守ることを優先すべきだ。しかし厨房と食堂を行き来していた芹が足を止め、故意と思えるほどのタイミングで口を挟む。

「屋敷に侵入者がいたとしますよね。偶然河村さんに見つかって揉み合いになり、殺してしまう……だとして、河村さんがあの状況でみすみす後ろから刺されたりするでしょうか」

「どういうこと？」雄も石山と同じく、いちご痣の人物について考えていたのだろう。ココアのカップを持ったまま聞き咎める。

「場所もあんなに狭いベランダだわ。あそこにたまたま侵入者が潜んでいた、と想像してみましょう。そこへ元ボクサーの河村さんが、植木を片付けるために足を踏み入れる。逆上した犯人が包丁を取り出したとたん、思わず後ずさりするならともかく、犬に追いかけられたのび太くんみたいに両手を上げ、侵入者に背を向けて逃げ出したりはしないわ。それよりすでにベランダで作業していた河村さんに気付かれないよう、犯人がそっと背後から忍び寄って刺した、と考える方が自然よ」

元ボクサー？　のらくらしたアル中のようなあの男が？　石山が驚く横で、大戸木医師が唸るように言った。「では、犯人は河村くんを殺すつもりで、厨房から包丁を持ち出し、電話まで壊したと？　いったい何のためにそこまで……」

恐ろしい沈黙が流れた。皆、最悪のことを考えているように青ざめた。壊れた電話。連絡さえ取れれば何とかなるのに——そうだ。

「無線は？　船に無線はありませんか」石山は急き込んで言った。釣りをした時、船の中で見たような気がしたからである。

「もちろん船の無線はありましたよ」宏明が頭を抱えて言った。

「……ました、って」

「昼間に河村が船を繋いだとき、言ってたんですよ。アンテナ部分が外されてどこにもないって。俺のせいみたいに言いやがったんで……いや。使用不能ですよ」

宏明の言葉通りなら、犯人は殺人を犯す前に予め電話だけでなく、船の無線まで壊していたことになる。その異常とも言える用意周到さに、石山の背中を冷たい汗が流れた。

「気を付けて頂くために敢えて言いますが、もし侵入者の形跡がないとしたら最悪、犯人が我々の中に紛れていることだってあります」

口にしようにも出来なかった恐るべき仮説だった。吉見の一言に、刀自が体をびくりと震わせた。大戸木医師はため息をつき、感情を抑えた口調で言う。

「我々が疑わしいという、証拠でもあるのでしょうか」

「いや、分からないから、色々な可能性を挙げているだけです。ただ、島外から侵入したとすれば、使った船もどこかにあるはず……」

全員の視線を受け止めて吉見が困ったように呟くと、それまでメイドのように走り回っていた芹が、やっと自分のマグカップを両手で包んで椅子に腰を下ろした。そして石山が口を開こうとする端から、また畳み掛けるように言う。

「侵入者ならば狂犬だし、この中にいるなら羊の皮を被った狼ね。でも狂犬が屋敷内で誰にも遭遇せず、電話、船の無線、厨房の包丁と細工するのはまさに神業だわ。羊の皮を被って、善意の滞在者に成りすました方が楽といえば楽ですよね……でもどちらの場合でも、常に三人以上でいれば防げることもあると思うわ」言葉の意味する恐ろしさに皆、改めて顔を見合わせる。

何度も芹に遮られた石山は、結局、いちご痣の人物を告発する機会を逸してしまった。もっとも今の不確かな状況では、徒に不安をかき立てるだけかもしれない。

この目ではっきり見た未知の人物。そして石山を殴った謎の人物――。

侵入者と、一座に潜む残虐な犯罪者――。

それらがどう関わり、どう関わっていないのか。石山にはもう、何が何だか分からなかった。

そして混乱しながら、ふともう一つ、気になっていたことを思い出す。

「あのう……」皆の視線が集中した。「立ち聞きしたようで申し訳ないんですが、僕がここに来た最初の夜、海岸で、河村さんご夫妻の会話を少しだけ聞いてしまったんです。河村さんが内緒で奥様に何か頼まれているとか何とか」

黙って頭を抱えていた美奈も少しは落ち着いて来たのか、はっと泣きはらした顔を上げた。

「そうでした。そう言ってました。なにかびっくりするような秘密らしく……靖夫坊ちゃんに関すること、みたいでしたけど」こんな時でもさすがに最後の一言はトーンを落として早口で言う。

「靖夫兄さんに関すること？　何？　それ」雄は表情を強ばらせたまま、祖母に尋ねた。

「何のことかしら。思い当たらないわね」

しばらくじっと銅像のように動かなかった刀自は、ゆっくり首を傾げてそう答えた。さすがに世慣れているだけあって、容易に感情は読み取れない。しかし石山には刀自が、何か隠しているような気がしてならなかった。昨夜二階で聞いた声についても気にはなったが、今ここで尋ねてもやはり思うような答えは引き出せないだろう。

雄もさすがに刀自には逆らえないのか、それ以上追及しなかった。それでも必死に言葉を選びながら、祖母を盗み見る。

「犯人は返り血を浴びないよう、ご丁寧にパーカをめくって河村さんを刺している。ゲリラ的無差別殺人なら、そこまで気を付ける必要もないよね。やっぱりそれなりの理由があったんだ。何か都合の悪いことを知られたからじゃないか、って考えるのが、一番それらしい気がするけど……」

刀自は雄の言葉に答えようとはしなかった。ただ、車いすを回転させて美奈を振り返り、問いかけるようにその視線を大戸木医師に移した。驚いたことにさっきまで酷く興奮して泣いていた美奈が今はもうテーブルに俯し、鼻にかかった寝息を立てている。

「精神安定剤を処方したんですよ」大戸木医師が答える。

「美奈さん、お部屋に行きましょう……」

芹は吉見を振り返り、二人で美奈を抱えるようにして居間を出た。彼らの部屋は厨房と繋がって居間の横にあり、ドアが見えているので一人寝かせておいても安全と判断したのだろう。芹と吉見が出ていくと誰もが口を噤み、また不快な沈黙が広がった。

「眠れなくて困る方は、睡眠導入剤を出しますから声を掛けてください」大戸木医師が言ったが誰も返事をしようとしない。この状態で正体不明に眠ることこそ不安な気がした。やがて時を置かず、芹と吉見が帰ってきた。美奈の部屋のドアは開けたままになっている。

「大戸木先生、遺体の様子から正確な犯行時間など、見当はお付きになりますか」戻るなりすぐ吉見は医師に尋ねた。

大戸木医師は目を瞬かせて「風が強くて湿っていましたからね。見た状況だけではどうも判断しにくいですな。しかし出血や硬直の状態からして、さほど時間が経っていたようには思えません。せいぜい三時から五時くらいまでの間でしょうが、それはもう分かっていたことでしたな」

「じゃあどなたか、その時間内でもそれ以外でも今日、河村さんを見た方はいませんか」

「……三時過ぎに見た」宏明が顔を上げ、歯ぎしりでもするような口調で言った。

「話してください」

頭ごなしの物言いに、宏明は露骨に顔をしかめた。石山も吉見の高飛車な態度にはうんざりしていたが、この状況では独裁者の存在が安心感をもたらすことも事実だ。情けないのは昨日までキャラが重なっていた宏明で、拠りどころをなくしたせいか、自信もエネルギーも急に萎え、冴えない男に成り下がっている。辛うじて残ったプライドだけが空回りして、本人も相当苛立っているように見えた。

「天気も悪いし、応接室で本を探していた。柱時計が三時に鳴ったんで、自分の部屋に戻るために廊下に出たら、河村《あいつ》が厨房から出てきて、船の無線のアンテナが外されてるとかなんとか、文句を言いやがったんだ。でも俺が知らないと分かったら、さっさと二階へ上がっていった。少し遅れて階段を上がった時には、もう誰も廊下にはいなかった……」

「二階……」吉見は腕を組んだ。「その時、河村さんに何か変わった様子はありませんでしたか」

「別に……いつもどおりだ」

「あなたの部屋は一階ですね。何をしに二階へ？」

宏明は顔をしかめた。「……関係ないだろ」

「まあ、そうですが……」吉見は刺すような視線で宏明を見てから、皆を振り返った。「河村さんが三時前まで厨房にいたことは、美奈さんも証言してます。問題は三時から石山さんがベランダで彼を見つけた五時五分までの二時間あまり……何をしていたかお互い、話し合ってみたらどうかと思うのですが」

「それ、提案？」芹が言った。

「もちろん」顔をしかめ、吉見は振り返る。

「尋問じゃないわけね。それじゃ、ごはん食べてからでもいいわね。皆さん、食欲なんかないだろうけど、食べないと体に毒だし。せっかく美奈さんが作ってくれてるんだから。あちらで食べましょう」

味も分からない食事を流し込むように済ませた面々は、やがてお茶の運ばれたテーブルへと移動した。

「じゃあ、誰から行きますか」吉見はレポート用紙を広げて、メモを取る準備をしながら事務的に言った。

「いや、それがアリバイとかいうものなら私など何もないな、と思いましてね」大戸木医師が困ったように言った。「芹さんと碁を打っていたのがたぶん二時半くらいまで。由緒あるすばらしい本榧《ほんかや》の碁盤でね。二子置かせたのはいいが、宇宙流にこっぴどく負けました。その後は部屋で午睡を取っていたものだから」

そう言えば、駆けつけたメンバーの中に、大戸木医師の姿はなかった。芹に命令された雄が、一階の部屋に呼びに行って初めて、姿を現したのだ。

「そうなんだ。先生は寝ぼけて出てきて、もう夕餉ですかって」

椅子に馬乗りになった雄がニコリともせずに言った。束ねたゴムが切れたのか長い髪を垂らし、しきりに指先でぱちんぱちんもて遊んでいる。不揃いの毛先が肩の手前であちこち跳ね上がっていた。「でも、僕の方がやばい。午後からずっと部屋で勉強してたから、まるっきり誰とも会ってないし、アリバイゼロ」

「みなさん、ほとんどお一人でしょう」刀自も決めつけるように「私も部屋でずっと本を読んでいましたからね」

「じゃあ、こうしましょう」吉見はメモを取ることを諦めたように、用紙をテーブルの隅に押しやりながら言った。

「その、二時間あまりの自分の行動を語ってもらった上で、何か気付いたことでもあれば、挙げて欲しいんです。例えば何か音がしたとか誰かを見かけたとか、ほんの些細なことでも手がかりになる場合がありますからね」

「名探偵にでもなったつもりですか、まったく」宏明が顔を歪めて言う。いつのまにか手にはウイスキーのグラスを持っていた。

「河村が殺されたってことは確かだろ。背中に包丁をおっ立てて寝転がるやつなんか、いないだろうしね。でも何だってあんたが、みんなを集めてアリバイを喋らせたり、手がかりのなんの偉そうに言わなきゃならないんです？　そんなこと、台風が逸《そ》れて警察が来りゃ、嫌でも一からやんなきゃなんねえんだ。ほっといてくれ、ったく」

芹がいきなりぽくんと小気味よい音を立ててクッキーを齧ったので、皆その方を見た。

「今夜と、明日一日くらいは無理でしょうね。ますます台風が近付いてる、ってラジオが言っていたわ。その間、ずっと屋敷の中で顔を突き合わせなきゃいけないのだし、疑心暗鬼で睨み合うよりは、お互いアリバイの申告でもしてた方が気が紛れるのではない？　それに犯人が侵入者であっても内部の人であっても、一人でいるより集まっていた方がずっと安全だわ」

芹が吉見の肩を持ったことで、雄が不愉快そうに言った。

「それでその探偵役は、そこにいる吉見さんってわけ？」

芹は何も答えず、黙ってクッキーの皿を京美に差し出した。いつもは明るい京美もさすがにショックを受けた様子で、極端に口数が少ない。何とかクッキーはつまんだものの、これ以上ヒステリーを起こして醜態をさらさないよう、歯を食い縛って耐えているように見えた。

「あの……」石山は勇気を出して言った。どうしてももう一つ、言わなければならないことがあった。「河村さんが着ていたパーカはたぶん僕のものなんですが、今朝から見当たらなくて……どうして河村さんが着ていたんでしょう」

「あのふざけたパーカ、缶珈琲のロゴが入った？」芹が目を見張る。

「うん、どこかに置き忘れたのかな、って捜してはいたんだけど」

「でも釣りの朝、河村さんあれ着てたよ。ああいうの、葉書出してほんとに当たる人っているんだなって思ったもん」雄が首を傾げた。

「ああ、あれは河村のだ……石山さんのは俺が持ってる。例の部屋に置きっぱなしだったから、渡そうと思って忘れてたんだ、悪い」宏明が低い声で言った。口調もまるで別人のようだ。

「そうですか……すみません」

同じ物を持っていたのか。石山は納得した。同窓会のビンゴゲームで当たったものだが、元は飲料メーカーの景品だろうし、大量に出回っていても不思議ではない。

「返り血を浴びてましたね……」倉内がぞっと震えた。悪気はないだろうが嫌なことを言う。確かにこの先、同じパーカを着る気にはなれないだろう。薄いちりめん風のナイロン素材には黒々と染みが広がって、石山は貧血を起こしそうになったのだ。

話が途切れ、しばらく沈黙が続いた後、再び静寂を破ったのは吉見である。「心細いのは皆同じです。必要以上に騒ぎ立てたり、酔って現実逃避はしないでもらいたいですね。あまり度を越すと、何か特別な事情でもあるのではと勘ぐりたくもなりますから」

宏明はかなり速いペースで酒のグラスを口に運んでいる。誰も口にはしなかったが、河村と宏明の言い争いはまだ記憶に新しい。おまけに無線アンテナのことでまた言い合ったと、ついさっき本人が言ったばかりである。宏明は大きな息を吐いたが、何も言い返そうとはしなかった。

「鉢の傍に雑巾があったし、河村さんは台風に備えて鉢の泥を落とし、屋敷の廊下に運び入れようとしていたんですね。三時頃、宏明さんが廊下で河村さんを見た時、彼はそのためにベランダに向かっていたんでしょう」吉見が言った。その余裕ある口振りに顔を歪めながら、雄が黙って確かめるように宏明を振り返る。

宏明は舌打ちした。「たぶんそうだ。そういえばあの缶珈琲のロゴがやたら目に焼き付いてるよ。どいつもこいつも……ここは飲料メーカーのキャンペーン会場か、と思ったんだ」

石山は思わず顔を赤らめた。

——と、黙って成り行きを見守っていた刀自はカップをテーブルに置いて、おもむろに言った。

「申し訳ないけれど、九時過ぎたから休ませて頂きますよ。その前に私のことを話しておくと、二時から五時までずっと自室で本を読んでいました。途中、芹ちゃんがレモネードを持って来てくれて、話したのが十分くらい。その前に三十分くらい吉見さんが来て話したのよね。時間はそう……吉見さんは四時前。芹ちゃんは四時半くらいからだったかしら」

「僕が伺ったのは四時ちょっと前でしたよ。しばらくして柱時計が鳴ってましたから」吉見が言って芹を目で促す。

「たぶん私も、そのくらいだったと思います」

芹はそう言っただけで口を噤んだ。妙にしおらしい態度だった。

「それから、誰か来てください、っていう石山さんのお声を聞いて、びっくりして階段へ。ここはエレベーターもないし、二階へは上がることは出来なかったけれど……それまで何も変わったことはありませんでしたね」

吉見は頷いた。「分かりました。お引き留めして申し訳ありませんでした……部屋に送ってさしあげて、いや一人じゃない方が良いから誰かとペアで」言葉の後半は芹に向かって発せられたが、美奈の時同様、至って自然なやりとりだった。

「大伯母さま、今夜は一緒に休みませんか。京美さんと美奈さんと私の四人で」芹は車いすのハンドルを握り、珍しく歯切れの悪い口調で言った。

「ありがとう。でも私は大丈夫よ。しっかり鍵を掛けますから。あなたたちは不安なら一緒にお休みなさい」

「でも……」雄が言いにくそうに「こういうとき、絶対、一番先に部屋にこもっちゃいけなんだ、だって、お約束なんだ……だからばあさま、せめて今夜だけは姉さんたちと一緒に……」

「いい加減になさい」刀自は柔らかな声で、それでも毅然と言った。

「私を殺めたいならそうすればいいの。逃げも隠れもしない」

「お祖母様……」京美が喘ぐように言って刀自を見やる。もうこれ以上誰も、刀自を引き留めることなどできなかった。

刀自は上品に会釈すると、芹に車椅子を押され、姿を消した。その後を雄が追う。あまり口を開かずとも、刀自の存在はさすがに重かったので、その後張りつめた感じが幾分軽くなった。しかし状況は変わりなく、空気は淀み、雨や風は強くなるばかりだった。やがて雄と芹が何か話しながら戻ってきて、隣り合って座るとまたすぐに法廷は再開された。吉見が尋ねる。

「大戸木先生は碁が終わってから、部屋でずっとお休みだったのですか」

「いいえ、うつらうつら。時折目を覚ましてはいましたよ。さっき芹さんが夫人の部屋を訪れたとおっしゃいましたが、そのことは覚えています。お隣ですし、廊下での声は聞こえますから。三回ノックして『大伯母さま、忙しいですか』と声を掛けられたのでしたな」

「はい、そうです」芹は頷いた。

「でもその他はまるで記憶がないな。熟睡してたんでしょうな」

「先生は毎年、夫人の隣の部屋ですか」

「ああ、そ……」医師が頷きかけたとき、いきなり風が強く吹いて古い建物全体が大きく軋んだ。皆どきりと息を飲み、大戸木も一瞬言葉に詰まって辺りを見回す。

「そうだよ」大戸木医師の言葉を雄が引き継いで答えた。いつも無表情な芹はともかく、突然の轟音に動揺しなかったのは、意外にも雄だけのようだった。「うちのお客さんは一度泊まったら、ダブらない限り大抵そこだから。僕たちはもちろん同じ部屋だし……京美姉さんは不眠症気味だから、波音が一番遠くて暗いあの部屋だよね」

京美は頷いたが、すぐ邪念を振り切るように立ち上がった。目の下に隈が出来ている。疲れ切った様子だった。「私も部屋に戻っていいかな……アリバイになるかどうか分からないけど。午後は部屋で仕事をしていたわ。四時前くらいに一段落して、倉内さんの部屋に行ったの。三十分近くいて、テレビでも見ようと階段を下りたところで、お祖母様の部屋から吉見さんが出てきて、ちょっと立ち話をしたわ。ミドリムシの写真が見たいって言うからそのまま一緒に部屋に帰った。二人で話してる時、急に石山さんの叫び声がして、慌てて部屋を飛び出したのよ」

「分かりました。ではお部屋にお送りしましょう」

吉見は紳士的に声を掛ける。倉内も慌てたように腰を浮かせた。「ぼ、僕が行きます」

「要らないわ」京美は冷たく言った。「一切、誰も付いて来ないで」

そのまま足早に部屋を出て一人、無人の二階へと向かう。石山には京美が未だ怯えているのか、度胸を据えたのか判断できなかった。

立ち上がりかけた倉内は、バツが悪そうにまたそのまま椅子に座る。刀自と京美が出ていったので、部屋に残っているのは吉見、宏明、大戸木医師、芹、雄、倉内、石山の七人になった。宏明は少しの間にかなり飲んだらしく目が据わり始めている。

「宏明さん、あなたはどうなんです」吉見が尋ねた。

宏明は目を上げてぎろりと吉見を睨む。「さっき言っただろうが。応接室から二階へ上がり、自分の部屋に帰ったのが三時過ぎ、その間、河村にしか会ってねえよ」

「じゃあ、アリバイはなしですね」吉見は冷静な口調で言う。

「ああ。別にあんたにどう思われようと構わねえがな」

ポジティブで元気なイメージしかなかった宏明が、酔うたび靖夫に似てくることに石山は驚いていた。雄も含めて、実は三人とも似通った兄弟かもしれない。京美も照れで男っぽく振る舞ってはいるが、案外弱くて脆い繊細な神経の持ち主なのだ。

吉見にしても悪い人間には見えなかった。頭ごなしの態度は多少嫌気がさすが、生まれつきの責任感と正義感がそうさせているのだろう。芹に対して身構えることなく話が出来るのも、彼自身、誰からも愛されてきた自信の賜物に違いない。石山には彼が嫉妬や僻《ひが》みとは無縁な、どこまでも恵まれた人間に思えた。

「君は?」吉見は芹を振り返り、ため息混じりに言う。

「お昼ごはんの後、二時半くらいまで居間で大戸木先生と囲碁を打って、それから一人で海岸にいました。雨が降って来て、屋敷に戻ったのが四時十分前くらい。入り口で石山先生とすれ違った。厨房で美奈さんにホットレモネードをもらって飲んで、しばらく話したの。しきりに河村さんの居所を心配して、石山先生に捜してもらってるって言っていた。それからお大伯母さまにレモネードを持って行って、十分程度話して……部屋に帰った」

「僕は……」京美を送りそこなった倉内が、おどおどと口を開いた。影の薄いせいで忘れていたのか、吉見もちょっと驚いたように彼を振り返る。「……昼食後は少し僕も仕事をしていました。まだ締め切りは先なんで眠くなって来て、ついうたた寝を。三時半頃目が覚めて眠気覚ましにシャワーを浴びました。それからまた仕事をしていると、四時頃京美さんが来て、しばらく話をしました。京美さんが帰ったのは……四時半くらいです」

「京美さんは三十分くらいいたんですね」

「……はあ」

「仕事とは、文筆業でしたね」

「……はい」

「うーん。今のとこ、アリバイが完璧という人は誰もいないか。石山さんは？」

吉見は頭を掻き回しながら言う。金田一耕助のつもりなのか。しかし清潔な二枚目の彼にはもちろんフケなど一切なく、むしろ薫風でも巻き起こしそうだった。

「僕は二時くらいから三時半まで、居間でテレビ映画を見ていました。気がつくと誰もいなかったんで厨房に行って美奈さんと話しました。四時くらいに厨房を出て河村さんを捜し、しばらく居間でニュースを見た後、一階から二階へ上がったんです」

「美奈さんに頼まれてたんですね」

「それもありますけど、船を出せそうか聞いて見ようと思って」

「帰るつもりだったんですか」吉見は意外そうに言った。

「ええ。でも風が強いので、やはり無理だろうと……」

「四時から五時の間、誰も見掛けませんでしたか」

「そうですね……」確かに今思うと、一時間近く屋敷内をうろうろして誰にも会わないのは不思議なことだった。

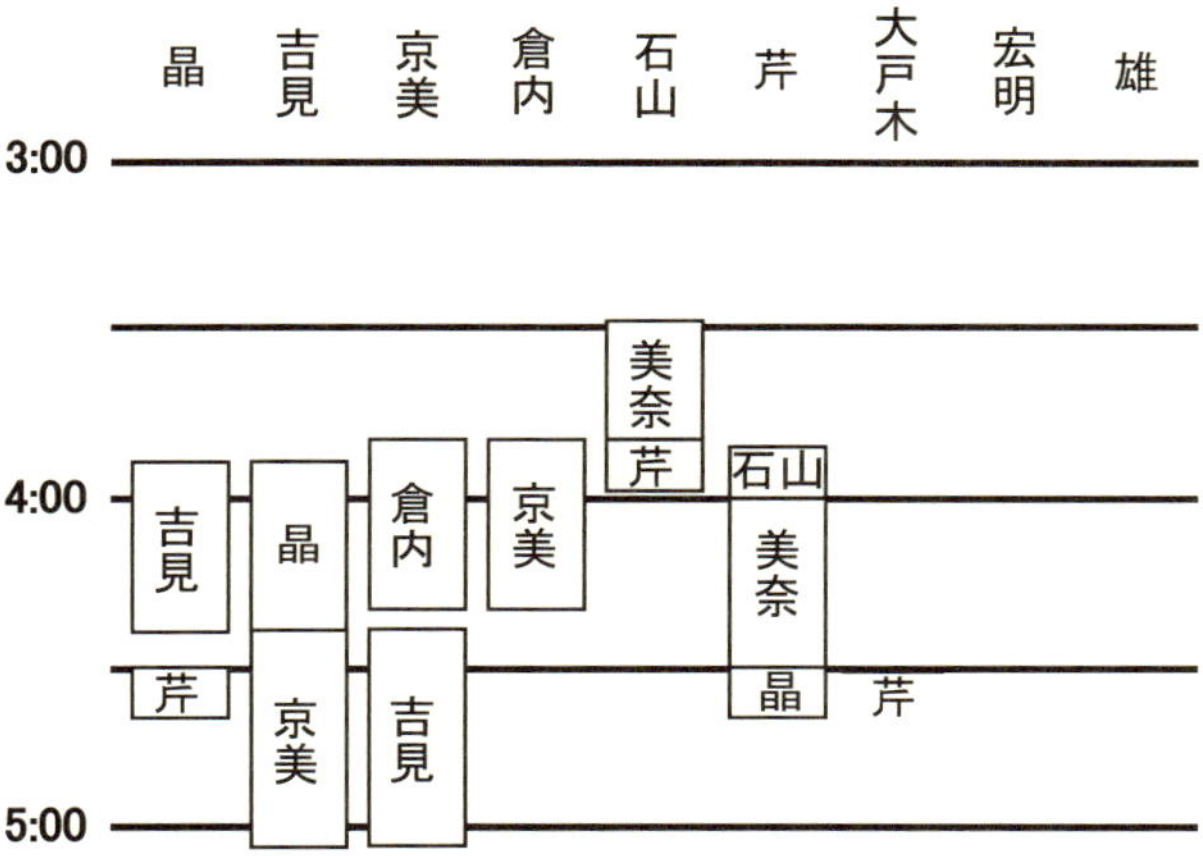

「役に立ちそうな話なんて、なーんも出てこないっすね」雄が小馬鹿にしたように言う。

「お前はどうなんだい。探偵」宏明は吉見に声をかけた。

「僕ですか。僕は囲碁の間は居間にいましたね。そのあとちょっと散歩に出て、四時前に屋敷に帰った。そのまま夫人の部屋に行って三十分ほど話をし、それから京美さんの部屋に行った」

「あんただってぽっかり抜けてんじゃねえか。この風の中、散歩が聞いて呆れるぜ」宏明がせせら笑う。

「……これでいいのかな、間違ってない？」

吉見が放り投げた用紙に、ずっと何か書き込んでいた雄が、鉛筆を置き、広げて見せた。そこにはタイムテーブル風に各自のアリバイの表がまとめられていた。

「へえ、見やすいな」それを見た吉見が手放しに褒めたので、雄はちょっと照れたように目を逸らす。

「何か分かったの？」芹も覗き込んで、微かに刺を含んだ調子で言った。

「まあ、少しずつね」吉見は時計を見た。「いけねえ、止まってる。今、何時かな」

「もうすぐ、十時よ」芹は柱時計を見て言った。

吉見は時計をはずした。国産の古い時計で、自動巻らしくしばらく振ってネジを巻いている。

「いい時計ですね」大戸木医師が目を留めてそう言うと、吉見は嬉しそうに時刻を合わせながら、

「親父が使っていたものなんです。古くてメンテナンスが大変なんですが、手放せなくて……そろそろ、お開きにしますか」吉見はもう何の収穫もないと踏んだのか、そう言って立ち上がる。

石山は疲労を感じてはいたが、さすがに神経が緊張して眠れそうもなかった。まだ少し頭痛もして肩が重い。しかし首を回し、見るともなしに吉見の腕に目を向けたとき、危うくあっと声を上げそうになった。

時計をはずした毛深い手首に、見覚えがある。

そこには昨夜、目に焼き付いた痣、あの赤いいちご痣がくっきり浮かび上がっていたのだった。

八月九日　午後十時五十五分

眠るのは無理だと思っていたのに、鍵を下ろすとすぐ泥のような眠りに引き込まれた。

軽いノックの音に目を覚ます。もう朝か、と起き上がるがまわりは真っ暗で、依然風雨は強い。

時計の針はまだ十一時より前を指している。驚いたことにあれからまだ、一時間程度しか経っていなかった。

「僕、雄です。先生、起きてますか」

「ああ。どうぞ」慌ててドアを開けた。短時間眠っただけで、妙に頭がすっきりしている。今なら、多少ややこしい証明問題を突き付けられても何とかなりそうだった。雄は風呂上がりか髪が濡れ、肩に白いタオルをかけていた。

「先生、だめだめ。そんな無防備にドア開けちゃ。僕が殺人鬼だったらどうするんですか」

「それは……」苦笑する。雄は部屋に入ってドアを後ろ手に閉めながら、声を潜めた。

「先生も見たんですよね、吉見の手首の痣、あれ、夕べ見たのと同じでしたか」

あの一瞬、雄も気付いていたのかと思いながら石山は頷く。

「うん……たぶん、そうだと思う。あの時はワイシャツ姿で服装のイメージが違っていたから、別人に見えたんだろうね。そう思ってみると、体型も似てた気がする。今朝、着いたと言うのは嘘で、本当は夕べのうちに来て、あの部屋を探っていたのかな……それじゃ、頭を打って伸びていた僕を運んでくれたのは、彼ということか」

雄は慌てたように手を振った。「先生、あいつを信用して、真っ正面からそう言うこと尋ねちゃだめですよ。関係ないから無事でいられるだけで、余計なこと知ってると分かった時点でばっさり……もあり得ますから。それにどうして来たばかりのあいつが、先生の部屋を知ってるんです？　それと先生……先生には気の毒だけど、僕もう一つ、知ってることあるんです」

同情的な口調で芹絡みだろうと息を吐く。雄が勝手に邪推して、理解者らしき態度を取るのにも困ったものだ。石山自身、吉見の出現により、微妙に芹の言動が気になり始めた矢先だけに余計、始末が悪い。——しかし、雄などはどうなのだろう。年上と言ってもせいぜい二つか三つだ。喧嘩するほど仲がよいとも言うし、二人が恋人同士になる方がむしろ自然なことだった。

「アリバイ申告で、芹さんが一人で海岸にいた二時半から四時近くの間、吉見も散歩してたとか言ってましたよね。僕、部屋の窓から見たんですよ。二人が島の北側へ一緒に歩いて行くのを。一時間くらいして、仲良く並んで帰って来るのも見えた」

石山は少しショックを受け、そういう自分の気持ちに気付いて二重にへこまざるを得なかった。あの自然な空気はやはり、気のせいではなかったのだ。とやかくいう筋合いなどないが、一時間以上二人きりで海岸にいて、口裏を合わせたようにその事実を隠していたことも気になる。

「芹さんも所詮、頭の悪い女子大生ですよ。あんな薄っぺらな見掛けだけの男がいいなんて。でももし吉見が怪しいなら、芹さん危ないんじゃないかなあ。利用されて捨てられるだけならまだしも、変に小賢しいから消されたりして」

「……君は芹さんを嫌いなのか」つい口をついて出てしまう。T大生を頭が悪い、と切り捨てることにも驚くが、口調が酷く冷たく感じられたからだ。「話も合いそうだし、君たちこそその……お似合いだと思うんだけど」

「芹さんがどうこう言うより、図々しい女が嫌いなだけです」雄は表情も変えず、吐き捨てるように言った。「女って、自分たちの領域はヒステリックに守るくせして、人の世界には平気でズカズカ入り込んで来るんです……さっき、宏明兄さんが一度、二階へ上がったとか言ってたでしょう？　あれって芹さんの部屋に行ったんだと思いますよ。頼まれてホテルの社史を捜してたから。いないからすぐ、自分の部屋に戻ったんでしょうね」

「じゃあどうして、そう言わなかったんだ」

「芹さんにいいように使われてる、ってみんなに……特に吉見に知られたくなかったんですよ。あれで結構プライド高いから」

「そうか……」分かる気もするが、それでますます印象を悪くしてしまっては元も子もない。

「それより忘れてた。兄さんと大戸木先生に、下で飲んでるから誘って来いって言われたんだった」

「君も行くの？」石山が言うと、雄は照れたように微笑した。

「いいえ。僕は、珈琲をもらいに行っただけだから。まだ、今日の英文解釈のノルマ終わってないし」こんな状況下でも、真面目に勉強をしているようで少し安心する。

「そう、じゃ、行ってみようかな。わざわざありがとう」

雄ははにかんだように頷き、シャンプーの香りを残して部屋から消える。石山は顔を洗い、濡れた手で髪を撫で付けながら階段を下りた。吉見の痣は気になるが、彼のまっすぐな性分は天性のものに見え、どうしても作られた気はしない。

居間では骨董品のステレオからジャズが流れ、大戸木医師と宏明がグラスを傾けていた。石山は宏明の姿を見て、また昨年の春にバー〈綸子〉で出会った靖夫を思いだした。顔立ちは違うが、雰囲気や目つきがそっくりで、昨日までのわざとらしい威勢の良さは微塵もない。宏明は石山を見ると、無言のまま隣の椅子を引き出して座るよう促した。

「あ、どうも……」石山も今はアルコールが欲しい気分だった。大戸木医師がグラスにブランデーを注いでくれる。奇しくも〈綸子〉で飲んだ花の香りのする酒と同じものだ。

「石山さん。あんた今の俺、俺らしくないって思ってんだろ……まあ、生まれてからこの方、ずっと真面目一筋でやって来たからな。ガリ勉、おたく、エリート、ポジティブシンキング。何度かキャラは作り直したが。全部、がんばって鋳型に流し込んだ自分だったよ」

何と言えばいいのか分からず、石山は黙って頷く。

「でも結局、兄貴が死んでから、あいつが一番まともな生き方をして来たんだって思うようになった。俺たち三人の本質は、まるで違っちゃいない。三人とも、財産投げ出して愛人と駆け落ちした、モラトリアム男の血を引いてるんだ」そう言って宏明はまた酒をあおる。無精髭のせいでいつもより顔の彫りが深くみえる。大戸木医師が飲ませてあげましょうとでも言うように頷き、そっとチーズの皿を渡してやった。石山も田島翁が愛人と駆け落ちしたという醜聞を聞いてはいたが、はっきりそう言及されるとまた違った印象に聞こえる。

「でも石山さん、あんたも知ってるだろうけど、雄が一番、きつい道を選んでるんだ。あんな顔してあえて少数派に甘んじてるくせに、まったく作り出したパーソナリティだ」

宏明はそう言って長い息をついた。大戸木医師もグラスを口に運ぼうとしたが、突然ガラス窓を揺るがす音に、はっと動きを止めた。そして風の音と気付くと照れたように笑った。

「どうも年を取って気が弱くなってますな。風の音だと知っているのに、何回でも同じように震え上がる。しかしこの状況、考えようによってはスリルを越えたものがありますな」

「戦中派が何、言って、」宏明が自分も青ざめた顔で言った。「人の命が十把一絡げの時代に、どっぷり浸かっていたんでしょう?」

石山も頷く。疲れているせいか酒のまわりが速く、気が大きくなっていた。「戦時下の心理は見当もつかないですよ。いつ爆弾が落ちて、ぶっ飛ばされて死ぬかも知れないなんて」

「戦争を知らない子どもたちか……」

「古いな、先生。それ、俺らの親世代」宏明が笑う。屈託のない笑顔だった。

「極限状態の中ではただ、食うことと生きることしか考えないものですよ。そうすれば、世にはびこる悩みのほとんどは解決する。危険な考え方ですがね。私のように人の死に何度も立ち会った人間は、命がどれだけはかないかを思い知らされると同時に、実はなかなか死ねないことも知っている。どこで差が出るかですがね。やっぱり気持ちだ。諦めてしまうとだめなんですよ。私はね、時間の問題だと言われた末期癌患者の病巣が消えて、自然治癒した例を二度も見ています。まさに何かのスイッチが入ったんですな。現代医学では説明のつかない神秘の領域、と言わざるを得ない」

「結局、精神論ですか」宏明が言って、充血した目で二人を見る。

「俺それ、挫折したばっかですよ。今なら真っ先に死んじまう……その点、芹なんざ、凄い精神力じゃないですか。俺は近寄れない。食われそうで」自分も同じだけに、石山は密かに赤面した。

「芹なんか好きになった日にゃ大変ですよ。振り回されっぱなしだ。僕は穏やかな女じゃないとだめですね。顔はまあ、よいに越したことはないが、頭はちょっとぼんやりしてるくらいがいい」

そこがやはり、宏明の宏明たるゆえんであろう。宏明はまた石山のグラスに酒を注いだ。

「でも石山さん、あんたは案外、平気かもな。鈍くて気が弱いくせに、我慢強くてどっか筋が通ってるよ」無礼な発言という気もしたが、靖夫と化した宏明にはやはりどこか憎めないところがある。

「いや……それは雄くんの方が。仲もいいし」

「雄はだめだよ……え？　あんた、知らなかったのか」

宏明はちょっと驚いたように石山を見たが、そのまま言葉を飲み込んだ。もうすでに恋人でもいるのか、手痛い失恋でもしたのか。事情は気になるが、生徒とはいえプライバシーに触れてはいけない気もした。宏明もはぐらかすように話題を変える。

「だいたいこの瀬戸内海ってところは結構、嫌な場所なんだなあ。温暖で過ごしやすいなんていうけどまったく嘘だ。大戸木先生もそう思いませんか」

大戸木医師は首を振って「いや。良いところだとは思いますよ。だが見かけほど呑気と言うわけにはいかないようでね。隣の人見島の……君たちくらいの年齢で病院に勤めてる人がね。いくら橋がつながって陸続きになっても、閉鎖的な体質が変わるわけないって言うんですよ。曾祖母さんくらいの代には子取りといって、平気で広島なんかから子供をさらってきて跡継ぎのない家に売り飛ばしたりする男が出入りしてたって。表向きは日用品の行商だったらしいが」

「人さらいですか」石山は呆気に取られた。

大戸木医師はブランデーで喉を潤した。「まあ、そういう家は総じて恵まれていて、跡取りとして大事にされたそうですがね……耕して島に畑を作る、船を出して魚を捕る。温暖で食べものも豊富だが、肝心の水が枯れる。目の前には塩の水だらけ……どこか厳しい部分があるような気がしますね。ここは」

「地球上には、地味に神様の目が届かない場所があるって言うしね」宏明がふらふら首を回した。

「日本では、北へ行くほど哀愁がまさっているように思われているが、ヨーロッパじゃ南ほど干からびて乾いて。どんどん哀しくなってくるんだなあ。ここはそれと似た感じがしますね。乾いて、光が多くて哀しい……」大戸木医師は遠くを見るような目をした。

「先生はお洒落なインテリだな。おまけに詩人だ。俺なんか何十年たっても追いつけそうもないや」宏明はそう言って、黙って飲んでいる石山に目を落とした。「石山さん、何ぼーっとしてるんだ。まさか河村を殺した犯人を捜そうなんて考えてるんじゃないだろう」

「気にならないといったら、嘘になりますけど……風雨が強くても、この屋敷は穏やかで居心地も悪くないし。ふと僕らの置かれている状態まで忘れそうになりますね」石山はため息を吐いた。

「いいんですよ。それが酒の効用ってもんだ。私たちは生きて島を出ないといけない。そのために借りられる力は何でも借りて、できる限り、自分を確かに持たなければ」

大戸木医師がそう言って頷いた。「宏明くんには嫌がられるかも知らんが、やっぱりどういう状況でも大事なのは『心掛け』ですからな」

また風が轟々と唸り、雨がガラス戸に打ちつけた。

八月十日　午前七時五分

次の朝もまだ、酷い風雨だった。

食堂にはテレビが運び込まれ、雑音《ノイズ》が混ざりながらも衛星放送のニュースが流れている。どうやらエプロンをつけて食卓を仕切っているのは芹で、撫で付けたショートヘアがレストランのギャルソンのようだ。これまで洋食オンリーだった朝食も味噌汁、白米、梅干し、干物など見事な和食に変わっている。

「僕、珈琲ないと目が醒めないんだよね」雄が欠伸を噛み殺した。

「後で淹れてあげるわよ。二日酔いには梅干しが一番なの。ここにはないかと思ってたけど、美奈さんが和食党でよかった」

美奈は芹と共に食器を運んだりはしているが、ぼんやりとしてまだ普通の様子とは言えなかった。信じがたいことだが、河村夫妻はかつてそれぞれ家庭があったらしく、大恋愛の末に駆け落ちして結ばれた仲だという。

「二日酔い？」京美は聞き咎めるが、たいして気にもせずにお椀を覗き込んだ。

「いい香り……このお味噌汁。魚の頭が入ってる。EPA、DHAたっぷりで、ぬるい頭にダイレクトに効くわ……あたしが男だったら芹たん、押し倒してでもものにするのに。ここの男どもは本当に腰抜けね」さすがに剛毅なだけあって立ち直りも早く、随分元気が出た様子だ。皆、昨夜の出来事には努めて触れないようにし、何気ない朝の食卓を演出しようとしているようだった。「大伯母さまは?」

「まだ、お休みのようです」芹の問いに美奈がのろのろと答える。

「じゃあ、後で運んであげてね。私たちは頂きましょ」そう言うと芹は美奈を誘って厨房へ入っていく。一緒に奥で食べるつもりらしい。吉見は一人食欲旺盛な様子で、美味しそうに卵焼きをぱくついていた。

そこに宏明が、ぼさぼさの頭で食堂に入って来た。髭も一段と無精に伸びている。

「……宏明、具合悪いの?」京美がぎょっとしたように箸を持つ手を止めた。

「いや、飲み過ぎてね」宏明は血走った目で辺りを見回し、まだ酔っているような足取りでテーブルに着く。

「うわ。やば……」雄は言葉途中で口を噤んだが、そこに芹が味噌汁を運んできて、あっさりと後を引き受けてしまった。「呆れた。宏明さん、靖夫さんのキャラを引き継いでしまったのね」

当の宏明はケッと高い声で笑って、味噌汁を口に運ぶ。吉見は顔をしかめて芹を見、そのまま悲惨な状態の宏明を振り返った。「今日も、やはり船を出すのは無理でしょうか」

「どうぞ。止めないよ」宏明は椀を持った手を止めて睨み付ける。

「宏明、あなたらしくないわ。どうしたのよ」京美が取り繕うように声を掛けた。

「僕らしいっていうのはどういうんだ？　几帳面でまじめで人の目ばかり気にするのが、僕らしいんですか。僕は臆病者のアル中だけど、吉見さんは颯爽とした正義の味方のようだから、水軍並みに櫓を漕いで人見島に辿り着いたらどうですか」

宏明の口から水軍の話が出るのも意外な気がしたが、そう言えば大三島で宝物館を見たのはまだ一昨日のことだった。一度に色々なことがあったせいか、ここに来てもう十日近く過ぎたような気がする。

「今夜には、台風も過ぎてしまうような話でしたが……」

大戸木医師にしては珍しく強引に割り込んで言ったが、それを嘲笑うかのようにまた強い風が屋敷の窓を揺らして大きな音をたてた。吉見も不機嫌さを隠すことなく「雨が止めば、必ず船を出してもらいます。あまり朝から酒浸りにならないで欲しいな」

険悪な空気が流れた。酒の醸造を学ぶため、はるばる広島の大学を選んだという吉見は、さほど酒好きでもなさそうだ。もしこれが映画のワンシーンならば、どう見てもさわやかな吉見は正義感溢れる探偵で、よれよれの宏明など尻尾を捕まれた容疑者か、次に殺される端役の俳優あたりだろう。しかしともすれば忘れそうになるが、吉見が前夜には島に着いて靖夫の部屋を物色していた事実は、どうあがいても消えない事実なのだ。

——待てよ。吉見が島に来るには船が必要だったはずだ。一体、誰が出したのか。人見島から船を雇って来たとも考えられるが、田島はプライベートビーチだし、こちらから迎えが出たと考える方が自然だ。河村が船を出したのか。それなら吉見が一日早く島に着いていたことも知っていたはずだ。

抑えていた疑惑が胸に広がった。河村と吉見の線が繋がる。秘密を共有していたとしたら、動機はある――美奈に探りを入れてみようか。それとも、吉見はもともと刀自の知り合いだと言っていたし、雄を通じて刀自に確認してもらうべきか。

「先生、何をぼんやりしてるの?」芹に言われて我に返ると、もうすでに皆、食事は終わって居間に移動していた。慌てて箸を置き食器を重ねる。「あ、ごちそうさま。美味かったよ」

何気なく口をついて出た言葉だったが、芹は怒ったように口を引き結んで厨房に消えた。手伝って食器を運んでいる雄が、不審そうに近寄って来て尋ねる。「先生、芹さんどうしたんですか」

「え、さあ……それより」石山は周りに聞こえないように雄に顔を近付けて「誰が吉見さんを迎えに行ったか、それがいつなのか、美奈さんかお祖母さんに確かめてみたらと思うんだけど」

雄は石山を見て、すぐ申しわけなさそうに肩を竦めた。

「先生、それもう僕、美奈おばさんに聞きました。人見島くらいなら毎日何回も行くから、いつなんて一々覚えちゃいられないって。でも河村さんが迎えに行ったことは確かです。人見島に人を迎えに行くから、朝ご飯は一人分多くしておけ、って言ったらしいから。ばあさまにも……そうですね。聞いてみますよ」

石山はがっかりした。大発見した気で、舞い上がっていた自分が間抜けに思える。

「先生、あとで教えてもらえますか。物理なんすけど」

「いいよ……」

複雑な人間関係より、数学や物理問題を解く方が自分にはずっと向いている――石山は改めてそう思い知らされた。

八月十日　午前八時十五分

部屋に帰って水を飲みながら待っていると、ノックの音がして、雄が顔を覗かせた。後から当然のように芹も入ってくる。

「芹さん、僕、物理……勉強なんだけど」雄が振り返って迷惑そうに言うが、芹は気にする風もなく、平気でベッドに腰掛けた。

「雨は峠を越したのかしら。でも、まだ風が強いわね。それより雄くん。エメラルドは無事？一晩で灰になったりしていない？」

「ダイアモンドじゃないんだから」雄はうれしそうに言って少しだけ機嫌を直した。ダイアモンドでも灰にはならないだろうと石山は思う。雄はさらに目を輝かせ、

「ローマのネロがさ、町に火を放って、エメラルドの玉を透かして燃えさかる町を見たっていうの……分かる気がする。すげえきれいだろうな」

「この子……危険だわ」芹は眉をひそめた。「でも確かにエメラルドって、視力回復効果があ

るって言うわね。あとインドでは、鬱病や毒消しにも効くとも思われてたらしいわ」

「ふーん」雄は頷く。

エメラルドを見つけた時に比べて、どれだけ状況が悪化したことだろう。今、島は外界と遮断され、殺人事件まで起こってしまった。が、雄はまたすぐに意地悪な調子に戻って「芹さん、こんな所にいていいわけ？　吉見の助手でもして一部屋一部屋、アリバイを確認しに回った方がいいんじゃない？」

「どういう意味よ」

「だってあいつのこと、めちゃくちゃ信頼してるじゃん……昨日だって、人の行かない北側の海岸で、長いこと逢い引きしてたしさ」

芹は一瞬目を見開いたが、すぐ落ち着いた口調で「そう。見てたんだ。別に構わないけど」

「あいつ、胡散臭いよ。アリバイアリバイ、ってみんなに無理矢理喋らせておいて、自分は偽証してるんだからさ。芹さんは目がハートだから信じないかもしれないけど、夜中に先生が見た侵入者って吉見だったんだよ。朝、島に着いたなんて嘘っぱちで、前の晩から屋敷の中を家捜ししてたんだ。立派な不法侵入じゃん」

「お客さまを泥棒扱い？」芹は肩を竦めた。「教えますけど、偽証って自分に有利なように偽ることでしょ。私たちのはアリバイを敢えて証言しなかっただけで、偽証ではないわ」

「私たちだって……やらしいなあ」雄は口の端を歪める。「海岸で何か、えっちいことしてたから、話せなかったんじゃね？　僕、そのうちあいつの偽善者面した化けの皮、剝がすかもだけど、芹さん、悪く思わないでね」

えっちい？　石山が顔をしかめる端から、芹は穏やかな声で答えた。

「どうぞ。お好きなように。でも自分で作ったアリバイの表を思い出してごらんなさいよ。今、あなた自身、私たちのえっちい行動を暴いたせいで、残念ながら、あの人のアリバイは完璧になったのよ。感情だけで突っ走るなんて、やっぱり頭が悪いのね」

確かに吉見は散歩の時間以外、アリバイがあった。その散歩が芹と一緒だったと発覚したことで、午後からずっと誰かと一緒にいたことになる。

雄も目を細めて「だいたい完璧なアリバイって言うのが一番怪しいだろ。それとも、芹さんとあいつの逢い引きはほんのちょっとの間で、あとは芹さんが恋人をかばってんじゃない？　……もしかして共犯者だったりしてさ」

「この際言っときますけど。一時間と二十分、私とあの人は砂浜で一緒にいて高波を見ながら話をしてただけ」

そんなに長く、何を話していたのだろう。自分なら二十秒で話題が尽きてしまいそうだ。芹はため息混じりに言葉を繫いだ。

「それにね……あなた、河村さんの事件が、まったく独立したものだと思ってるの？」

「え？」雄は息を飲むと、丸めた問題集を握りしめた。

「あなたの最初の目的は何だったの？　靖夫さんを殺害した犯人を見つけることでしょ。そのとき吉見さんはここにいた？」

「いないさ、いないけど……」

「今の時代、善良な市民の屋敷で一年以内に殺人事件が二度、起こったとするわね。その二つの事件がまるで関係ない確率って一体どれほどかしら。それとも彼が今回鋼鉄のアリバイを持っているように、靖夫さんの事件においても呪いの護摩を焚いたり、傀儡《かいらい》やよりしろを使って遠隔操作で殺したとでも言うつもり？」

言葉遣いも言ってる内容もおかしい。雄はさすがに眉をひそめて、

「うちには善良な市民なんかいないからね。一年に何回、別件で殺人事件が起こったって不思議じゃないさ。芹さんこそ、僕らが今どういう状況か分かってないんじゃないの？」

確かに雄の言うとおり今起こっていることはゲームではなく、一歩間違えば自分たちも危うくなる現実の危機なのだ。

「靖夫兄さんの事件はともかく、今回のことで少なくともあいつは嘘を吐いてるんだ。芹さんが、無理矢理二つの事件を結びつけてかばったって、あいつの怪しさは変わらないよ。……きっと僕がその鋼鉄のアリバイとやらを崩してみせるから」

「どうぞ」芹の無関心な態度が、雄の感情に油を注いだようだった。

雄はふうっと荒い息をついて「悪いけど僕、本気だから……もしそれが出来なかったり、他に犯人が見つかった場合は……」

「場合は？」芹は首を傾げて雄を覗き込んだ。目にちらと馬鹿にしたような色が浮かぶ。

「……坊主頭になるよ」石山は驚いたが、芹は肩を竦めた。

「だめね。坊主頭なんてやめて。似合わないもの……私にカットさせてちょうだい。今よりずっと可愛くしてあげる」

「どうだっていいよ。でもその代わり……」雄は怒りを静めて真面目な顔になる。「もし、僕があいつを追い詰めることができたら、芹さんにも何かやってもらうよ」

「ちょっと君たち……」止めようにもおろおろするだけで、石山に口を挟む余地などまるでない。

「いいわ。でもスキンヘッドはいや。お手入れが大変だもの」

芹の冗談を無視して雄はにやりと笑う。その表情に猫が獲物を狙うような残酷さが覗いた。

「芹さんはね。僕とのキスを賭けるのさ」そう言いながら、男にしては繊細な指先で自分の唇を指す。

「なっ……」石山は絶句して雄を諫めようとしたが、当の芹は表情も変えずにそれを押し止めた。「そんなことでいいの?」

「君たち、軽々しく……」

二人は石山を完全に無視して睨み合う。一触即発という感じだった。しかし青筋を立てた雄に比べ、芹はまるで感情が見えない。ただ体がぶつかっただけであれだけ大騒ぎした芹が、いくら相手が雄とはいえ、そんな賭けをして大丈夫なのか。このなし崩し的な流れに、石山は複雑な感情を抑えきれなかった。

「ま、いいさ……先生。応接室行きませんか。ここじゃ邪魔が入って全然、勉強になんないし」

やがて雄は、振り切るように言った。

「それは構わないけど……」石山はそう言いつつ、芹を見る。

「追い出すつもりなら、もっと気の利いたやり方があるでしょうに」

ドアを開けた雄に促されて芹は肩を竦め、大人しく部屋を出た。石山と雄は階段を下りたが、さすがに芹もそこまで追いかけては来なかった。「三八番ですけど……先生、何か飲みますか」

「え、ああ」

「じゃ、先に応接室、行っててください」

石山が考えている間に珈琲でも淹れるつもりらしく、雄はノートに挟んだ問題集を石山に渡す。しかしすぐに足を止め、不快そうに顔をしかめたので、石山もその視線を目で追った。

応接室のドアの前に倉内が立っている。ただならない表情で聞き耳を立て、階段を下りてきた雄と石山にも気付かない様子だった。

「何……あれ？」

雄の声にやっと振り向いた倉内は、おどおどとドアの前で立ち竦んだ。どうやら彼が聞き耳を立てていたのは応接室ではなく、向かいにある刀自の部屋のようだ。

「何か用ですか」元々倉内を良く思っていない雄は、わざとよそよそしい口調で言った。

「いや、何だか様子が変なので……」

「変？　ばあさまが？」さすがに表情を変えて駆け寄ると、雄はドアをノックする。

「ばあさま、雄です」石山と倉内も思わずドアに体を寄せ、耳をそばだてた。するとやにわに、ドアの近くで怯えた刀自の声が響いた。

「どうして……今頃……地獄から蘇って来たの……私たちをどうするつもりなの」

　何だ、今のは——石山はぎょっと息を飲み、雄と顔を見合わせる。

　刀自は更に叫んだ。「あなたの、その……裏に隠した顔……ああ恐ろしい……その顔でこっちを見ないで……あっちへ行って」

「ばあさま、ばあさま……大丈夫？　開けるよ」雄は必死でノブに手を掛けたが、鍵が掛かっているらしくガチャガチャと虚しく空回りするだけだ。

　刀自は雄の声も聞こえないように、ただうめき、声を上げた。「靖夫も……あなたが殺したのね、うう」唸り声が大きく響いた。「ああ……すべてをめちゃくちゃにして……私をこんな体にして……まだ……更に……息の根を止めようと言うの……」

「ばあさま、開けてよ。早く」雄が握った拳で力一杯ドアを叩くが、返答もなくただ刀自は啜り泣くだけだ。やがて物の倒れる音と同時にぎゃっと叫び声が響いた。

「……ばあさま。ばあさま」雄は形《なり》振り構わず、ドアノブを左右に捻りながら叫んだ。

「合い鍵は？」石山が言うと、雄は初めてそれに気付いたように体を硬直させ、身を翻して食堂へと走る。その間も石山と倉内はドアに身を寄せ、声を掛け、扉を叩き続けた。

「大丈夫ですか……ここを開けてください」

「もしもし……あの……鍵だけでも」

　しかしじき、声はおろか物音も聞こえなくなった。石山は嫌な予感にぞっと震える。

　やがて青ざめた京美とともに、雄が転がるように走って来た。もどかしそうに手にした鍵を鍵穴に差し込んでノブを回す。するといきなり部屋の中から突風が吹き、ばんと勢いよくドアが開け放たれた。生ぬるい湿った風と同時に、エアコンの強い冷気が流れ出す。

「何……この部屋」京美は喘ぐように言った。窓が開いているのか、吹き込んだ風雨で部屋中、水浸しである。風も吹き込み、ドアの外にいる石山にまで霧のような雨が吹き付ける。「窓は……」

海側の窓はすべて閉まっていた。見上げるとその上に並んだ三枚の小窓が開け放たれ、びゅうびゅうと風の音を響かせている。

石山は目を凝らした。大窓のカーテンのせいで、中は薄暗かった。それまで焦っていたはずの雄も一瞬とまどったが、振り切るように殊更力を込めて壁のスイッチを入れる。青白い蛍光灯に照らされ、やっと部屋の様子が浮かび上がった。

「ばあさま……」

刀自は、部屋の真ん中に車椅子を止めて静かに座っていた。その体も周りの家具も、濡れそぼっている。降り込んだ雨だけでなく、わざと水を掛けられたようにも見えた。エアコンの冷風が車椅子に当たり、刀自の乱れた髪が微かになびいている。

「お祖母様……いやあ……」京美が叫んだ。

刀自は体をこちらに向けたまま、直角に首を傾けている。不自然なほど右に折り曲げられたその頬は、肩にぴったりと押し付けられ、瞳はぼんやりとあらぬ方向を見つめていた。

「首が……折れて」石山は呆然と呟いた。

「ああ、ああ」倉内は歯の根も合わず、がたがたと震える。

「窓を……閉めますよ」駆け付けてすぐ、全てを察したように吉見が叫んだ。そして壁のパネルを確かめ、並んだ小窓のボタンを順に押す。ゆっくりと窓が閉まり雨と風は止まった。

「そんな……」雄はやっとわれに返って目を泳がせ、譫言《うわごと》のように言った。「だから言ったんだ。お約束だって……最初に部屋にもどっちゃいけないって……あっ」必死で辺りを見回す。

「……どうして？　何で、誰もいないの……今……誰と話してたの？」

「あ……あれは」

石山は朱塗りの箪笥《たんす》を指さした。階段状に作られた大きな李朝箪笥。一番上に、例の骨董人形が足を投げ出すようにして——。「人形が……傘をさしてる」

京美がふらりと意識を失って倒れかかった。後ろにいた吉見がとっさに肩を受け止める。石山もぞっと震えながら、どうしても視線を逸らすことができなかった。

応接室から姿を消していたその人形は、まるで雨を避けるため自ら棚の上に居座っているかに見えた。ドレスと同じセピア色の傘をさし、あの泣き顔を心持ち下に向けて、何か言いたげにじっと、傾いた刀自の横顔を見下ろしていたのである。

八月十日　午前十一時三十分

大戸木医師によると、刀自の死因は頭を鈍器で殴られ、首の骨が折れたことによるショック死であるという。なにしろ台風の雨風が降り込んでいて、部屋同様、遺体も雨晒しである。石山らの証言もあって死後さほど時間が経っていないことは推測できるが、エアコンの冷風も刀自を直撃し、事態を把握するにも相当の困難を極めた。

「……凶器は何？」芹が感情を抑えた声で言った。いつにも増して白く表情のない顔。二階にいて騒ぎに気付かず、最後に現れたのが芹だったのだ。

「調べて見ないと分からないけど……たぶんこの花瓶だな」

吉見は床に転がった青銅《ブロンズ》の壺を、さわらないよう気を付けながら覗き込んだ。部屋のカーテンは閉まったままで、部屋の明かりだけが車いすの刀自を照らし出している。頭が横に折れ曲がった姿は不気味で、正視できないほど異様な造形物に見えた。

写真を撮る吉見を睨むように見ていた芹は、終わったと判断するや彼を乱暴に押し除けた。固まった刀自を抱えてベッドに寝かせ、シーツとハンカチを掛ける。石山は肩越しに芹の涙がTシャツの胸に落ちて染みこむのを見たが、それはシャンデリアから落ちた雨粒かもしれなかった。

「誰が鍵を開けたんです」吉見が振り返って尋ねた。彼も芹同様、駆け付けるのが遅かったせいで、未だ具体的な状況を摑みかねている。

「私よ」京美が怯えたように言った。正気は取り戻したものの、まだ顔色は紙のように白い。ヘアバンドで上げた髪の毛が小刻みに揺れた。「居間に、雄が駆け込んで来たから……」

「鍵は、どこにあるんですか」

「食堂のキーボックス。マスターキーが入ってる小金庫。番号は家族だけが知ってるわ」

「この壺と人形はいつもここにあるのですか」吉見は部屋を見回しながら尋ねる。

「壺は……いつもはその階段簞笥の上に。人形は応接室のはずだけど」答えるうち、さらに京美の声は上擦って来た。なるべく棚の方を見ないようにしているのが石山にも分かる。

「くそっ……」雄は唇を嚙んだ。感情を持て余し、それ以上言葉が続かないようだった。

まさかとは思いながらも、視線は自然に人形へと注がれる。直前まで誰か、おそらく犯人と言い争っていた刀自——しかし部屋には刀自以外、誰の姿もない。骨董の両面人形《マルチフェイスドール》が凶器の壺のあるべき場所に座って、ただ泣いているばかりだ。

芹がいきなり手を伸ばした。

「あ……それに触っては……」

吉見が慌てて叫んだが、芹はお構いなしに人形を元の顔に戻し、傘を閉じた。もう誰もその醜い顔を見続ける神経を持ち合わせてはいなかった。そして改めて見ると、胸のペンダントは確かに海と同じ色をした翠石なのだった。

閉じられた部屋と泣いている人形——表だって口にするものはいなかったが、奇妙な符合から、誰もが皆、靖夫の死を思い浮かべているのは明白だった。

『靖夫も……あなたが殺したのね……』

『あなたの、その……裏に隠した顔……ああ恐ろしい……その顔でこっちを見ないで……あっちへ行って』

『どうして……今頃……地獄から蘇って来たの……私たちをどうするつもりなの』

首が折れるほど殴られた状況から見て、とても自殺とは思えない。石山は刀自の言葉を一つずつ思い出しながら、笑顔に戻った人形を見やった。まさか靖夫の命を奪った人形が、今度はその恐ろしい顔を刀自へと向けてみせたのか。

まさか、そんなオカルトのような話が――。しかし、刀自から、靖夫に関するなんらかの秘密を知らされた河村が殺され――刀自も謎の言葉を残し、撲殺された。靖夫の死因を疑う雄の主張はもはや誰も否定することはできなかった。

「私がもっと気を配っていれば……」壁に寄り掛かって何とか立っていた大戸木医師が、掠れ声で言った。「許してください。こんなに近くにいて」

「大戸木先生に責任はないです」芹は静かに言った。「先生がいくら気を付けていらしても、ずる賢い犯人はきっと思いを遂げたわ」

「この部屋で……何かいつもと違うことはないですか」

吉見が美奈に尋ねたが、美奈は恐怖のあまり手で顔を覆い、首を振るばかりで何も答えない。

鑑識が束になってなだれこんでも、鑑定などとても不可能に思えるほどの乱れよう。転がった青銅の壺。傘をさし、奇妙な泣き顔で刀自を見下ろす骨董人形。水浸しの床。異常に低く強く設定されたエアコン――まったく普段とは違うのだ。

「……ずいぶん前だから、ご存じないかもしれないが……」

少し色を取り戻した大戸木医師が小声で言った。言うか言うまいか迷っている様子だった。

「何だかこれは……舞台俳優の奥さんが殺されたあの有名な事件に……似てやしませんか」

「あ、人形の情念殺しですか」吉見は暗い顔を上げた。「知ってますよ。時々、未解決事件としてテレビでやったりするじゃないですか……そう言われれば……そうだ」

「あれは確か、閉めきった蔵の中での事件でしたね。未だに犯人は捕まっていませんが……」

医師は家族に聞こえないよう小声で言った。石山も詳しくはないが、ホラー小説のようなその呼び名と簡単なあらましくらいは知っている。あれは確か日本人形だったが――。

そこに斜め前のドアが開き、やっと宏明が現れた。足元も怪しく、そのまま両手でドアにもたれる。彼の存在を忘れていた石山は、驚いてその乱れた様子を見やった。近くにいるだけで酒臭い息が掛かる。

「ばあさまが、殺されたんだよ」雄が怒ったように言った。

「なん……だと」宏明は千鳥足で部屋になだれ込み、シーツを捲《めく》ってうっと息を飲む。すぐに顔を背け、またシーツを掛けた。「誰だ、こんな……」

「わ、わけ分かんないよ。僕ら、犯人とばあさまが言い争ってるのを、ここで聞いたんだ。僕が鍵を取りに行ってる間も、先生と倉内さんはここにいた。なのにドアを開けたら人形だけ……他に誰もいなかったんだ」

「どういうことだ……」

「窓もドアも鍵が掛かってたんだ。幅二十センチほどの高い小窓から、鳩にでも化けて逃げたのでないなら犯人は……」雄はためらうように、言葉を飲み込んだ。

「……人形」

青ざめて震えていた倉内が、絞り出すような声で言い、すぐ後悔したように目を泳がせる。皆、ぎょっとして、微かに唇を開いて座る人形を見た。つぶらな瞳、健康的な頬、柔らかそうに見える陶器の指。もうどこから見ても普通の骨董人形だ。

「居間に……戻りましょう」吉見は冷静な口調で言って、エアコンを止めた。ドアを閉め、京美から鍵を受け取って閉めようとする。

「勝手なことはやめろ。うちの身内が死んだんだぞ」宏明が叫んだ。

「状況が状況です。全ては、明日警察が来てからにして下さい。出来るだけ現場をそのまま残しておかなければ……」

「お前、何様だ。俺に指図するな」

「あなたこそ、酔っぱらいの癖に何が出来るっていうんだ」

二人は、今にも摑みかかりそうな勢いで睨み合った。

「やめてよ」芹が後ろ向きのまま、低くはっきりした声で遮った。「あなたたち、最低……」

宏明と吉見は黙った。みんなしゅんとなって、のろのろと居間へ戻る。

吉見は唇を嚙んで誰にともなく言った。「とにかく、これまで以上に注意しましょう……食べ物も気をつけるに越したことはありません。なるべく缶詰やレトルトなど、自分で開けて食べられるものがいい」

「……何がしたいの」京美が泣き叫ぶように言った。時間が経つにつれ、悲しみが恐怖へ変わったようだった。「暴漢じゃないわ。こいつ、わざと私たちを怖がらせてる……誰、誰なのっ」

皆、青白い顔で目を逸らす。京美の気持ちは痛いほど分かるが、宥めすかす余裕のあるものなど誰もいなかった。

「大丈夫。もうこれ以上、手出しさせるものですか……」

ただ、芹だけは独り言のように小さく、しかしはっきりそう呟いた。

幕間

毎朝新聞
人気舞台俳優、皆本隼人氏の妻、死亡。殺人か。
三月三日　午前十時二十分。舞台、映画で活躍中の俳優、皆本隼人氏（22）の妻、真美子さん（28）が鈍器のような物で頭を殴られ死んでいるのを夫、皆本氏と仕事仲間の男性（30）が見つけ、警察に通報した。彼らは自宅の蔵の外から、真美子さんと犯人が争う声を聞いて助けようとしたが、蔵は施錠されており、救出は困難を極めた。やっと戸を壊し中に入ったが、夫人は頭を強打して既に死亡しており、中で火災も発生していたため一時現場は混乱した。蔵には亡くなった真美子さん以外誰もおらず、警察では事件、事故の両面から慎重に捜査を進めている。

週刊文潮　四月〇日号
二枚目俳優、皆本隼人の妻、密室で撲殺。

「路傍の寺」などの映画や数々の舞台で知られる人気俳優、皆本隼人氏（22）の妻真美子さん（28）が自宅、蔵の中で殺害されて一ヶ月。現場に居合わせた友人で、舞台監督伊達《だて》茂《しげる》氏（30）が、本誌の取材に初めて重い口を開いた。

それは突然の事件だった。その日は撮影の予定だったので、皆本氏はいつもどおり庭で発声練習をし、伊達氏と落ち合って屋敷に戻ると玄関の鍵が開かない。夫人は庭の蔵にいるらしいからと、二人で蔵の戸を叩き、呼び鈴を押しても返事がなかった。諦め、立ち去ろうとしたとたん、いきなり蔵の中から物を倒すような大きな音と悲鳴が聞こえた。続いておびえ、何者かと争う真美子さんの声。

皆本氏が半狂乱になって戸を叩くも返事はなく、やがて黒い煙が戸の隙間から洩れ始めたので、伊達氏は一刻の猶予もないと直感し、戸に体当たりしたと語る。古い板戸はめり込み、やがて砕けたが、走り込んだ二人は今度こそ本当に立ち尽くした。蔵の中には真美子さんだけが倒れており、他には誰もいなかったのである。

真美子さんの首は変形して横に曲がり、驚いたように目を見開いている。その傍には凶器らしいブロンズの壺が転がっていた。もちろん誰一人、逃げ去った様子もない。その間にも火は広がり、煙が襲った。「消防車を呼べ……警察もだ」伊達氏はそう叫びながら、庭の水道から蔵へ向かって放水した。皆本氏も必死になって、真美子さんを外へと引きずり出した。伊達氏の機転により、何とか火は消し止められたが、火災は蔵の三分の一と真美子さんの遺体の一部を焼く惨事となった。しかし、大きな謎が残された。真美子さんをブロンズの壺で殴った犯人、蔵の中で真美子さんと争っていた犯人は一瞬の間に一体どこへ消えたのだろう。それに関しては、伊達氏もまるで見当がつかないと首を捻る。

真美子さんは喫煙を嫌う皆本氏に隠れて、蔵で一服するのが常だったようだ。火事の原因については、煙草ではないかというのが警察の見解である。穿った見方をすれば、それが果たして普通の煙草だったか疑われる節もある。最初から蔵には真美子さんしかおらず、幻覚が引き起こした錯乱状態により、棚の上から落ちた壺が彼女を直撃したのではというのである。しかし真美子さん、皆本氏ともに薬物の所持歴はなく、警察の捜査が彼らに及んだ事実もない。

「彼はカリスマ的な魅力があるんです。影が薄いようで、実はカミソリの刃のように研ぎ澄まされている。一を聞いて十を知る、そして人を操る。信奉者が随分いますからね……あまりに不思議なことばかりで。実際私も現場を見ていながら今も信じられないことばかりなんです」伊達氏はそう言って口を噤んだ。

しかしもう一つ、不気味な疑問が残された。箪笥の上、凶器のブロンズの壺と並んで置かれていた市松人形。それはほとんど原型を止めていなかったのだ。火災が煙草によるものとすれば、天井近くの人形が蔵の中で一番焼け焦げていたという状況には、いささか疑問が残る。まさか、人形が犯人ではないだろうが——。知れば知るほど奇妙な話ではある。

週刊女性ナイン
皆本隼人、その神秘に包まれた私生活。
女性的な美貌、知的な横顔。映画、舞台ともに仕事を吟味して選び、出演作品が少ないにも拘わらず、彼の熱狂的ファンは多い。

その彼に妻がいた事実もさることながら、惨殺されたと聞いて驚いた方も多いだろう。それもまるでミステリーのような密室殺人で、犯人は煙とともに忽然と姿を消したというのだから。

皆本隼人の生家は、江戸時代から続く有名な大阪池田の荷捌所で、明治期、埼玉に移住してからも、卸問屋や両替商など幅広く営んで来た旧家である。幼少から何不自由なく、蝶よ花よと育てられた彼は、貴族のような気品とともにどこか現実とかけ離れた部分があったという。

「だいたい、霞を食って生きてるようなヤツなんです。ほっとくと何も食べない、執着や欲もない。仕事も本人が選んでるわけじゃなく、マネージャーの手腕なんですよ。その正体が何を隠そう例の奥さん、ってことでね。元々、彼の世話をするうちに居着いちゃったんじゃないかな。昔は小さいスナックで働いてたって聞いたことありますよ。年上で、まるで姉と弟に見えたって」

幼い頃の彼を知る人間はこうも言う。「彼は病弱でね、広いお屋敷とはいえ、ずっと家の中で育てられていて。日本人形をいつも抱え、学校に入るまで、近所では女の子だと思われてたらしいですよ」今回の夫人の死には、不思議な影が付きまとう。彼は更にこう付け加えた。

「だいたい、鍵の掛かった蔵から犯人が一瞬で消え失せるなんてあり得ない。凶器は箪笥の上にあった壺で、おまけに棚の上には黒焦げの日本人形が座って、恨めしげに奥さんを見下ろしてたって言うじゃないですか。聞いてぞっとしましたよ。奥さんは男癖が悪いとか、金遣いが荒いとかいい噂を聞かなかったしね。皆本のために、一緒に育ったその人形が牙をむいたんじゃないか、箪笥の上から奥さん目掛けて壺を落とし、嫉妬と執念の炎で、遺体まで焼き払おうとしたんじゃないか……って、仲間内じゃ怪談めいた話すら上がってるんです」

現在、皆本邸は売りに出され、曰く付きの古いお屋敷にもやっと買い手がついたらしい。皆本自身は都心でクラシック専門の音楽喫茶店を始めたとの情報もある。俳優としての復帰は望めないのか。人形の心まで目覚めさせる哀しみの貴公子、皆本隼人――。

ファンならずとも、今後の成り行きから目が離せないではないか。

八月十日　午後三時五分

味気ない昼食が終わって部屋に帰り、石山はまたいつのまにかベッドでうとうとし始めた。一人でいない方がよいのは分かっているが、皆で居間に集まって、疑心暗鬼で顔を付き合わせるのもかなり骨が折れる。おまけに体内時計が狂い切ったようで、昼間というのに不快な浅い眠りを短い周期で繰り返していた。

風雨で隔てられ、薄暗い屋敷内は時間の流れが異様に遅い。厚い雲で見えないが、たぶんまだ太陽は高いのだろう。

そこに小さいノックの音がして、例によって芹がまたするりとドアの隙間から滑り込んできた。「危ない……鍵もかけないで寝て」

見ると、シャワーでも浴びたのか髪が濡れている。しかしすぐにＴシャツまでぽたぽたと滴が落ちていることに気づいた。

「どうしたんだ」石山は起き上がって芹を見つめた。

芹は力なく苦笑して「先生ってほんと気が利かないのね。タオルくらい貸してください」

「あ、ごめん」石山はタオルを取り出した。芹は短い髪の毛を乱暴にごしごしと拭く。午前中は、刀自の死に深いショックを受けていたが、表面上はいつもの調子に戻ったようだ。

「おでん、五輪の塔まで行ってきたの」

「外に？　その方が危ないだろ」石山は無謀な行動に驚いた。「まだ風雨も強いし一人で出歩くなんて無茶だ。特にあそこは海に近いし、高波にでもさらわれたら大変だ。一体何しに」

「……」芹は鼻の上に皺を寄せたが、何も言わない。石山は思わずドキリとして言葉を切った。

「……早く着替えないと風邪をひくよ」

「追い出したいんですか」

「そう言うわけじゃないけど……」正直、そのとおりだった。

「先生に手伝って欲しいの。五輪の塔をもっと調べたいのよ。一緒に来てくれませんか」

この風雨の中で一体何を調べるというんだ、常識的に考えるととんでもないが、芹の真剣な様子に石山は困ってため息を吐く。「台風が去ってからじゃ遅いの?」

　そう尋ねると、芹は頷いただけで雨具を渡した。

「風が止むと警察が来るわ。そうしたら自由に動けなくなるでしょ」

　止めてもきっと一人で行ってしまうだろう。それとも吉見を誘うだろうか。いずれにしてもまだ、自分が付いていった方が精神衛生上よい気がして、石山はしぶしぶ雨具を受け取った。

「着替えて来るから、準備して待っててください。どうせまたびしょ濡れで意味ないでしょうけど」そう言って出て行き、またすぐ戻って来る。ナイロン地の長いパンツに五分袖のシャツ、何重にもビニールの袋を被せたリュックを肩に掛けている。

「何が入ってるんだ」準備など何もない石山は、代わりにそのリュックを持とうと手を伸ばすが、芹は抱え込むようにして首を振った。

「これはいいの……見つからないようにそっと出ましょ。雨具は隠して玄関で着てね」

「田島は?」

「……雄くんのこと? 連れて行かないわ、受験生だし」

　散々引っ張り回しておいて今さら受験生でもなさそうだが、芹は気にせずさっさと階段を下りてゆく。廊下も玄関も薄暗く、幸い人気《ひとけ》もない。風と雨の音が時折大きくなり、不安と高ぶった気持ちが入り交じって、どこか妙な気分だった。

　雨具を着て外に出るなり強い風に煽られ、痛いほどの雨がじかに降り注いで来る。芹は建物の裏手に回り、すぐ大きなシャベルを抱えて戻って来た。こんな天気の中で穴でも掘るつもりなのか――石山はますます不安になった。

元より、傘などさす気にもなれなかったが、いつもなら一、二分で行ける所に五分以上かかった。辿り着いた時には、雨風で前もまともに見えない。高波が直接襲い掛かる危険はなさそうだが、風に混じって塩辛い雨粒が顔を打つ。芹の言ったとおり雨着を着ても意味はなく、顔も髪もびしょ濡れだ。

芹は塔の台座を手で抱えて持ち上げるように、身振りで石山に告げた。石山はしかたなく、言われるまま石を抱えて横に退ける。

「ここを掘りましょ」芹は石山を振り返って口の形だけで言った。

「え……掘る?」

芹が差し示したのは、紫檀の箱があったすぐ横あたりだった。戸惑っている間に、自分からどんどん穴を掘り始める。石山は慌ててシャベルを受け取り、芹に代わって掘り進めた。何をやっているのか分からないが、早く屋敷に連れ帰るためには、気が済むまで調べさせる他ないだろう。

掘ってみると土は意外に柔らかく、シャベルに当たる岩もほとんどない。強風のせいで、時折シャベルに足を載せたまま後ろに倒れそうになる。が、すぐに硬い塊に当たって、それ以上進まなくなった。

「ちょっと、傘をさしていてください」雨風にかき消されないように声を張り上げ、芹はビニール傘を石山に渡した。自分はしゃがみ込むとポケットから小さな金槌を取り出し、柄の部分で泥を掻き始める。見るとそこは五輪の塔と同じように、荒いコンクリートで固められていた。

「だめだわ、これでは」芹は立ち上がって大きく息を吐き、思いきり顔をしかめた。石山には意図すら理解できず、ただ風上に立ち、少しでも雨よけになるよう傘をさしかける。そのせいで風をまともに受け、傘はすぐ箒のように折れ上がった。

「うーん」芹は大きく唸るとまたしゃがみ込み、金槌でコンクリートを叩いた。耳を近づけるようにして、あちこち打ち続ける。やがて何か見つけたらしく、吹きつける雨に目を細めながら顔を上げた。「ちょっとこっちとそっち、叩いてみてください」そう言って石山に金槌を差し出す。

「え？」石山は言われたとおり金槌を振り上げ、コンクリートを軽く打った。

「音が違うでしょ……きっとここ、朽ちて脆《もろ》くなってるのだと思うわ」

「あ、ああ。あれ？」

言われてさらに叩くと、軽く何か砕けた感じがあった。と、いきなりコンクリートに十センチ四方の穴があく。砕けた部分は地面の奥に消え、中に大きな空洞が見えた。石山は唖然として手を止めた。

「やっぱり……」

芹は大きく頷いた。石山は懐中電灯を取って穴を照らす。ぽっかりと開いた穴の奥に、まだ深い空間があるようだ。芹は乱暴な手つきで穴の縁を壊し、少しずつその幅を広げた。

「なんだ……この穴は」石山は目を見張った。

芹は立ち上がり、すでに穴に足を掛けている。

「先生、ついて来て。壁があるから、そこに足をかけて下りるの。崩れるかもしれないから、手元に気を付けてね」そう叫ぶと、足からゆっくり体を滑らせた。

「ちょ、ちょっと大丈夫か?」

尋ねたとたん突風が吹き、変形した傘が石山の手を離れた。傘は勢いよく飛ばされて視界から消える。その間に芹は、下半身から胸、首、頭と消え、やがて穴の下でほんのりと灯りが点った。

「危ないよ……」

しかし足下から白い手が出て手招きしては、石山も観念して穴に入るしかなかった。

中の空間は思うより広かった。少し離れた壁には、小さな石積みの階段がある。身長分ほど下りると足が床につく。懐中電灯で照らした先には、さらに細い地下道が延びていた。

石山が下りたのを確認し、芹はまた壁を上った。取り敢えず雨が降りこまないように、持ってきたビニールを挟み込む。外に出ることなく顔だけ出して、器用にその上からシャベルで止めたらしかった。

雨の音が小さくなると、石山もひんやりした空気や黴びた匂いを感じる余裕が出た。懐中電灯が動く方を見ると、回りの壁にも固めた石が所々埋め込まれており、人工的に作られた洞窟のようだ。

「驚いたわね」芹は大して驚いてもいない口調で言った。声が反響して回りに響き渡る。

「ここは、何……」びくびく尋ねながらも石山は、大小様々な石が埋め込まれた床と、時々えぐり取られた岩肌を見た。

「抜け道かしら。お墓の下にコンクリートって不自然だったでしょ。階段と穴を塞ぐためだったのね。コンクリートで固めてあるのはあの辺りだけだし、空気はちゃんと通ってるみたいですね。地下トンネルで因島まで続いてたりしたら、ちょっと面白いのだけど」

「まさか……」奇想天外な発想に度肝を抜く。

芹はリュックを開け、太い蠟燭を取り出した。火を付けて石山に渡す。火を庇うように手で覆うが、湿気と天井からの水滴で今にも消えそうだ。

芹自身は懐中電灯を手に持ち、反対の手で周りの壁を触りながら奥に進んだ。急ぎ石山も後を追う。下りた所からしばらくは立って歩けるほどの広さもあったが、奥に行くに従って狭くなる。足を止め、照らした方向を見やると、依然、まだ先があるようだった。

足下に時々人が入れるほどの縦穴があり、そこに向かって細く水が流れ込む。アリの巣のような作り。芹は膝をつき、懐中電灯で穴を照らして中を覗いた。

「何が見える?」石山は落ち着かない気分で声を掛けた。正直、一刻も早くここから抜け出したかった。

「坑道ですよ。ここと同じ。下は水路になってるのかしら」芹は立ち上がって石山を振り向いた。「先に進みましょう」

石山は思わずため息を吐き、芹の指差す方向に進んだ。

奥に行くにつれて風の音は少しずつ小さくなり、今はもう水滴の音と、自分たちの足音しか聞こえない。神経が高ぶって何時間も地下を彷徨っているように感じられるが、せいぜい距離にしてまだ三十メートルくらいだろう。口数が少ないまま、芹はどんどん先に進んでゆく。

と、突然また風雨の音が強くなった。先へと進んで三畳分ほどの広場に出たかと思うと、いきなり行き止まりになる。どこか、高い場所から湿った風が吹き込んでいるようだ。

「うーん」芹は唸って、懐中電灯で忙しく回りの壁を照らし出した。

「あ、あれは？」目で灯りを追っていた石山は、芹から懐中電灯を受け取って壁の穴に光を当てた。そこは刻んだような線が二十センチ程の間隔で上まで続いており、明らかに周りと違う色の天井が、鈍い光を反射させている。入り口に比べて高めの天井。二メートル以上あるだろうか。材質が何か、遠目でははっきり確認できない。

「出口かしら」そう言いながらもう、ロッククライミング並みにするすると階段を上り始める。

「無理をしない方がいいよ。濡れてて滑りやすいし」

石山は懐中電灯で先を照らして声を掛けたが、機敏な芹はすぐに天井まで辿り着いた。

「先生も上って来てよ。暗くて見えないけど、何か部屋みたい」

石山は蠟燭を土の部分に立てた。持っていた懐中電灯をポケットに突っ込んで後を上るが、湿っている上に狭いので何度も足を滑らせそうになる。やっと芹の近くまで来ても、雨具から滴る夥《おびただ》しい水滴で、まともに顔を上げることもできない。

「ここ、蓋になってる……」芹は金網のような天井に手を掛けた。力を入れると、それは横にスライドし、石山は顔面に雨水をしこたま浴びる。すんでの所で手が離れそうになった。

顔を拭って懐中電灯を手渡すと、芹はそれで上部を照らす。そしてふうとため息を吐いた。

「信じられない。これってまさか……」そう言うと、勢いをつけるように上へと消えた。

「どこの部屋？　屋敷？」

　あり得ないと思いながらもそう言って、芹の後から顔を出す。預けた懐中電灯の動きがせわしなく、中々視点が定まらなかった。

　どこかに穴があるのか、雨が降り込んでいる。微かに空気の動きもあり、びゅうびゅうという風の音が辺りに反響していた。空気穴もないのにまったく息苦しさを感じなかったのは、ここから流れ込んでいたせいだ。懐中電灯だけでは分かり難かったが、そこは吹き抜けの倉庫のようで、床のあちこちに水たまりができていた。白い壁面は不規則なカーブを描いておりそれほど古い建物には見えない。

「階段があるわ。上がってみましょう」

　有無を言わせぬ口調で言って、芹は非常口のような鉄階段を上っていった。コンコンコンと軽やかな足音が響く。濡れたジグザグの階段は一般住宅の三階分くらいはありそうだ。

「危ないよ。風で飛ばされる」

　おまけに足下は濡れて滑りやすくなっていた。見ているだけで石山の腕に粟粒が浮く。しかし芹はお構いなしに上り詰め、しばらく穴から外を覗いていた。じき下りて来ると、体からぽとぽと水滴が落ちている。「外が見えたわ。そんなに風も吹き込んでこないし」

「ここは一体……」まさか本当に、島の外にまで続く海底トンネルだったのか。

　しかし芹は何も答えず、壁を手で撫でている。そしてふんと鼻をならすといきなり「帰りましょうか」と石山を促した。「何にもないみたいだし……」

「足元、気を付けて……」

いまだに訳が分からないまま、石山はまた芹の後を追った。洞窟といいこの部屋といい、突然降って湧いたように現れて、狐につままれた感じだ。ふと、入り口から少し離れた隅に古ぼけたゴミの塊を見つけた石山は、なぜかぞっと悪寒を感じた。

「あ、あれは……何だ？」

指さす方に芹が懐中電灯を向ける。ぼろ布に包まれ、朽ちた白い筒状のものが無造作に投げ出してある。黄ばんでかなり汚れているようだ。

「人骨ね」芹は懐中電灯で撫でるように確かめると、しごく冷静に言いきった。「ぼろぼろだけど、着てる生地が高級品だわ。たぶんこれが億万長者のホテル王、田島寅之介失踪の結末ね」

「う……」石山は吐き気を抑えて後ずさる。

「行きましょ。先生」

急かされるまでもなく、これ以上長居をするつもりはなかった。気ばかり焦って、上りよりさらに危なっかしい足取りで階段を下りる。石山は、まだ何とか小さな炎を揺らしている蠟燭を手に取り、足下を照らした。さすがの芹も途中の縦穴には見向きもしないで、足早に入り口へと急ぐ。

ボロを纏った白骨死体の有様が目に焼き付いて離れない——あれが本当に田島翁のなれの果てであるなら、どうしてあんな場所で白骨化しているのだろう。

帰りは、数分で入り口近くまでたどり着いた。この上に五輪の塔があるはずだ。一刻も早くここから出たい。さすがに芹も同じ気持ちなのか、懐中電灯を石山に渡して身軽に階段を上る。

「あ……」そう言ってしばらくそこを探っていたが、やがてぽつんと呟いた。「どうしよう……」

「何?」石山は頭近くの出口に、下から光を当てた。

「入り口、塞がってる……私たち、閉じ込められたみたい」


石山が代わって、天井の岩を退けようと手を伸ばしたが、やはりビクともしない。

「無理よ。先生、私は雨が降り込まないようにビニールを被せ、上からシャベルで止めておいたのよ。そのビニールが埋もれてびくとも動かない。流れた岩が倒れ込んだのかも」

「崖が崩れたのか……」石山は青ざめた。

「そう……ここは土を掘り起こして地下道を掘り、切り崩した上に掘った土を盛ってる。地盤が緩いのよ」芹は唇を噛んだ。手が震えている。石山は芹が動揺している姿を初めて見た気がした。白骨を見た時でさえ表情ひとつ変えなかった芹が、青ざめた顔で俯き、細かな震えが体全体に広がっている。「誰もここを見つけられないと思うわ、この雨風では」

石山は、塔の裏手に不自然に転がっていた大きな岩々を思い出した。

「もうすぐ風も止むよ。僕らが屋敷にいないことが分かれば、捜索が始まって誰かが見つけてくれる、大丈夫だ」

芹は驚いたように石山を見上げた。「本当に……そう思ってるの?」

石山は頷いた。芹は瞳を揺らしながらしばらく石山を見つめていたが、じきかすかに微笑した。次第に震えも止まり、急に元の素っ気ない口調に戻る。

「救いようがないですね」そしてあたかも揺らめく蠟燭に話しかけるように炎を見た。

「回りは海だし、荒れ狂ってるわ。こんな所に洞窟があるなんて、誰も知らない。こんな天気では、人が行方不明になっても高波にさらわれて流された、と考えるのが自然よ。この場所が注目されることもなく、私たちは事故死ということになるの」

石山が青ざめたのを見て、今度は本当に笑う。「でもしばらくは平気。空気はあるし」そう言うと雨着を脱いで水気を払い、足下に敷いた。「……先生も座ったら?」

石山は蠟を雨の掛からない石の窪みに垂らし、そこにしっかりと蠟燭を立てた。芹は石山の袖を摑んで自分の隣に座らせると、瞬間冷えた体を寄せた。そして小さく「うん、暖かい……」とつぶやき、石山の肩に頭をもたせかけた。

蠟燭の火が白い横顔を照らす。顔色は悪いが、長い睫毛が瞳を隠して表情は読みとれない。芹はしばらく黙っていたが、いきなり朗読でもするような口調で言った。

「……私、中学生の時、神経科に通院していました。その頃、はじめて大伯母さまに会ったの。大伯母さまも事故にあったばかりで、ずっと苦しんでいたのです。私は結局最後まで、力になってあげられませんでした」

石山は驚いた。芹の病歴も、いきなりそんな話を始めたのも意外なことだった。が、声は静かで、何の感情も見えなかった。

「私は強くなろうとして、頭も体も鍛えました。髪も切ったわ。でもまた何も出来ずに大伯母さまを死なせてしまった。もっと早くここに気付いていれば、せめて気持ちだけでも楽にしてあげることができたのに」

老人の遺骨のことを言っているのか。一体誰が、田島翁をあのような目に遭わせたのか。そして変わり果てた老人を見つけたことが、なぜ刀自のためになるというのだろう。

「本当言うとね。さっきは、パニックの発作が再発しそうだった。でももう大丈夫。ありがとう」

「……僕は何もしてない」

「ま、そうね。危機感のないことを言っただけ」

芹は笑って、石山のシャツでごしごしと顔を拭った。石山もつられて笑い、やっと他のことを考える余裕が出た。

「あの骨は、本当に田島のお祖父さんのものなのかな」恐る恐る、気になっていたことを口にする。「愛人と失踪したんじゃなかったのか」

「あんな噂、信じてたの？」

「みんなそう言ってたから。でもなぜこんな所にあんな姿で……」

「閉じこめられたんでしょう。意図的に」

石山は息を飲む。一瞬また、絶望的な気分に囚われた。しかし芹はもう次のことを考えていたらしく唐突に体を起こして、前から石山の顔を覗き込んだ。

「今朝、大伯母さまと犯人の会話を聞いたのは、先生と雄くん、倉内さんの三人でしたよね」

「うん……」

「もう一度、出来るだけ正確に教えてください」

「あ、ああ」

石山は思い出す限りのことを話した。芹は反芻するように頷く。

「大戸木先生に言われて気づいたけど、確かに、俳優の奥さんが殺された、っていう昔の事件と似てる気もするね。その時も鍵が閉まった蔵には、遺体と人形だけだったらしいし」

「そんなの……ずいぶん前なのでしょ。知らないわ」芹は不愉快そうに顔をしかめて、

「伝説みたいになってほんと馬鹿みたい。ただの人殺しじゃないですか。犯人がその事件を真似していたとしても、全く意味ないです。目の前で起こったことだけが全て。事実を一つずつ把握して並べていくしか解決法はないの。そんな黴の生えた情報なんて、知らない方がむしろ正確な判断ができるわ」

吐き捨てるような言い方だった。確かに、似ているから意味があるか、と言えばそうでもない。結局その事件も、未だ解決を見ていないのだ。

「でもどうして犯人が事件を真似したのか。その辺を調べれば、何か分かることがあるかもしれないだろ」

「だめだめ、そういうウエットなやり方。もっと理性的でなくては」

「お祖母さんが歩けなくなった原因は何だ？」石山は尋ねた。

「目白の家の、階段から転げ落ちたのですって」芹は目を伏せる。「ちょうど雄くんたち一家はお母様方への里帰りで留守だったの。大伯母さまは、その日メイドさんたちにお休みをあげてい

て。夜遅くに家族が帰ってくると、階段の下に倒れて気を失っていたのです。すぐ病院に運んだのだけれど、脊椎をひどく損傷していてそれっきり足が不自由になった……お祖父さまも出張先からすぐ戻ってきて、しばらく付きっきりでお世話したらしいけれど。でもそれから半月も経たない間に失踪してしまったの」

「その夜、誰か訪ねて来たのかな」訪問者の存在を隠すために人払いをしたのではないか、と石山は思った。

「ずっと一人きりだったって、大伯母さまは言ってたらしいわ、玄関や窓は全て鍵が掛かっていたの。それに……」芹は珍しく言いあぐねて「階段から落ちた時、大伯母さまは、腕にあの人形を抱いていたのですって。雄くんたちが帰った時、一メートルも離れていない場所に転がっていたのよ。大伯母さまは『人形のドレスに綻びを見つけ、直そうと自分の部屋に向かう途中、階段の上で思わずバランスを崩した』って言ったらしいけど。それらしい綻びはなかった。その頃、人形はずっとお祖父さまの書斎に飾られてたらしいわ」

「人形……」また、人形。そして閉じた空間。石山はぞっとして言った。

「じゃあ、やっぱり人形のせいで怪我をしたってことじゃないか……まさか人形の顔は？」

「泣いてたか？　いいえ」芹は頰を膨らませた。「あのカラクリは、靖夫さんが亡くなった時、初めて皆が知ることになったのだから」

「うーん」どうもすっきりしなかった。

芹もしばらく黙って何か考えていたが、例によってまたすぐに調子を変えて「そうだ、先生、私、気付いたのですけど。ここの壁、所々緑色に見える結晶があるのよ。ほら、ここ」と、岩肌に蠟燭の光を当てる。「もしかしてエメラルドかも……」

「え？」石山は驚いて立ち上がった。よく見ると確かにその壁には、銅につくサビに似た緑色の塊と、あちこち削り取った跡がある。まさか水軍の秘宝とはエメラルドの原石で、洞窟はそのための坑道だと？　石山は乏しい知識を総動員してその結晶を見やった。

「うーん、しかし……中国四国地方はあちこち花崗岩が露出してるだろ。山口県の秋吉台とか……そういうところはペグマタイトはできにくいと聞いたことがあるな」

「ペグマタイトって？」

「火成岩の中にできる、大きな結晶の集まりのこと。いろんな宝石を作り出す元になるんだけど。できない石もある。それがルビーやエメラルド。まったくほかの宝石とは鉱脈が違うらしい」

「……そっか、数学科って一応、理学部でしだっけ」芹はがっかりしたように言った。「じゃ、この緑色は何？」

「緑柱石《ベリル》かな。地学はあんまり真面目にやってないから分からないけど」

「……そう。専門家に鑑定してもらうしかないですね」

壁を撫でると、緑色の顕著な部分を例の金槌で削り取り、ビニール袋に入れる。手際はよく、無駄がなかった。

「君は法学部だったよね」石山は尋ねた。

「そう、国際法」にこりともせずにそう言うと、芹はまた石山の隣に座り込み、リュックから毛布のような布を取り出してぐるりと巻き付けた。体が密着して温かさが伝わってくる。

「うん……やっぱり先生は平気みたい」

芹は安心しきったように体をもたせかけ、じき、小さく寝息を立て始めた。

八月十日　午後四時五分

さすがに石山は眠る気になれなかった。芹の手前、楽観的なことを言ってはみたが、老人の骨と自分たちの未来が重なって、恐怖はどんどん現実味を帯びてくる。空気は十分あるのだから、老人の死因は餓死だろうか。一番、嫌な死に方だ。

湿気と地下の低温のせいで、毛布を巻いていてもだんだん体が冷えてくる。微かに体を動かしたが、それでも水滴が散ったのかふっと蠟燭の火が消えてしまった。周りは真の闇に包まれ、石山は手探りで蠟燭を捜す。しかし手は空しく砂を摑むだけだった。確か懐中電灯もあるはずだと手を伸ばすと、芹が石山の動きに目を覚ましてごそごそ起きあがる気配がした。

「あら、真っ暗……」

「懐中電灯は？」

「あるわ」懐中電灯がついた。あたりがまた明るく照らされる。

「蠟燭、これはもうだめね」リュックからまた新しい蠟燭を出して火をつけ、腕時計を見る。蠟燭を何本も持ってきたということは、あらかじめ洞窟があることを予測していたのか。新しくつけた蠟燭の火に再度、まわりが明るく照らされるのを見て、酸素が少なくなったわけではなかった、と石山は密かに胸を撫で下ろす。芹は灯りに左手をかざし、じっと時計を覗き込んだ。

「先生、ここにいてください。私、ちょっとさっきの場所まで行って来ますから」思い付いたことでもあるのか、芹はいきなり立ち上がって水滴を払った。コンビニにでも行くような口ぶりだ。

「僕も行くよ」

石山が立ち上がると、芹は首を振って「だめ。無人の時、助けが来たらどうするのよ」

助けなど来ないと断言したことなど忘れたようだ。しかし言い出したらきかないだろうし、十五分以内に戻ってくると約束させ、石山はしかたなくその場に腰を下ろす。

「縦穴に気をつけて、十分足下を見ないと危ないよ」

「はあい」芹は持ち前のパワーを発揮し、元気良く手を振って奥に消えて行った。

八月十日　午後六時四十五分

芹はきっちり十五分後に戻ってきた。そして何事もなかったようにお菓子を食べ、十分も経つとまた出かけていく。何をしているのか石山には見当もつかなかったが、今できることといえば、鉱物について調べるか、抜け道を捜すかその程度だろう。

危ないと注意しても聞く耳を持たず、時間を区切ったように帰って来てはまた出かけ、正確に三クール繰り返した。石山は出口の下に座って何度もため息を吐く。何も出来ず、ただ芹が帰ってくるのを待っているだけの自分を思うと、ますます気が滅入ってくる。

四度目に芹が出かけた時は、せめて自分も階段を上って入り口を手で探って見た。が、やはり微動だにせず、石山は空しくまた同じ場所に座り込んだ。

しかし次に出かけた時、二十分を過ぎても芹は帰って来なかった。石山はその時初めて、一人で行かせたことを後悔した。洞察力や推理力は抜きん出ているかもしれないが、注意力だけはどこか散漫なのだ。歩いていて白骨死体や上りの階段を見つけたのは石山だったし、先のことばかり考えているだけに見落としも多い。

縦穴だらけの洞窟で、足を滑らせたのではないか——そう思うと、いても立ってもいられず、いらいらしながら三分おきに時計を見る。

やがて芹が消えてから三十分が経ち、石山がさすがに我慢出来ず立ち上がった時、小さく揺らめく灯りが見え、呑気な足取りで芹が戻って来た。何事もなかったように隣に座ると、蠟燭の灯りを頼りに懐中電灯を消す。

「……遅かったね」ほっとしつつも、石山は不機嫌な口調で言った。「十五分の約束で、三十分戻って来なかったら心配するだろう」

「ごめんなさい」芹はあっけらかんと言い、灯りに袋を近づけてチョコレートを取り出した。中には遠足並みに種々雑多なおやつが入っているようだが、そのペースで食べていると、すぐになくなってしまいそうだ。「……チョコレート食べますか」

「いらない……」

「先生、怒ってるの？」

「……さっきから一体、君はどこへ行っているんだ。僕は役立たずかも知れないけど、何をしているのかを話す意味もないのか」

「……ひがんでるのね。子供みたい」芹は呆れたように言った。自分は板チョコをぽくんと折って口に入れる。「先生って案外気が短いんだ……知ってました？　ペンギンのオスって足の間に卵を抱えて、ずっと立ってなきゃいけないんだって……先生、ペンギンに生まれなくてよかったわね」

さすがに腹を立て、石山は肩を離した。その分だけわざと芹は石山に近付き、チョコレートの銀紙を外しながら言う。「……ＳＯＳ、を送ってるの」

「ＳＯＳ？」

「そう。だって出来ることなんて、限られているでしょう」

「どうやって……」

芹は意味ありげに笑ったが、すぐに話を逸らした。

「先生といると和む理由。やっとさっき分かったわ。うちの犬に似てるの。土佐犬なんですけど」

そのまま無遠慮に笑い転げる。普段ニコリともしない芹が、ここに来て笑ってばかりいるのが奇妙だった。「待て、が苦手で、待たせていると、だんだん涙目になるんです」

「……話を逸らさないで、ちゃんと答えないと分から、うわっ」

芹は膝をつき、石山の口にいきなりチョコレートをねじ込んだ。

「あはは、安心して先生。これもお約束。じき、助けがくるわ」

「お約束って……うっ」甘いミルクチョコに辟易する。

と——その時。

天井からぽたりと土の塊が落ちて来て、チョコを握った芹の手に命中した。

「いやだ。汚い」芹は口を尖らせたが、さらに上の岩が動いたのか、泥の固まりが今度は大量に落ちて来る。

「芹さん？　誰かいる？」

雄の声だった。

「ここよ。遅いわよ。すっかり冷えちゃったじゃないの」

「先生もいるの？」日は暮れていたが、穴が開くと不気味に薄明るい台風雲が見えた。

「大丈夫？」ぬっと、フードをかぶった雄の顔が現れる。

「うん、平気、ありがとう」芹は言って、伸びをするように立ち上がり、荷物を取り上げて帰り支度を始めた。驚いている石山を後目に、よっ、と身軽に這い上がる。後に続いて外に出た石山もふうっと大きく息を吐いた。

助かった——。

屋敷の灯りを見ると、今頃になって足が震えた。雨は幾分、小降りになってはいたが、まだ風は強いようで、カッパ姿の雄も石山たちに劣らず濡れ鼠になっている。

「何、ここ？」雄は驚いたように、芹と石山を交互に見やった。

「地下道みたい。あとで話すわ。早く塔を直しましょう」

雄は穴が気になってしかたがない様子だったが、芹に言われてしぶしぶ岩を戻す。

「助かったよ……」石山は雄に言った。「でもどうして、分かったんだ？」

「え、知らなかったんですか？　先生いないな、とは思ってたんですけど、田島観音の目が不気味に光った時は、椅子から滑り落ちそうになったっすよ」

「田島観音？」

「モールス信号です、ね？」雄は同意を求めたが、芹は土砂と岩を見つめてぼんやりしている。

「芹さん、てば」

「え？　なんですって？」芹は何か考えていたのかうっかりした口調で頷いた。

「だ、か、ら。田島観音のことだって」

「ああ……」顔をしかめる雄の背中を押すようにして、真っ先に歩き出しながら、

「先生、ほんとに気づかなかったの？　白壁で吹き抜けで、いびつな円柱形で空洞で……それって田島観音以外、ないじゃないですか。階段の最上階は観音様の目になっていて、そこから風と雨が降りこんでいたんですよ」

「SOS、オ、デ、ン、ノ、シ、タって繰り返してるみたいだった。おでんって、五輪の塔のことかなと思って。雨の中わざわざ来てみたら、シャベルが投げ出してあって、横に大きな岩が転

がってるんです。ビックリした……」雄は急かされるまま歩いては、またすぐに立ち止まる。

「誰か一人くらい、モールス信号知ってると思ったのよ。懐中電灯を持っててよかった。でも明るい間は使えない手だし、気付いてもらうまで、ただ、何度も繰り返すしかなかったの」

そんなことをしてたのか——。改めて機知と知識に感心する。

雄は、すでに石山より状況を把握しているらしく、「……閉じ込められたんだね。雨風強くて後始末はいいかげんだったけど、自然にふさがったって感じ、全然なかったよ。きっちり岩が載っかって閉まってたし……ただの土砂崩れじゃないよ」

石山はぎょっとしたが、芹はさほど驚いたふうもなく頷いた。

「やっぱりそう思う？　私たちの後、外に出た人はいるかな。たぶんその人が犯人ね」

「気付かなかったけど……」雄は悔しそうに言って、風で脱げそうになったフードを押さえた。

「たぶんもう、証拠は隠滅してるね。ここの後始末よりそっちを優先したくらいだもん」

「僕たちを見て、驚いた人間が怪しいんじゃ……」

「先生、それ、すごく面白い」思い切り、芹は馬鹿にした。

「みんな集合した食堂に派手な効果音流して、ラメ入り舞台衣装で現れるなんてどう？　顔からお面をめりめり剝がして見せるの」

「……」石山は顔をしかめる。が、殺人者の手が自分たちに及んだと思うと、冗談ですませることではない。

「穴って深いの？　観音まで繫がってるんだよね。何かの抜け道？」

「分からない。でも入り口はコンクリートで固めてあったし、出口は観音様で覆ってあった。抜け道というより閉じた空間ね。それと……」芹は少し言いあぐねたが「田島観音の中に……白骨死体があったわ」

「白骨？」雄は一瞬足を止め、すぐにまた歩き出しながらあっさり言う。「それ、もしかしてじいさま？」

「たぶんね。警察が来たら、一緒に調べてもらいましょう」

「でも……白骨化してたのなら、じいさまが呪われた一族を絶やすために、一人一人順番に殺してる、っていう線は消えたね……あそこで自殺したのか、それとも誰かに殺《や》られたのかな」

そんなことまで考えていたのか、と石山は呆れる。

「骨だもの。頭骸骨が割れるくらいの酷い外傷がない限り、死因の特定は難しいでしょうね。でも五輪の塔の下にある坑道の入り口は、誰かが閉じてコンクリートを流し込んだことに間違いはない。墓の下にコンクリートらしいものが見えた時、いくら何でも水軍にコンクリートはないでしょ、と思ったの」

「じいさまは田島から自分の小型クルーザーで大三島に行って、そこから愛人と逃げたって話になってた……じゃあ、クルーザーが大三島にあったのは？」

「誰か一緒に島に来ていたことは確かね。その人物はお祖父さまを地下に閉じ込め、入り口を埋めると、自分は大三島へ逃げた。そのまま船を乗り捨てて、観光客に紛れて姿を消した。大三島でお祖父さまを目撃した人は？」

「いないよ。でも船がきちんと借りた場所に繋がれていたから……」

「愛人というのは本当にいたのかな」

石山は、田島翁が刀自を献身的に看病した、という話を思い出して尋ねた。

「さあ……行方を捜した時、そっち関係も調べたでしょうけど。もし存在したとしても今、それを確かめるのは難しいと思います」雄は首を傾げる。

「七年前のことだから、確かに手がかりは少ないわね。でも大三島のクルーザー置き場を知っているのだし、犯人はただの強盗じゃないわ」

それは「身近な人間」ということか。まさかその人間に、自分たちは閉じこめられたのか、石山は改めてぞっとする。

屋敷の灯りが見え、石山は息を吐いた。玄関に辿り着くと、芹もさすがにほっとしてリュックを下ろす。

「うへ……」

雄もべたつく合羽を脱いで放り投げた。そして初めてまともに石山の顔を見る。

「……な、何？」

「先生、チョコ付いてますよ。ここ」

雄は無表情のまま、自分の口を指さして見せた。

八月十日　午後九時五十五分

芹と石山が無事居間に戻っても、吉見がどうでもよさそうに行き先を尋ねただけで、誰一人見向きもしなかった。

自分たちが死ぬか生きるかの瀬戸際に、屋敷にはさして時間も流れていなかったということだ。

しかしさすがに石山は芯から冷えて、気分も体も疲労の度合いを超えていた。このメンバーの中に河村や刀自を殺し、自分たちを閉じ込めた人間がいると思うより、人形が犯人である方がましな気さえする。田島観音の内部に白骨死体が現れたことで、ますます事件の深い病巣が明らかになり、鈍い石山ですら新たな戦慄を感じないではいられなかった。

食事も済み、部屋に戻ると更に体のだるさが増す。これ以上何も考えずに熱いシャワーでも浴びて眠ってしまおうと思った時、廊下から芹の声が聞こえてきて、石山は反射的に体を起こした。

「倉内さん、ちょうどよかったわ。そちらに行こうと思っていたの。大伯母さまの事件で、あなただけが会話を聞いていた時間はどのくらいでした？　特別なこと、聞きませんでしたか？」

「……何も。いや、数秒だったと……一度驚いたような叫び声を聞いただけで……その後も何か言ってたらしたようなのですが……はっきり聞き取れなくて……ただ口調が変だったので……その場を離れることができなくなって……」倉内はうわずった声で、途切れ途切れにそう答える。

「そう……」芹の声が怪訝そうに響いた。「顔が青いですよ。体調が悪いのですか?」

言葉遣いが丁寧でも、敬語が欠落すると高飛車だな——。聞くともなしに聞きながら、石山はぼんやり思った。

「はい……いいえ」

「思い出すことがあれば、遠慮なく話してください。私か、吉見さんか、どちらでも」

芹にしては親切な言い方だ。吉見のことを信頼できる仲間のように扱うのも気に掛かる。地下道で全くよいところのなかった石山は、やはりワトソン役をお払い箱になったのだろうか。

やがて話し声が途絶えたので、石山はペットボトルの水を飲み、居間から持ってきた週刊誌をめくった。普通に読んでから日付を見ると、一年以上前の雑誌である。ケイタイやパソコンを、見ていない分かなりメールもたまっているだろうが、海に遮断されていると次第に不便も感じなくなるのが不思議だった。

——疲れた。

今度こそ本当にシャワーを浴びようと立ち上がったとたん、石山は急に立ち眩みを感じ、ベッドに座り込んでしまった。

疲労がどっと溢れ出たようだった。体が重くなり、次第に目を開けていられなくなる。そのまま、ずぶずぶと体が沈んでいく。

これは……普通の睡魔とは違う……おかしい。

頭の中で警報が鳴り響くが、体が動かなくてはどうしようもなかった。色々なことが頭を去来する。石山は引きずり込まれるように、目を閉じた。そこに軽いノックの音。返事も出来ない。

誰だ……ふっと空気が動く……遠くなる意識の中で、白い影が部屋に入って来るのが見えた。

「誰、か……助けて……くれ」

譫言のように呟くが、相手はじっと黙ったまま答えない。視界が暗く、人影がまるで磨りガラス越しのシルエットに見えた。

やがてバスルームに水音が響く……誰かが風呂に湯を入れている？　何のために？

誰だ、何をしている？　そして、あえなく石山の意識は途絶えた。


夢の中で芹が何か叫び、自分を揺さぶり続けていた。

「起きて……眠ってはだめ」

いいんだ……すごく眠い。疲れた……このままずっと眠りたい。

「ばかっ……意気地なし」

芹が石山の頬を叩き、タックルするように抱きついて来た。


「先生……先生」

気が付くと、石山は不自然な格好でベッドに座っていた。

斜めになって倒れ込むように壁に寄り掛かっている。ぼんやりと視点を合わせると、心配そうな雄の顔が間近にあった。そのすぐ後ろには、大戸木医師が穏和に頬笑んでいるのが見えた。

「もう、大丈夫ですよ」

「僕は……」

「睡眠薬っすよ……眠って、風呂で溺れたんです」

雄が顔を歪めて答える。溺れた？　自分が？　信じられない思いで辺りを見回すと、京美や、吉見、倉内までがいて、驚いたように石山を覗き込んでいる。京美が遠慮がちに声を掛けた。

「よかったわ。意識が戻って……びっくりした」

「あ……ありがとうございます。すみません、ご迷惑を……」

腕を動かすと微かな痛みが走る。見ると点滴のチューブがテープで張り付けられていた。空になったのを見計らって、老医師は針を抜く。

「薬の量を間違えたんですかな。引き上げてすぐ心臓マッサージをして水を吐かせたのは何よりでしたが。正直なところ、もっと早くに呼んでもらえればありがたかったですな。ま、応急処置が早くてよかった」

「応急処置……」頭はまだぼんやりしている。

その時廊下をバタバタ走る音に続いて乱暴にドアが開き、マグカップを持った芹が現れた。目が合うと一瞬口をへの字に曲げたが、すぐに怒ったような表情に戻った。

「これ、飲んでください」差し出されたカップを口に運ぶ。茶色い飲み物は濃いカフェオレで、石山は苦みに思わず顔をしかめた。みぞおちがきりきりと痛む。

「部屋におりますから、何かあったら遠慮なく声を掛けてください」

外した点滴を持って大戸木医師は部屋を出た。続いて皆、安心したように次々と自室に帰り、その場には例によって芹と雄だけが残った。しばらく気まずい沈黙が続く。

「どうして睡眠薬なんか……」横になろうとして、芹に無理矢理止められた。眠らないように見張っているつもりらしい。「そんなもの……飲んだつもりはないし……風呂に入ったつもりも」

「飲み物に入っていたのじゃない？　何か口にした？」

何か考えている口調で芹は言った。さすがに冷えたのか長袖のブラウスに着替えている。

「そういえば水を飲んだな……」

今思うと、新しいわりに口が甘かった気もする。しかしどうして、石山の水に睡眠薬など入っていたのか。あの異常な効き方からして、かなりの量に違いなかった。次第に記憶が戻ってくる。珈琲や点滴のおかげで睡魔も去り、徐々に頭もクリアになった。

「……そうだ。猛烈に眠くなって、そのまま倒れ込んだとき、誰かが……部屋に入ってきて風呂に湯を……」

「それって……」雄がさっと青ざめる。「そいつが先生を眠らせて、風呂で溺れさせようとしたんだよ。犯人……見てないの？」

「……ああ」自分が狙われるなんて、思いもよらないことだった。これまでのとばっちりめいたものとはまるで違う。犯人ははっきり石山を狙って手を掛けたのだ。

「何で？　どうして先生をそんな目に……分かんないよ」雄も怒りを隠せない風で言った。「でも睡眠薬で……青酸カリじゃなくてよかった」

そう言われて、改めてぞっとする。まさかシャンデリアも？　目の前が白くなった。しかし全て意識がない間に起こったことだけに実感に結び付かず、頭のどこかでは他人事にも思える。

「みんな、先生が睡眠薬の量を間違えて、お風呂に入ったんだと思ってる。私が眠れない先生に、睡眠薬をあげたことになってるから」

「どうして……そんなことを？」石山は目を丸くした。

「これ以上、騒ぎを大きくしたくなかったの。みんな限界に近付いてるし、警察が来るまでは、パニックになるような言動を極力避けなくては」芹は、そう言ってこめかみを揉んだ。目の下の青さが増して、さらに彫りが深い顔立ちになっている。

「それはそうだけど……」石山は首を捻った。「隠すよりも、むしろ気を付けるように警告しておくべきなんじゃ」

「先生っていい人ね。こんな酷い目にあったっていうのに、人のことまで心配して」

芹は呆れたように言う。やはりパニックうんぬんはたてまえで、何か企んでいるにちがいない、と石山は思った。

「そういえば、君たちが助けてくれたんだったね、ありがとう」

石山が頭を下げると、雄はまた顔を強ばらせて、

「僕らが来たとき、服がめちゃくちゃに脱ぎ散らかしてあって……そういうの几帳面な先生らしくないって、芹さんがすぐ気付いたんです。最初は息もしてなくて。もうだめかと思ったけど、心臓マッサージしたらお湯吐き出して呼吸が戻ったんですよ。でもなかなか目を覚まさないし、

僕が珈琲入れてる間に、芹さんが吐かせて、もの凄く濃い珈琲流し込んで……何回も繰り返したんです」

状況の凄まじさを想像して今度は青ざめる。芹は口元を歪めた。

「犯人は先生の状態を確かめないで逃げたのね。私たちがもう少し早かったら、鉢合わせしてたくらいのタイミングだった。混濁しながらもまだ意識があったし、私たちで出来るだけ処置してから、大戸木先生を呼ぶことにしたの。水の……ペットボトルないわね」

芹はもう冷蔵庫を開けて、中を確かめている。

「犯人が持って行ったんだ……」雄も唇を引き結んだ。

芹が眉をひそめた時、廊下でまたがたんと大きな音とともに、喚くような叫び声が響き渡った。「うわあ……」

「倉内さんだわ。今度は何？」

芹は首に掛けていたタオルを投げ、廊下に飛び出した。

雄も慌ててそれに続く。石山はまだ軽い目眩を感じたが、一人で部屋に残る気にもなれず、ふらふらと二人の後を追った。

「倉内さん。どうしたの、大丈夫？」

石山が辿り着いた時には、倉内は階段の下に座り込み、両手で頭を抱え込んでいた。

「う……う」うなり声でやっと答える。

「階段から落ちたんすか」

なんだ、人騒がせだな、と雄が肩をすくめた。足を抱えて痛がる倉内はただ泣き声を上げた。

「助けてください。変なんです。急に目が回って、気分が、気分が……」

大戸木医師は尋常ではないと判断したのか倉内に近寄り、眼や口を調べた。さっきの今だけにすぐに状況を察知して叫ぶ。

「これはいけない。誰か手伝ってください。バスルームへ」

「毒だわ」京美がヒステリックに叫んだ。「青酸よ……」

「青酸ではありません。睡眠薬です……」

大戸木医師はそう叫ぶと、ちょうど駆けつけた吉見とともに倉内を部屋に運び込んだ。

八月十一日　午前十一時十五分

早い判断と手当のおかげで、倉内も石山同様、命に別状はなかった。睡眠薬など飲んでいないと倉内が証言したため、何者かによって水に多量の睡眠薬が混入されたものと思われた。石山の場合と違い、部屋にペットボトルがそのままの状態で残されており、警察が来るまで証拠品として倉内本人が保存することになった。

執拗で、まるで当てつけたような繰り返し。芹もこれ以上隠すことを諦め、石山の件も誰かが意図的に企て実行した「殺人未遂事件」であると告げざるをえなかった。

さらに芹は、刀自の私物を調べるよう提案した。ほどなく、刀自の薬箱から大戸木医師が処方した、短時間型睡眠導入剤がすべてなくなっていることが確認された。それが今回、容量を超えて二人に使われた薬であろうと思われた。

田島家に関係のない石山や倉内が相次いで狙われ、事件はまた新たな様相を呈し始めた。犯人は動機すら曖昧なまま、手当たり次第、ただ楽しむためだけの殺人遊戯を始めたのだろうか――。

倉内には京美が付き添い、仲は急速に進展したようだった。二人の内情を知る石山には、それだけが唯一の収穫に思えたが、自分が狙われたという事実が未だ頭を離れず、ともすれば不安と疑心暗鬼に苛まれた――。

雨がやみ、風だけになってきた頃、皆が集まって缶詰と水、缶ジュースだけの味気ない昼食をすませた。水も浄化槽に薬物が混入されることを危惧して、箱を開けたばかりのミネラルウオーターだけ飲んだ。風はいつの間にか吹き付ける方向を変えてはいたが、まだ時折、思い出したように強く吹きつけた。

「宏明さんはどうしたのです」吉見が不審そうにメンバーを見回す。

「酔っぱらってるんじゃない?」京美がプラスティックのスプーンでヨーグルトをすくいながら答えた。足を捻挫した倉内は、さすがにまだ部屋で休んでいる。「……食事の代わりに、お酒飲んでるわ」

「ちっ」吉見は二枚目らしからぬ舌打ちをし、椅子を蹴って部屋を出て行こうとする。背中に、芹が鋭い口調で声を掛けた。

「どうするつもり？」

「飲むのをやめて今すぐ、船を出してもらう」

「無理だよ。まだ風が強いし」雄が顔をしかめて言ったが、吉見は耳も貸さず姿を消した。雄は力任せにテーブルを叩き、足音を響かせ後を追う。自然、皆でぞろぞろと宏明の部屋に向かう形になった。

石山が部屋に着いた時には、すでにドアが開け放され、中から雄と吉見が争う声がしていた。宏明はだらしなく足を投げ出して床に座り、立ち上がることも出来ない。部屋の中はいかにも数日前まで片付いていた様子。きちんと積まれた日用品とここ数日散らかった酒瓶とが混沌と同居して、まさに今の宏明の状況を表しているかのようだ。石山は棚に畳んで置かれた自分のパーカを複雑な気持ちで見やる。

「何だよ。皆で……うるさいな」

「それ以上、飲まないでもらいたい」吉見は顔をしかめて宣告した。

「いつの間に禁酒令が出たんだ。こいつは君主さまか」

「悪いが、しばらくあなたをバスルームに閉じ込めさせてもらいます」

「何言ってんだよ」今度は雄が語気を荒げる。「酒飲むなっていうのはまだ分かるけど、閉じ込めるって、何だよ」

「もう少しで台風も過ぎる。そうしたら人見島へ渡って警察に通報する。船を動かせるのは彼だけだ。出来るだけ早くアルコールを抜いてもらわないと困る」

石山もそれには同感だった。一秒でも早くここを離れたい。正論だけに雄には癪に触って仕方ないようだった。

「それは僕たちが責任を持ってやるよ。警察にも知らせる。兄さんがへべれけなら、最悪、僕が船を動かしたっていいんだ。免許を持ってる人間が乗船してれば、法規上問題ないんだからさ」

確かにそうだ。しかし、船長の宏明が、船酔いならぬ酒に酔っていてその法規は通用するのか。また、雄が船をまともに動かせるのか疑問は残る。

「ばあさまがいない今は、僕たち姉弟がここの主人だし。とやかく言われて、監禁されるなんておかしいだろ。どういうつもりか知んないけど、ちょっと出しゃばり過ぎなんじゃないの」

「……」さすがの吉見も、雄の見幕に圧倒されたのか口を噤んだ。

雄はさらにむしゃくしゃした様子で「あんた、やたら急いで警察呼ぶ、呼ぶって言ってるけど、どうしてそんなに積極的なわけ？　変に自信持って色々探ってる振りしてさ。やることやったから、早く帰りたくなったの？」

「やること？」吉見は怪訝そうに眉をひそめた。

「雄くん、いい加減やめたら？」芹が口を挟んだことで、ますます火に油を注いだ結果になった。

雄はいきり立って言う。「あんた、河村さんが死んだ時のアリバイ完璧みたいだけど、さ」

はっと吉見は芹を見た。芹は肩を竦める。何気ないやり取りに、隠し切れない親密さが感じられた。「アリバイがあったって河村さんを殺せるんだってこと、教えてあげようか」

意外な言葉。驚いているのか窮地に立たされているのか、吉見は黙って身動きもしない。石山は、芹と雄の賭けを思い出した。芹も困ったように腕を組んで、それ以上口を挟もうとはしない。

「あの日、河村さんがベランダの植木鉢を取り込む作業をすること、あんたは知っていたんだ。だから先回りして、ベランダに細工をしておいた。午前中のことだよ」

「細工？」大戸木医師が口を挟む。

「そうです。細工です」雄は振り返って律儀に頷いた。

「赤い水性のペンキをベランダに流したんだ。河村さんはお茶の時に必ずビタミンCを飲んでて、薬瓶は厨房に置きっぱなしだったよね。そのカプセルの中身、睡眠薬とすり替えておいたんだよ……石山先生や倉内さんに使ったやつと同じ薬。睡眠薬は昨夜急に使われた訳じゃない。最初からあんたの大事な小道具だったのさ」

石山は驚きながらも、その自信たっぷりの話に耳を傾ける。

「午後から予定通り、河村さんは作業をするためベランダに上がる。もちろんその時ペンキの悪戯に驚いたけど、台風も近付いていて時間もない。どうせ雨も近いから、始末は後回しにすることにして、取り敢えず植木鉢を回収する作業を始める。そのうち睡眠薬が効いて意識が朦朧としてくる。まあ、河村さんが他の場所で倒れちゃう可能性もあったわけだし、あんたにとってペンキはおまけだったかもしれない。ベランダで倒れてくれれば、一番都合が良かった訳だけど……」

雄は一度周りを見渡して、誰も口を挟もうとしないことを確かめてから、

「あんたはいち早くベランダに向かうため、京美姉さんの部屋で待機した。あとは誰かが、倒れてる河村さんを見つけて、大声で叫んでくれるだけでいい。石山先生が声を上げてすぐ駆け付けたあんたは、状況を見て上手くいかないようなら、そのまま知らんふりを決めこむつもりだったんだ。倉内さんの時みたくね……でもうまい具合にペンキは血に見えたし、まだ少人数しか現場にたどり着いていない。助け起こす振りをして持っていた包丁で河村さんを刺し、その時初めて殺したんだよ……」

「でも……」石山は口籠もる。「僕が見た時、河村さんは血だらけで、確かに亡くなってるように見えたんだけど……」

「血の色って結構ショッキングじゃないすか。錯覚を起こしても不思議じゃないですよ」雄は分かっている、と言わんばかりに大きく頷いた。

血と赤いペンキ？　確かに、血が苦手な石山は、河村の体から直接出血していたかどうかはっきり答える自信はない。しかしあの河村の苦悶の表情や硬直した手は、睡眠薬で眠らされた人間のものだろうか。雄には悪いが、いくら気が動転していても、眠っているのと死んでいるのを見分けられないのはどうにも変だ。

「みんな、覚えてるでしょ。こいつが異常に現場に触っちゃいけないって大騒ぎして、自分だけベランダに出たこと。大戸木先生が来るまで時間が掛かったのも、こいつに幸いしたんだよ。死んでることを確認したら、大戸木先生まで外に追いやって写真を撮ったり。こいつの独壇場だったよね。こいつの影になって、僕たちは何も見えなかった。みんな変だと思わなかったの？」

「……」吉見は唇を嘗め、黙って俯いただけだった。

「こいつはね。現れた朝より早く、前の晩にはもう島に来て屋敷に潜り込んでたんだ。それを知ってたのはたぶん、船でこいつを運んだ河村さん、それからこいつと家族ぐるみの付き合いとか言って匿《かくま》ってたばあさま、前の晩にその姿を偶然見ちゃった石山先生。みんな命を狙われてる。たぶん何も言わないけど倉内さんも、あの時ばあさまの部屋であんたの声を聞いたか、何かしたのだと思う」

雄は決めつけるように言って、話を聞いている面々を見回した。

誰も何も言おうとしない。雄は息をつき、低いがはっきりとした声で言った。

「……あんた、一体、何者なんだよ」

沈黙が流れた。視線が吉見に集中する。

吉見は途方に暮れたように、何度目かのため息を吐いた。そして皆の後ろに黙って立っている芹を、助けを求めるように見やる。

釣られた石山がそちらを見ると、意外にも体を屈め、口を両手で押さえた芹の姿が目に入った。可笑しくてたまらないというように必死で笑いを噛み殺している。

「もう、アウトね。お互いのために白状しちゃったら……兄さん」

「え……」誰もが唖然として芹を見た。今度は雄が青ざめる番だった。「どういうこと?」

「黙っててごめんなさい。この人、私の兄で県警の刑事、若名吉見」

皆の驚いたような視線が芹から、顔をしかめて立ちつくす吉見に集中した。そしてまたすぐ、首を傾げ、優雅に頬笑む芹に戻る。

「ごめんね。雄くん」芹は無表情に戻って肩をすくめた。「でもおかげさま……今の大演説で私、一つ、重要なことに気付いたわ」

八月十一日　午後一時十五分

雨空がようやく去って晴れ渡り、午後からは雲一つない好天となった。夏にありがちな迷走台風は、いきなり進路を北に変え、そのまま温帯低気圧になったらしい。

芹は悪びれることもなく「面倒だから、若名の名を出さないで」と自分から兄に口止めをしたことを話した。海外生活が長く、中学から親元を離れていた吉見は縁続きであるにもかかわらず、刀自以外、田島家の面々とはまったく面識がなかったらしい。刀自に頼まれて再調査を承知したものの、今回は休暇として訪ねており、さほど成果を期待しての滞在ではない。むしろ自殺である確証を得るつもりで訪れた矢先の事件なのだった。

芹に髪を切られて、ますます美少年然とした雄は朝からご機嫌斜めだ。「芹さんて、やっぱり性格悪いよ。もっと早く言ってくれてれば、僕もあんな赤っ恥かくことなんてなかったのにさ」

「キスを賭けるとか言うからよ」芹は平然と言う。「正直、私もびっくりしたの。休暇まで取って刑事が調べに来るって聞いてはいたのだけど。それがまさか兄だなんて。大伯母さま流の悪戯だったのね。おまけに夜中、いるはずのない兄が慌てて起こしにきたと思ったら、石山先生が廊下に倒れてるし。殴られたなんて知らなかったから、焦って転んだかなにかだと思って二人で部屋に運んで、意識が戻るまで様子を見てたの」

「そ、それは……世話になったね」

赤面しながらも、ようやく納得がいく。転がったペットボトルも二人が拾ってくれたのだ。河村が言っていた靖夫に関する秘密というのも、事件関連で刑事がやって来ることだったのか。刀自としては、河村が殺された時、立場上知らぬ存ぜぬを決めこむしかなかったのだろう——。

負けないと分かっていて賭けに応じた芹。今になっては少々、雄が気の毒な気もした。

「犯人が捕まったわけでもないのに、台風が過ぎたってだけでみんな解放感に浸って、もうどうしようもなくくつろいじゃって……なんだかなあ。先生、警察って何時頃、来るんですか」穏やかな波を見つめながら、雄が言う。

「もう、じきだと思うけど……」

久々の太陽とはいえ、じりじりと焼け付く暑さだ。雨上がりの川のように海が濁っている。状況は何も変わらないというのについ放心し、石山はまた、釣りの虫が疼き始めていた。芹も水に足を浸してほっと息をつく。こうしていると初日からこの調子で、まるで何も起こらなかったかのような錯覚に陥る。

——宏明と石山と吉見の三人が、隣の人見島まで電話連絡に行ったのは昼前のことである。吉見は直に上司に連絡を入れたらしく、電話口でしきりに頭を下げていた。初対面の時、どこかで見た気がしたのは、たぶんその整った目鼻立ちが芹と重なったせいだろう。そう思って見ると、雰囲気や仕草もどこか似ている。芹に対して身構えずに自然に接することができるのは、やはり父親と実兄くらいかもしれなかった。

「しかし、君の兄さんも大変な仕事だね」警察など免許証の更新くらいしか関わったことのない石山は、今更のように感心する。

「そのうち、よれよれのコートが似合う刑事になれると信じてるのよ」

「でもさ……」雄が、うち寄せる波を手のひらで受けながら言った。「これだけ、散々、犯人に好きなようにさせといてさ。何にも分からないです、なんて癪ですよね。先生」

「うん、やっぱりどうして僕が狙われたのかはっきりしないと、無事に島を離れても、安心できないなあ……」正直それが本音だった。

「警察と連絡が取れなくて島から出ていけないって状況は、ほら、古いミステリーの定番ですよね。でも、のたりくたり中途半端にお約束こなしてるうちに台風が過ぎて晴天《ピーカン》でさ。警察も群れなしてやってくる……なんか肩すかしにあったみたいで、全然すっきりしない」

「そう？　私はそうでもないわ。まだ、やることが残ってるもの」

「何？　まさか、みんな集めてはい謎解き、なんて言うんじゃないよね」散々、煮え湯を飲まされた雄は『もう、いい加減にしてくれ』とでもいうように両手を振ってみせた。

「微妙に違うわね。兄貴には悪いけど、私は警察も法律も信用してはいないの。警察に捕まって手が届かなくなる前に、この手で犯人をぶっつぶすのよ」さばさばとした口調で言う。

「は？」石山は驚いて芹を見た。

「この人、かなりイカれてるよ」雄は肩を竦めてみせた。


しばらくすると、警察の一団が船で到着した。

「物々しいですなあ」大戸木医師が上品にスイカの種を吐き出しながら言った。

一通り話を聞かれた後、甲羅干しとでもいうのか、捜査の邪魔にならないようにという配慮もあって、皆で海岸に出ている。パラソルが張られ、ようやく島も息を吹き返したようだったが、正直もうこれ以上、暗い屋敷にこもりたくない気持ちもあった。芹の証言から、田島観音内に眠っていた白骨死体も丁重に運び出される。

京美は実感が湧かないのか、古い白骨に青いビニールが掛けられ運ばれていくのをただ驚いたように見送るだけだ。石山は大戸木医師と並んで釣り糸を垂れながら、出たり入ったりする制服の警官と、一目でそれと分かる鑑識の職員を眺めやった。

「警察の捜査って初めて見ましたけど、わりと事務的なんですね」

「ええ」大戸木医師も鷹揚に頷いた。それでも彼は医師ということで専門的な見解も求められ、石山たちより少し事情聴取も長かったようだ。

「私もこれまで平穏な町医者でしたからね。いきなり部屋に押し込まれた上、ライトを当てられてアリバイがどうの、目撃証言がどうのと問い詰められるのかと覚悟してましたよ。しかし大きな声では言えませんが、お互い、命があってよかった」

まったく同感だった。シャンデリアが落下した時も風呂で溺れかけた時も、芹がいて助かったことが、どうしても神妙な奇跡に思えてしかたがない。あるいは大山祇神社のおかげだろうか。同じく芹の手から渡された勝ち守りが、宏明と雄のポケットにも入っているはずだった。

そこに雄が大きなビーチボールを抱えてやってきた。

「先生、また釣り？　ホントに釣りが好きなんですね」

「雨上がりは潮が濁ってて、チヌが釣れるんだよ」石山はそう言い訳しながらも、さすがに通報に行った際、餌を調達して来たことは言えないと思った。

大戸木医師は目を細めて「やあ、雄くん。ますます男前になりましたね。前のビートルズのような髪型よりずっといいですよ」

「大戸木先生の口からビートルズって聞くと、リアルタイムな感じがちょっといいっすね。でも確かに吹っ切れた気分で、その点、芹さんには感謝してるんです」

「それはそれは……時に、宏明くんはどうしてますか」大戸木医師が屋敷を見ながら尋ねる。

石山がつられて振り向くと田島観音がおどろおどろしく輝いて見えた。七年間、オーナーの死体を胎内に抱え続けた像。風雨に洗われて白さが際だっていたが、青い空の下ではかえって不気味に感じられる。もちろん、二度と中に入りたいとは思わなかった。

「兄さん？　また酒飲んでますよ。二十年分のたがが外れたんでしょ。あれじゃ本物のアル中になるって、姉さんが心配してます」

「無理はないが……大丈夫かね」大戸木医師はうなった。

雄は辺りを見回しながら「そうだ。芹さんは？　……石山先生の所にいるものとばかり思ってたけど」

「京美ちゃんたちにスイカを持っていったよ。倉内くんは検査入院のために、一足早く島を出る準備をしてるからね。雄くんのもここにある」大戸木が答えた。石山が早く回復したのは、やはり芹の応急処置のおかげだろう。倉内は、甲斐甲斐しく世話を焼く京美に甘えているのかもしれないが、とばっちりで酷い目にあったのだから、そのくらいの利は許されていい気もする。

「冷えてますか？　……っていうか、大丈夫っすか。このスイカ」

雄は手を伸ばしかけて、気味悪そうに止める。

「ああ、これは保証するよ。芹ちゃんが私と美奈さんの前で、きちんと洗った包丁で切り分けたんだ。その後も目を離してないから」

「でも、注射器とかで毒を入れてるかも」

「それなら、もう誰か犠牲者が出ているはずだよ。これが最後の一切れだから」

雄は矯めつ眇めつ縞模様を確かめてようやくかぶりつき、機関銃のように種を吐き出した。

「器用だな……」石山は感心する。

「この何日か、勉強どころじゃなかったろう。大変だったね」大戸木医師も労るように言葉を掛けた。

「余計なこと考えずにすむし。かえって能率上がってたりして」

「偉いなあ。お祖母さんの供養にもなるよ」

「そんなんじゃ、ないです。冷たいだけっすよ」

雄は首を振ってぽつりと言った。


石山が大漁に満足しながら二階に上がると、私服の刑事と一緒にベランダを調べていた吉見が片手を上げた。雄の名推理もむなしく、もちろんベランダに赤いペンキの形跡などどこにもない。「今朝は早くから付き合ってもらって、すみませんでした」

「いいえ……」吉見の傍にいる薄い色のシャツを着た刑事を見ても、テレビドラマの方がよほどそれらしい気がする。夏物の涼しげなネクタイが似合う、いかにも今時の若者だ。

シャンデリアが落下した部屋はまだ、鑑識課が現場検分の最中らしく、吉見たち刑事さえ立ち入ってはいけないようだ。さっきまでは建物全てが立ち入り禁止、玄関にはビニルが張られ、沢山の靴が山のように脱ぎ置かれていたのだ。その様子を見れば、吉見が異常なまで現場に触ることを許さなかったのも納得がいく。大戸木医師の話によると、刀自の部屋も吉見がいながら散々素人に出入りさせ、踏み荒らしたと嫌みを言われていたらしい。

吉見はまだ鑑識に時間が掛かると判断したらしく、石山を少し離れた廊下の隅に連れて行って、連れの刑事に聞こえないよう小声で言った。「芹本人が、石山さんには話したんでしょう。神経科に入院してたことを」

「え、いや。はあ……」どきりとして吉見を見る。

吉見は目を逸らして話しにくそうに「あいつ、中学の半ばで日本に帰国して受験校に入ったんですけど、まったく馴染めなくて。苛めに遭ってたんです。内気で大人しい性格だから、両親も心配してはいたんですが、家では努めて明るく振る舞っていたんですよ」

内気で大人しい？　誰のことだ？　石山は思った。

「でもそれだけでは済まずに、遠足でわざと山中に置き去りにされたんです。女子生徒の陰湿な連係プレーでね。教師に気付かせないよう、徹底して仕組まれたんです。夕方になって捜索隊が出ても一晩見つからず、翌朝自力で麓に下りて来た。半分、錯乱状態でした」

「……それは酷いな」坑道に閉じ込められた時、芹の震えが止まらなくなったことを思い出した。あの時、パニックの発作が再発しそうだったのは、その事件を思い出したのだ。

「そんなことがあるまでは、お姫様みたいにいかにも女の子女の子したやつだったんですけど。事件のあと、摂食障害を起こして入院したんです。ただあいつの希望で、学校には決して事実を伝えませんでした。親父は腹に据えかねてましたけど、お袋に説得されてね、家族だけで収めることにしたんです……それが退院したら別人のようになって、バレエやバイオリンをやめ、空手とボクシングジムに通い始めた。勧められても転校はしませんでした。言葉遣いもそのままで。意地だったんでしょう。最後には苛めた子たちと和解し、トラウマになっていた山歩きまでできるようになりました」

凄まじい精神力だ。石山は感心する。尖っている理由も納得できた。今となっては、偉そうに説教したことが悔やまれる。

「しかし、あいつ。鍛えて別人になっても、中身はやっぱり内気なガキなんですよ。いつも切れそうなくらい気を張っている。でも、なんとなく石山さんだけには気を許してるみたいですね」

そう見えるのか、石山はため息を吐いた。確かに抱き留めただけでパニックになった様子は、子どものままと言えるのかもしれないが、自分になつくのは躾のよい土佐犬と同じく、人畜無害と見極めたせいだろう。

吉見はまだ何か言いかけたが、ちょうど芹と、部長と呼ばれる嫌みっぽい中年刑事とが和やかに談笑しながら階段を上がってくるのを見て口を噤んだ。そして辟易したように声をかける。

「捜査の邪魔をしちゃ、だめじゃないか」

「この部屋は？」緩んでいた目つきを再び鋭くして部長は言った。

「こ、これからです」

「ふむ。芹さんは、君の妹さんなんだって？」

「は、はい……」芹の名が出ただけで、吉見の目が怯えたように泳ぐ。

「案内してもらったのだ」

話の内容が内容だったので、芹の視線が自分に向けられるとつい、石山は顔をそらしてしまった。芹は敏感に察したらしく、微かに眉をひそめる。

「先生、あんまり無防備に歩き回らないで。殺されるとしたら、あとはもう先生しかいないのだから」

「何だって」石山の後ろから、吉見と部長の声がユニゾンで響いた。

「どうして、君にそんなことが分かるんだね」部長は驚いたように芹を見つめる。芹はあっさりした口調で言った。

「気づいているからです。キーパーソンが誰かってことに」

「きーぱーそん？」

「はい。事件の核になった人物です。今回、この島の事件を引き起こした原因……諸悪の根元。それはここにいる石山さんです」

刑事たち、六つの目が石山に注がれた。まるで犯人が名指しされたかのように皆、険しい視線を石山に向ける。石山は慌てて手を振った。

「ぼ……僕は、何も知りません。本当です。ここに来たのだって偶然なんです」

「どういうことなんだ」吉見が困ったように芹を見た。

「ええ。石山先生には何の罪もないわ。あるとしたら、無防備な言動をしたことくらい。知らなかったのだから仕方ないけど……自分こそ最初から犯人のメインターゲット、いの一番に殺されるべき人物だったってこと」

「僕がなんだって？」言われる意味が理解できず「いの一番」などという古くさい言葉が耳を素通りするほど、石山はただ混乱していた。吉見や部長も同様らしく、ぽかんと口を開けて芹の顔を見つめ、交互に石山を振り返る。芹はあの青白い光を湛えた瞳でじっと石山を見つめた。

「そう。河村さんは先生と同じパーカを着てたせいで、間違えて殺されたの。あの時、血だらけで死んでしまうのは先生のはずだった。全ての発端は先生がこの島に来たことよ。先生が来たから、眠っていた惨劇の幕が再び開いたの。全て、先生が原因なの」

ここ何日か分を溜め込んだような強い日差しが、角度を変えて差し込んできた。その光が目を射るように照らしつけ、石山は強い目眩を覚えた。

八月十一日　午後二時三十五分

「何だって……」

吉見と私服の刑事、部長、そして名指しされた石山本人さえ、ただぼんやりと立ち尽くした。

「この石山さんがかね」部長が呆気に取られたように石山を指さす。しかし当の石山自身が、最も動揺していた。

「もっと、分かるように説明してくれないか」

「はい、それは……」

部長の問い掛けに頷いて、芹は石山を一瞥した。そしてまさに説明しようと口を開きかけた時、外で、いきなり鈍い破裂音が聞こえた。芹はきゅっと唇を結んで言葉を止めた。

「何でしょうか。今の音……」吉見が慌てて窓から身を乗り出した。

「何かが爆発したのか……まさか、発砲」部長も乱暴に吉見を押しのけて海岸を見回す。もちろん車などないのだから、タイヤのパンクではないだろう。ガスだろうか。石山も外を見ようと体を傾いだ時、階下から制服の警官が駆け上がって来た。「部長、大変です」

「何だ」さっと緊張した空気が流れる。

「爆発が起こりました。誰か巻き込まれた様子です」

「爆発？　どこで」

「それが……」

「船でしょう？」芹の鋭い口調に、皆が驚いて振り返る。

「あ、君は……いや」まず現場を確認する必要があると思ったのか、部長は言葉を飲み込み、一気に階段を駆け下りて行った。体に似合わず、敏捷な動きだった。

「いい加減なこと言うな。馬鹿。また誰か、殺されたんじゃないか」

吉見は芹を怒鳴りつけると部長の後を追う。芹は無表情のまま、焦る様子もなくゆっくりと階段を下りた。

芹が指摘したとおり、どうやら場所は桟橋に停泊中の釣り船らしかった。石山と芹が追いついた時には消火活動は終了していたが、鑑識が休む間もなく、血や衣類、肉片まで悲惨に飛び散った辺りを調べているようだ。

石山にはその光景が、まるで映画の撮影現場に見え、不思議に恐怖も気味の悪さもわき上がってはこなかった。やがて宏明や京美、美奈も、爆発音に驚いて次々と桟橋に集まって来た。

「巻き込まれたのは、誰ですか」石山は恐る恐る尋ねた。

誰も何も答えない。遺体は無惨にも形を留めず、まだ確認段階のようだが、飛び散った衣類にデニムの切れ端が見える。苛々を隠せない部長が、それでも芹には優しい口調で言った。

「お嬢さん、予測出来ないから、我々の仕事はややこしいんですよ」

「そうですね。でも私、嘘は言ってません」

「お前ね、いい加減に黙っててくれ、お願いだから……」吉見が懇願したが、芹は耳を貸さずさらに言葉を続けた。

「殺されるとしたら、と言ったんです。自殺か事故か知らないけど、勝手に死ぬのはどうしようもないわ」

「勝手に？」部長はキッと芹を見た。「これは自殺か事故じゃ、言うんですかいの」思わずお国言葉が口をついて出た部長を、芹は動じることもなく真っ直ぐに見返した。

「ええ。爆発で死んだ人間は、船のエンジンキーを持ち出しているはずです。島から逃げようとしてたと思うから。でも悪いと思ったのですけど私、兄たちが通報を終えてすぐ、船が動かないよう細工をさせてもらいました。警察の船が来れば釣り船は必要ないし、犯人に逃げられでもしたらことですから」

「犯人とは……誰のことかね」部長は爆発現場の方を見て尋ねる。

芹はすぐには答えようとせず「犯人は昨日、私たちを地下道に閉じ込めた時、その近くで不発弾を見つけていました。せっぱ詰まってそれを持って逃げようとしたのです。見つかった時、一か八かの武器になるから。そのうち思いがけず、ここで不発弾が暴発したんです」

誰もが混乱した面持ちで芹を見つめた。不発弾——今の時代、そんな物が手の届く所に転がっているというのか。

「河村さんの刺殺、大伯母さまの撲殺、シャンデリアの落下も含めたその他の未遂事件、石山先生殴打事件、もちろん靖夫さんの毒殺も……全部ここで死んでいる、この人の仕業だったんです。そしてもう一つ、七年前のお祖父さまの殺害も、彼が犯人です」

がさりと音がして、足元の覚束ない宏明が座り込んだ。じっと何かを見つめている。石山も振り返って、飛び散ったデニムの切れ端とともに、すぐそばに落ちている何かに目を止めた。汚れてはいるが、不思議にそれだけ無傷——それは石山も持っている、あの大山祇神社のお守りなのだった。

幕間　八月十一日　午後二時三十分

昼下がり脇田は一人、ムジークを訪ねた。

台風は自転車並みの速さで西日本に近付き、その後、角度を変えて日本海へ抜けた。いまだ、風は強いが次第にそれも収まる感がある。店に入ると客はほとんどおらず、マスターのかわりに年輩の女がレジに座っていた。気配に顔を上げたが、脇田を見て会釈しただけで目を逸らす。

「マスターは、留守ですか」

「……はい」女はのろのろと顔を上げる。マスターに近しい人間なのか、その顔にはほとんど表情がなかった。元は美人だったのかもしれないが、黒ずんだ目のまわりには皺や染みが目立ち、ひどく疲れた感じがする。

「いつなら会えますか」

「さあ、ご用むきは？」女は警戒心を露わにして尋ねた。

「伺いたいことがあるんです……八年前の『人形の情念殺し』について」

女の目に恐怖の色が浮かんだ。が、一呼吸置いて脇田がまた口を開こうとしたとき、いきなり非常識なほど乱暴にドアが開き、長いスカートをはいた若い女が飛び込んで来た。

「菜摘さん……」脇田は啞然とした。それは先日と同じ、いやそれ以上に涼やかな菜摘の姿である。フォークロア調の服装に合わせて長い髪を分け、額に細いテープを巻いていた。

何故、急に現れたのか――今、まさにやろうとしていたことを見抜かれたような、居心地の悪い焦燥感に襲われる。菜摘は驚いたように目を輝かせた。

「まあ、脇田さん？　こんにちは……って、呑気なこと、言ってる場合ではありませんでしたわ。おばさま、どうしましょ。私、今そこで車をぶつけてしまって。お店の看板が割れてしまったの」

女と脇田、それから二、三の客が菜摘とともに外に出て、その光景に立ちつくした。例のスカイラインが狭い路地に無理矢理入り込んで、妙な角度で停まっている。角を曲がりそこね、あげく切り返しに失敗したのか、ムジークの立て看板にお尻をぶつけたままドアも開けっ放しで放置されている。葉書と同じデザイン看板は、蛍光灯も無事で角にヒビが入っただけだが、車はすり傷だらけ。ことに電信柱に当たったバンパーには、ぽっかり見事なへこみが出来ている。

「古い看板だし、近々取り替える予定みたいだから構いませんよ」女は苦笑いした。留守に即答出来るのだから、やはりただの店員ではないだろう。マスターの母親、すなわち菜摘の伯母では、と脇田は思った。

「それよりナッちゃん……怪我はない？」女が優しく尋ねた。菜摘を見る目はいかにも温かい。

「私は平気です。でも……どうしましょう」

女は車こそ早く修理に出すべきだと言い、菜摘は気が済まないので看板代金を負担させて欲しいと言い、実りのない水かけ問答はしばらく続いた。が、菜摘は結局、脇田の家賃一月分ほどの金額を、あっさりチロリアン模様の財布から取り出して女に押しつけた。

始末が終わった時、脇田はもうムジークに戻る気をなくしていた。菜摘に促されて傷だらけのスカイラインに乗り込むなり、つい咎める口調で言う。「俺、来たばかりだったんだけど」

「知ってますわ。入って行くのが見えましたもの」

「え？」耳を疑う。まさかすべて知っていて妨害したのか——ありえない疑惑がわき上がった。

「ええ。そう」菜摘が脇田の心を読んだかのように頷いた。錯覚だ。脈拍が速くなった。

「……さっきの人は？」

「伯母です、隼人さんのお母様ですの。息子に会うため、時々ああしてお店に来られるのです」

伯母は隼人が五才の時、嫁ぎ先を出奔し、今は別の家庭があるのだ、と菜摘は言った。

やがて車は滑らかに高速に乗る。やはり運転は上手かった。さっきのどたばたが嘘のようだ。

「どこへ……行くの？」

「しばらくドライブに付き合ってくださいね。目的地までまだ当分かかりますし、マスターに会って話すつもりにしてたらしたこと。まず、私に教えて頂きたいの」

脇田は呆然と、ハンドルを握る菜摘の顔を見た。それは穏やかだが、これまでの菜摘にはない冷たい壁を感じさせた。

「『人形の情念殺し』。脇田さん、それについてお調べになったのでしょ」

「え……」

「奥様を殺した犯人は、どのようにして蔵から姿を消すことができたのでしょう。お願いします……八年も経っているのに、隼人さんは未だに奥様の死から逃れられないの」

「……そう」どす黒い嫉妬にかられる。

菜摘は頷いた。「隼人さんは……とても苦しんでいるのです。奥さんを助けられなかったことで、ずっと自分を責めて。何度も死のうとまでなさって……」

年月が流れたとはいえ、誰にでもそんな話はしないだろう。菜摘にだからこそ話したのだ。菜摘には作為もないまま、人を懐柔するところがある。心を全て開き、何もかも話してしまいたくなる何かを持っている。しかし——それだけだろうか。脇田は、男の目に一瞬浮かんだ色を思い出す。あれは脇田と同じ歪んだ色だ。菜摘に惹かれながらも、近しくいられない濁った心。

絶望的な思いが脇田をとらえた。しかし、菜摘の心が自分にないからといって、無下に傷つけることなど出来なかった。だからこそ、菜摘に隠れて一人、あの店へ行ったのだ。

「色々考えてみたけど……俺には、無理だったよ」

「嘘をつくと、閻魔さまに舌を抜かれますわよ」菜摘は静かな口調で言った。

「……どうして」脇田は喘ぐ。「本当に……分からないんだ」

「仕方ありませんわね」菜摘はハンドルを握ったまま静かに言った。「では私からお話ししましょう。脇田さんのこと、前にセッちゃんから聞いたことがありましたの。英才と呼ばれ、鉈のように頭の切れる方だって。だから……ごめんなさいね。お会いしたのをよいことに、わざとあの店へ運んで頂いたの。脇田さんなら『人形の情念殺し』の謎を解くことが可能だと思ったので」

「え……」

あの時、故意に葉書を落として、脇田をムジークに呼び寄せたのか。脇田の気持ちを知っていて、まんまと利用したというのか。それほどまでしてあの男を救いたいのか。思いも寄らぬ菜摘の策略に脇田は声も出なかった。

「奥様を殺した犯人は、どうして蔵から姿を消すことが可能だったのですか」

菜摘は緩いカーブを曲がりながら、再度そう繰り返した。

俺はどうしようもない道化だ――。暗い怒りと空しさの中、菜摘の望まない事実を全て暴き、あの男もろとも地獄へ叩き落としてやりたい――残酷な衝動に駆られる。

「聞かない方がいいかもしれないよ」脇田は前を走る車のテールライトを見つめながら言った。

「……後悔、するかも」

「お気遣いなく」菜摘の声が冷たく響いた。

脇田は唇を噛む。嫉妬と自己嫌悪でさらに気持ちが淀んだ。しばらく沈黙した後、脇田はおもむろに話し始めた。

「……文潮の記事に、呼び鈴を鳴らしても返事がない、という記述があったね。あれがまず引っ掛かったんだ。なぜ、蔵に呼び鈴などあったのか……」

話し始めるともう、後戻りはできなかった。

「呼び鈴？」菜摘は形のよい眉をひそめる。「確かにそうですね。蔵というのは大抵、狭くてワンルームだし、中から鍵を掛けることもない。呼び鈴なんて付ける方が珍しいわ」

脇田は頷いた。あれだけ腹を立てていたにも拘わらず、無邪気な表情に自然と口調が和らぐ。

「呼び鈴というのは普通、ハンマーでベルを叩くことによって、金属音を出しているよね。鉄心に電線を巻いた電磁石に電流を流し、瞬間的に磁力を発生させるんだけど、ハンマーは鉄片と一体になってて、その磁力にハンマーが引きつけられベルを打撃する……そういう仕組みなんだ」

夕焼けが直に差し込み、菜摘はサンバイザーを下ろして光を遮りながら、黙って頷いた。

「でもそれなら、鳴らすとくっついて止まったまま。一度しか鳴らない。それで打撃と同時に、電流を遮断するメカニズムを作るんだ。電流が遮断されることによって、ハンマーの位置が元に戻り、再度電流が流れてまた磁力が発生する。そして磁力に引きつけられたハンマーがまたベルを打撃する。それが一度ボタンを押すだけで、継続的にリリリンと金属音が鳴る理屈だけど……分かるかな」

「ええ……何となく」菜摘は大きく頷き、柔らかそうな髪の毛が西日を反射した。

脇田はため息混じりにレザーのシートに体を沈める——。

やはり、憎むなんて無理だ。いくら自分の手の届かない所にいようと、道具のように利用されようと、彼女を傷つけるくらいなら、自ら巨大な有刺鉄線の束にダイブする方がましだ。ただ、どうすれば菜摘を守ることができるのか、無力な脇田にはそれだけがどうしても分からなかった。しかたなくただ、見切った真実を話し続ける。

「そして、電線の電流を遮断する時……その仕組みは複雑だから省くけれど、微小な火花が発生する。そこに火薬が接触するなら、ベルを鳴らすと同時に爆発を起こしたり、あるいは火薬の調整によってはゆっくりと、火災を発生させることが可能になる。火薬と言っても特別なものじゃない。黒色火薬なら、原料は硝酸カリウムや硫黄や素人でも入手が簡単なものばかりで、昔からごく普通に使われて来た……」

「硝酸カリウム？」

「うん。べ、トイレから手に入れることもできるらしいけど。薬局でも買える。一番簡単なところでは、花火を分解することかな。ただ、それだと爆発事故を起こす可能性があって、少々危険だけどね……」気付かないうちに頬を撫でながら、そう付け加える。

「……そう言えば」少し考えて菜摘が言った。「人形は棚から下を見下ろす形で、置かれていたのでしたわね。それはまるで人形が青銅の壺を上から落とし、奥さんを殺害したように見せるための演出に見えますけど、一番の目的は呼び鈴と火薬、そして人形を接触させて、火元を曖昧にするためだったのですね」

「うん……」

脇田は内心、菜摘の迅速な理解力に舌を巻いた。そして一瞬、隣にいるのは若名で、架空の姉を演じて脇田をからかっているのではないか、とまで思った。

「呼び鈴はたぶん、人形が座っていたすぐ上当たりに位置していたんだろう。人形と呼び鈴の間に火薬を仕掛けて置けば、じわりと発火して人形に燃え移る。あたかも人形が火元のように見えるんだ。煙草の吸い殻とは思えない謎の火元……それが、情念から自然発火したと思わせるカラクリなんだよ」

いつのまにか謎を解く楽しさに嬉々とし、調子に乗って喋りすぎたことに気付く。しかし菜摘は頷き、アクセルを踏み込んでスムーズに前の車を追い抜いた。

「発火の仕組みはよく分かりました。では、奥さんを蔵の外から殺害した方法は？　なぜ蔵の戸を隔て、青磁の壺で奥さんを殴ることが出来たのですか。呼び鈴が鳴ってその振動で壺が落ちたとしても、奥さんがちょうど真下にいて、上手く頭に当たってくれるとは限らないでしょう？」

「え？」淡々とした物言いに脇田は耳を疑った。

「ですから……隼人さんはどのような方法で、奥さんを殺したのですか」

菜摘はさらに尋ねる。男への愛情など、微塵も感じられないあっさりした言い方だった。

まさか——呆然とする。

皆本に惚れているふりをし、わざと嫉妬を煽って俺に謎を解かせたのか——。

脇田はやっと大きな誤解に気付いた。隣にいるのは若名どころではない。若名より数倍したたかで強い、彼女の姉なのだ。

八月十一日　午後四時五分

食堂は、生き残った滞在客と警官たちでほぼ満杯になっていた。

「誰なの……爆発した、のは」京美が芹に尋ねた。「まさか……」

「そう、今、ここにいないのは、ただ一人だけですね」

「いないのは……」石山は恐る恐る、まわりを見回す。

「そう、彼が犯人だったの」芹は静かに頷いた。

「でも、お祖母さんが殺された時、彼は僕と一緒にドアの外にいて、殺人の様子を一緒に聞いていた……」

「そう、大伯母さまの『声』を聞いていたのよね。でも実際見てはいなかったわ……」

＊

「どういうことですか？」菜摘は眉を上げた。

しかし運転は乱れることなく、軽快に車線変更してインターチェンジから進入するトラックを避けた。そのままトンネルに入る。

「分かってみれば、ごく単純なことなんだ。奥さんがマスターに殴られて死んだのは、伊達さんが悲鳴を聞くより以前のことだった。そして奥さんが『助けて』と悲鳴を上げたのはそれよりも更に前。たぶん彼は、奥さんと故意に言い争いをして怖がらせ、悲鳴を録音していかにも蔵に眠っていそうな旧型のテープレコーダにセットしていたんだろう」

脇田は一度言葉を切ると、等間隔で後ろに流れて行くナトリウム電灯を追う。もしかしたら皆本は常習的に妻に暴力を振るっていたのでは、とも思ったが、敢えてそれは言わなかった。

「録音……」菜摘はハンドルを握ったまま、鸚鵡返しに呟く。

「そう。録音した声を編集して、いかにも危機迫ったシナリオを作り上げる。目撃者……ここでは聴取者だな、伊達さんを証人に仕立て、いかにも自分も証人の一人であるように、見せかけたんだ」

＊

「……じゃあ、夜中に僕が二階で聞いた声は……」

石山が目を見張った。

「そう。ICレコーダの声。本体部と電池部を分離すれば、中からUBSコネクタが現れる最新のタイプね。タイムラグなしで、インデックスマークが付けられる。それで携帯より薄くて小型なんだから、本当に便利な機械よね。でも失敗は許されないし、あらかじめ二人の間で行われた会話を録音して、あの夜、自分に都合のよいように編集していたの。臨場感を高めるための音響技術も満載で、ステレオどころか、自然な立体音場感まで出るらしいわ。音楽専門のポータブルプレーヤー顔負けね。それをポケットに入れてドアに体を押し付ければ、まるで部屋の中から聞こえたように錯覚させることができる。昔、文字おこしに使われていたボイスレコーダなんて比べ物にならない音質。でも一度はヘッドホンをはずして、実際の音の大きさや方向を確かめておく必要があったのね。それをたまたま、通りかかった先生が聞いた……大伯母さまはここ何年も、二階には上がっていないわ」

「では石山さんたちがドアの外で声を聞いた時、すでに夫人は……」吉見が唸る。

＊

「……亡くなっていたんだ」脇田は頷いた。

「発火装置や、テープレコーダは余裕を持って蔵の中に仕込んで置けただろうけど。犯行時間はさほどごまかせない。伊達さんが来る時間には奥さんを殴って殺害し、蔵の施錠をきちんとして置かないと間に合わない。伊達さんって人、来ることは確実でも細かい時間を約束してたわけじゃないんだろ。だから司法解剖で分かる奥さんの死亡推定時刻をなるべく不確かにするため、わざわざ発火装置を仕掛けたんだ。大の男が二人現場にいれば、ぼんやり火事を見過ごしてはいない。火事じたいがぼや程度でも、庭の水道から放水して水浸しにすることで、遺体の状態を悪くし、死亡推定時刻を曖昧にしたんだ」

「でも、水を掛けたのは伊達さんで……」

「うん。それこそ、どうしてわざわざ蔵を現場に選んだか……だね。向かいに水道があり、水まき用のホースを繋いだままにしていれば大抵の人間はとっさにそれを使うだろう。火で焼き、水を掛ける。それだけで、時間を大幅に稼げるんだ」

「時間……」菜摘は首を傾げた。

*

芹は答えた。「そう。それほど前だとは思えないけど、その時間を曖昧にするため、わざと小窓を開けて水浸しにしたのよ。台風で、あんな上の窓が開いていれば、部屋中水浸しになるのは当然でしょう。人形も、傘もおまけ……本来の目的を隠すための演出ね」

「演出……」石山の背筋に汗が流れる。そのためにあれほど不気味な情景を作ったのか。

「私、人形が見当たらなくなってからずっと捜していたの。前日、レモネードを持って行ったのも、人形がないか確かめるため。あの時、確かに大伯母さまの部屋に人形などなかったわ。殺害の時、小道具として持ち込まれたのよ」芹は言う。

「じゃあ、エアコンが最強だったのも……」吉見が顔をしかめた。「あの部屋の異常な環境は、全て必然性があったということか」

「ええ。いくら何でも、ほんの数分前に亡くなった大伯母さまの体が、冷たく硬くなっていたら、変でしょう？　たぶん台風で吹き込んだ雨だけでなく、わざと水を掛けてびしょぬれの度合いを高めていたのだと思うわ。そして冷気を体に直撃させておけば、判断はかなり難しくなる。警察が来るまで時間が掛かるだろうし、大戸木先生さえ騙すことが可能なら、数時間程度の誤差を埋めることは充分可能だったのよ」

＊

「でも……」菜摘は言葉を選びながら、慎重に言った。

「古いテープレコーダが蔵の中にあったとしても、不思議ではないけれど……それをどのようにして動かすの？　タイマーを付けたとしても、ちょうど伊達さんと一緒に蔵の外で聞くために、時間を調節することはできないでしょう？」

脇田は頷く。当然の疑問だった。「蔵に呼び鈴があるのは不自然だけど、灯り取りのため、百ボルトの電灯線くらいあって当然だよね。そこに予めレコーダを繋いでおくんだ。そして呼び鈴のメカニズムで起こった電流を、リレー装置を経てテープレコーダに接続する。そうすれば、呼び鈴を押したと同時に電流が流れ、リレー装置によって人形の発火と、テープレコーダの作動を同時に行うことが出来るんだ」

「でも……呼び鈴で発生させた火花は、火薬を直に接触させることができますけど」菜摘は更に考え込むように、前を向いたまま首を傾げた。「リレー装置やテープレコーダに電流を流すためには、どうしても最小限の電線が必要ですわ。火災はさほど酷くはなかったのですから、この場合、どうしても導線が残ってしまうのではないかしら。テープそのものがだめになったとしても、すぐに蔵を調べれば、呼び鈴からレコーダへと繋がれた導線を見つけることができますし、その不自然な配線からいずれ、呼び鈴のシステムそのものが見破られてしまうのではないかしら」

脇田は菜摘の聡明さに、軽い興奮さえ感じて言った。

「もちろん。普通の、銅で出来た導線ならしっかり残ってしまって意味はないね。だからそれを隠すために、電流を流した後、自然に消えて残らない物を使えばいいんだ」

「残らない物？　そんな都合のよいものがあるのですか」菜摘は緩くアクセルを踏んだ。

「うん、週刊女性ナインの記事に、彼の家が江戸時代から続く、元は大阪池田の荷捌所だったたってあったよね。池田の荷捌所は元々池田炭で有名な炭の卸問屋なんだ……炭、竹炭を使用して細い線を作る、あるいは炭素繊維を使えば、たぶん導線も残らないと思う……」

「炭……」菜摘ははっと息を飲む。

「そういえば……ダリアの水栽培にも……」

ムジークの窓際に並んだ水栽培は、夏というのに根が腐ることもなく、見事に咲き誇っていた。水を濁らせないため、グラスの一つ一つに木炭の欠片が入っていたのだ。

「炭には色んな働きがあるからね。黒色火薬を混合する場合にも、木炭を約十五パーセント使うんだ。黒色火薬そのものは湿気を帯びやすくて、発火の確率を下げてしまうこともある。だから乾燥剤としてもまた、竹炭を使う……埼玉へ移ったとはいえ両親の代まで炭問屋をしていたなら、ずっと家で過ごしてきた彼に、豊富な炭の知識があっても不思議ではないからね」

＊

「確かに、夫人の声はドアのすぐ近くで聞こえたけど……レコーダなんか、使っていたのか」

石山は記憶を辿った。

「そう言えば……」

ふと、彼が小さいボイスレコーダをパソコンに繋ぎ、鮮やかなキータッチで文字起こしをしていたことを思い出した。

「そうよ」芹は頷いた。

「ジム倉内さん、こと、斉藤さん。彼が全ての犯人なの」


一斉に辺りがどよめいた。

吉見が慌てて、その後を引き継ぐ。

「確かに爆発による被害者が、倉内さんであることは間違いありません。まだはっきり断言はできませんが、爆発物の存在も明らかです。不発弾の可能性が高いそうです。それがどこにあったのかは、まだ調査中であります……しかし彼が犯人であるという証拠はまだ何も……」

京美は驚いたように目をしばしばさせている。部長は皆を威圧するように見回した。

「最後に彼に会ったのは誰ですか」

「たぶん、私です」芹が言った。感情はこもってはいないが、彼女にしては幾分しおらしい口調だった。

「スイカを部屋に持って行きましたから。その時に私、倉内さんに言ったんです。あなたが犯人でしょう。自首してくださいって……」

石山はふと『犯人をぶっつぶす』という芹の言葉を妙な気分で思い出した。しかし倉内の死因は不発弾による爆死だし、芹が直接『ぶっつぶした』訳ではないだろう。尋常でない状況で人が死に、その直前、彼に会って話をしたことを考えれば、いくら芹でも神妙に控えて当然かも知れないとも思えた。

壁にもたれたまま、それまでずっと黙っていた雄が体を起こした。「何だよ。それ。死んじゃったからって、全部あいつに押し付けようとしてるんじゃね?」

「そう思う?」芹が、離れたところにいる雄に頷いたので、皆テニスの試合でも見るように視線を行き来させる。

「でも残念ながら彼が、犯人であると思えるポイントが随分あるの。一つ一つ挙げるのももどかしいくらい」

強気な発言に、石山は息を飲んでそのポイントとやらを待つ。芹は前を向いて、また誰に言うでもなく語り始めた。

「まず今回、生き残ったにも拘わらず一番危険な目に遭ったのは誰でしょうか」ギャラリーの視線が自分に集中したので、石山は慌てて手を振った。「僕は……」

芹はお構いなしに「河村さんが犯人に都合の悪い秘密を知っていたから殺された、とする説は、申し訳ないけど絶望的です。それは新米刑事が有給を取って靖夫さんの事件を調べに来る、という、さして意味もない内輪情報だったからです」

「ちぇっ」雄が顔をしかめる。意味がないと切り捨てられた吉見も、横を向いて小さく舌打ちした。演説調になると、堅い言葉遣いがさらに、わざとらしく聞こえて気に障る。

「河村さんは石山先生と間違えられたのです。殺人計画は何度も変更を余儀なくされ、多分に流動的だったと思います。最初はシャンデリアに細工し、落下事故に見せかけるつもりでした。でも失敗し、石山先生は死ななかった。さっきシャンデリアの鎖を証拠品として警察に提出しましたけど、外れ易いように輪を広げてあることは確認済みです。その傷に一致する用具の在処を捜して見るのもまた一興でしょうね。シャンデリアの落下、ベランダにおける刺殺、睡眠薬による溺死未遂……事故や偶然に見えその実、石山先生に集中している執拗な作為は、裏返すと石山先生こそ、殺されるべき人物だったことを物語っているのです」

石山は複雑な気持ちで息を吐いた。芹の話を全て信じたわけではないが、溺死未遂に限って言えば、確かに石山自身狙われた事実を否定できないのだ。

「河村さんは気の毒でした。体型が似ているし、身長も同じくらい。髪型も後ろから見ると似ています。それに河村さんは運悪く、石山先生と同じパーカを着ていたんです。それによって犯人は間違えて別人を殺してしまう、という致命的な失敗をしました」

美奈の気持ちを考えると申し訳なくて、石山はとてもそちらに目を向けられなかった。が、いつから芹は、石山が標的になっているなどと考え始めたのだろう。おかげで死なずに済んだようなものだが、その理由を考えるとどうしても納得がいかないのだった。

「悪条件が重なったのです。雨で空が暗かったことに加えてベランダは元々、石山先生の部屋の隣でしたから。それに食事中も石山先生は台風に対する備え……ガラスに目張りしないかとか、物干しを下ろさないのかとか、そういう細かいことを気にしていましたし……それまで犯人が行ってきた、毒を盛ったりシャンデリアに細工することとは違って、包丁で人を刺すというのはダイレクトな分、精神的にも体力的にもプレッシャーが大きかったのです……」

「青酸は使いたくなかったんだね」雄は青ざめて言った。

芹は大きく頷く。「靖夫さんの事件。せっかく自殺ということに落ち着いているのに、同じ手口で関連を持たせて蒸し返すのはまずいものね。倉内さんにすれば、強盗でも事故でも靖夫さんとは別件で石山先生を殺してしまえば、それで一件落着。殺人者廃業のつもりだったのです」

「でも……どうして僕を……」

はやる石山の言葉を抑えて、芹は話し続ける。

「まずはポイント一つ目。あの、パーカです。あれは考えようによっては、リトマスペーパーなのです。パーカが石山先生のものだと知っている赤グループ。そして河村さんのものだと知っている青グループ。その交わる紫グループにいるのが、宏明さんでした」

怠そうにテーブルに肘をついていた宏明は、自分の名前が出るとぎょっとしたように顔を上げる。

「あんな缶飲料のロゴ入りで目立つパーカ。もし、河村さんが同じものを持っていることを知っていたなら、犯人はもっと気を付けて人物確認をしていたはずです。ですから犯人は『石山先生が着ているのを見ていて』かつ『河村さんが着ているのを見ていない』赤グループに属する可能性が高いのです。あれ、ナイロン製で便利は良さそうだけど、いかにもメーカーの宣伝めいて、着るのに勇気が要りますし。石山先生は観光で大三島に行った時も、釣りの時も一度も着てはいませんでした。だから雄くんも私も、先生があんなパーカを持ってることすら知らなかった。そして河村さんが以前、あれを着ていたのは私が知る限り、七日の明け方。釣り船が出る前。私はジョギングしていて、宏明さんと河村さんが船の前で一触即発、睨み合ってるのを見掛けたのですけど……あの時、石山先生は船の中にいて、私にも河村さんにも気付かなかったのです。だからあの朝、河村さんのパーカを見たのは、宏明さん。雄くん。大戸木先生、そして私。の四人だけ。そうですね、宏明さん」

「あ……ああ」宏明は怪訝そうに頷いた。

同じパーカが存在することを知らず、血まみれの河村が自分のパーカを着ていると思った石山。それは河村のものであり、石山のパーカは自分が預かっている、と説明した宏明。

「先生があれを着たのはいつ？　私、見たことありませんけど」

芹が声を掛け、皆の視線がまた石山に集中した。

「……シャンデリアが落ちて、衣類からガラスの破片を取り払ってる時だ。ナイロンだし、破片を避けられそうだったから」

たぶんあの時だけだ。そういえばちりとりを借りに廊下に出て、ちょうど部屋を覗き込んでいた宏明と倉内に声を掛けられたのだった。だから宏明だけが集合論で言う、交わりの部分に当たるのだ。

酔った宏明に『どいつもこいつも、キャンペーン会場か』と言われたことを思い出す。そう考えると、どちらも知らない京美はともかく、背中にある缶珈琲のロゴを目にして即、石山だと思い込むのは、確かに河村のパーカを見ていない倉内くらいだ。

「こじつけだよ……そんなの」雄がどうしても認めたくない、とでもいうように反論する。しかし本心では悔しがっているのが十二分に伝わった。「服なんてもの、興味ない人には意識素通りじゃん……証拠になんかなるかよ」

しかしあの巨大なロゴは、お洒落に気を遣わない人間にも多分に印象に残りそうではあった。だからこそ服装にこだわらない石山も、あまり袖を通さなかったのだ。

「そう……じゃあ、ポイントその二に移りましょうか」

芹は案外あっさりと引き下がった。「睡眠薬はどう？　石山先生と、倉内さん。同じように睡眠薬を盛られたでしょう。一口しか水を飲んでいない先生が、あんな危険な状態になっても気付かなかったのに、半分近く飲んでしまった倉内さんは、外へ這い出して自分で不調を訴えられるほどしっかりしていたわ。回復が遅れたように振る舞ってはいても、一瞬で前後不覚に陥り溺死しかけた石山先生とは、明らかに違う。流れから見て睡眠薬は、五百のペットボトルに同じ程度入っていて当然ね。たぶん倉内さんの部屋に残ったボトルには、結構な濃度で薬が混入されているでしょう。にも拘わらず症状に違いが出たのは、彼が少量飲んだだけでかなりの量を捨ててしまったから。同じ条件ならば、倉内さんも一口で眠り込んでいたはずよ」

雄は腕を組んで少し考えていたが、おもむろに顔を上げた。

「倉内さんのボトルには、マジでそんなたくさんの睡眠薬が入ってなかったんじゃね？　先生が助かっちゃったからさ、事故に見せかけようにもいずれ、睡眠薬を使ったこともばれちゃうでしょ。だから無差別殺人ぽくして、先生を狙ったっていう動機を隠すため。倉内さんはダミーとして使われたんだ。あとでまた睡眠薬を使うかもしれないから、ダミーの倉内さんには節約した」

気が付けばいつのまにか雄までが、動機も分からず石山＝メインターゲット説に同心している。芹は肩を竦めた。

「大伯母さまの部屋から消えた睡眠薬は、たっぷり三週間分はあったのよ。台風が去って警察がくるまでせいぜい一日。節約する必要などないわ。それに、犯人はそれまでに河村さん、大伯母さま、二人も殺してるの。ダミーであっても情けを掛ける必要はない。わざわざ危険を冒して部屋に侵入し、水に睡眠薬を混ぜるのだから、死んだり重傷を負ってくれてこそ、苦労も報われ、ダミーの役割を果たすのじゃない。もし調べたボトルの濃度が低かったとしたら、どうして倉内さんだけが冷酷な犯人に温情を掛けてもらえたのか、想像に難くないってとこね」芹は一つ片付いたとばかりに言葉を継ぐ。

「そして、ポイント三。間接的な証拠はこれで最後ですから、我慢して聞いてね」

「ちぇっ」雄は鼻の上に皺をよせ、顔を背けた。

「河村さんの刺殺。私たちは台風の中、アリバイの供述をしたわね。倉内さんはその時、ある意味、大胆な供述をしたわ。大胆過ぎて誰も不審にも思わなかったようだけど」

石山は思い浮かべようとしたが、彼のアリバイなどほとんど記憶に残っていなかった。

「……わかった。シャワーだ」京美が悔しそうに言う。

「そう、眠気覚ましとか言ってたけど、気を付けたとはいえやはり少しは返り血を浴びていたのね。シャワーを浴びてすぐ、思いがけず京美さんが部屋に来た。見られてしまった以上、誤魔化して不審に思われるより、さり気なく白状しておいた方が良策と考えたの」

芹はそう言ってからまた、雄を振り返った。

「雄くんが兄に『あんた、何者なんだ』って詰め寄ったでしょう？　あの時、私もふと考えたの。お祖父さま、大伯母さまに恨みを持ち、地獄から蘇ってまで復讐しようとする人物、倉内とは、果たして何者か……視点を変えただけで壺の絵が、向かい合った人間のシルエットに変わるように……彼はまったく別の登場人物ではないのかしら……って」

「え……」京美は青ざめて声を上げた。

「彼はジム倉内ではあり得ないの……でも、その理由はまた後でお話しすることにして」

「余計なことは言わずに、知ってることだけをきちんと話せよ」

「いいから。君は黙っておれ」おろおろと口を挟んだ吉見を、部長は低いがドスの利いた声で怒鳴りつける。個々の事情聴取は一応済んで、特別に場を設けたものの、捜査途中の異例の会合などあまり褒められたものではないのである。

芹はしなやかな指を組んでしばらく考えている様子だったが、やがて思い切ったように口を開いた。

「一連の事件はもちろん靖夫さんのことも含めて、すべて倉内と名乗ってこの屋敷に来ていた斉藤さんのしたことです。彼は靖夫さんを毒殺し、そのおっかなびっくりの犯罪が完全犯罪として成功したとみると、また危険を冒して一年後にこの島に帰ってきました。でもそれは殺人者が現場に立ち戻って状況を探る、という訳ではなく『恋する男の人』としてです。彼は、真に京美さんを愛していたのだと思います。倉内さんは二度と、その手を血で汚すつもりなどなかったのです」芹はそこで一度息をつくと言葉を止めた。皆、黙ったまま、じっと芹の一挙一動を見守った。

「ではどうして、再び殺人劇の火蓋が切って落とされたのか……そしてそのターゲットが大伯母さまはともかく、偶然ここを訪れた石山先生でなければならなかったか……」

ごくりと誰かが喉を鳴らした。それ以外誰も口を挟むことはない。

「ここでちょっと、倉内さんの気持ちになって考えて見てください。平穏に過ぎていたバカンス。過去の犯罪は闇へと葬られ、愛する人との再会……そこにある日、雄くんの学校の先生、石山氏がやって来ます……そういえば、京美さんは初対面の時、何となく先生と話をしたことがあるような気がしたのですよね」

「……そうね。でも会って話した人を忘れないのが、私の特技だし。勘違いだったのでしょう？」京美は眉をひそめて石山を見た。

「いえ、それが一度……」石山は口籠もる。これだから嘘や隠し事は苦手なのだ。

「僕が隠せって言ったんだ」雄が慌てて言い訳した。「去年、姉さん、怪しい男が島に電話してきたって気味悪がってたでしょ。あれが先生だったんだ」説明を聞いて、京美は納得したように頷いた。

「だったら、そう言ってくれればよかったのに……」

「すみません」石山が恐縮するのを後目に、芹は話を続ける。

「いきなり現れた数学教師。一見好人物で、さほど切れ者とも思えない。しかしどうやら彼は何か隠しているようなのです……そう思うと、何気ない一挙一動に裏があるようで気になって仕方がない。思いあまって倉内さんは、探りを入れるため石山先生の部屋を訪ねます。するとなんと彼は全て知っているぞと言わんばかりに、決定的な証拠を目の前で誇示して見せたのです」

「え……」部屋中の視線が石山に向けられた。だが一番驚いたのは石山自身だった。慌てて手を振って体を引く。

「そんな……僕は一切そんなことしていません、第一、何も知らないのに、何が出来るって言うんですか」

「そうだよ。何、言い出すのかと思えば」雄だけはさすがに、胡散臭そうに芹を見る。

「それはね……先生。本当に分からないの？」

そう言われてもまだ、石山には、芹が何を言いたいのか見当もつかなかった。確かに最初の夜、彼は石山の部屋に来た。その時話したのは、仕事のこと、京美のこと。それもさして発展を見ないまま、雄と芹が割り込んでしまったではないか。芹はため息を吐いた。

「靖夫さん、石山先生、犯人。三人を結び付け、犯人の意図を表徴する物的証拠。それは石山先生が島に持ち込んだ本『時限人魚』だったのです」

「本……」雄が目を見開いて言った。

「本って、あの泣ける恋愛小説の？」

「あれはただ、電話番号を渡すメモ代わりであって……別に意味なんかないよ」石山が呆気に取られて言うと、芹はおもむろに頷いた。

「ええ。石山先生にとっては。そして靖夫さんにも、そうでした。ただの、メモ代わり」

「じゃあ……」

「靖夫さんから石山先生に手渡された『時限人魚』、あれは現代版人魚姫の物語でした。日本人の男を愛し、恋が破れて海の雫になってしまう、悲劇の人魚姫」芹の言葉に雄が頷いた。

「僕もあれから読んだよ。作者は女の人だろうと思っただけで、芹さんが言うほど酷いとも思わなかった。ヒロインはデンマーク人で、純粋で繊細。確かにアンデルセンの描く『人魚姫』さながら、だったよね。鷗外を気取った旅行者の中年男と恋仲になって息子を生み、十年後、息子を連れて日本に渡ってくる。しかし男は冷たかった。金を出すからもう関わらないでくれとまで言われる。それを聞いた彼女は笑って、自分もお金が欲しかっただけだと言う。これで息子と二人、何不自由なく生きていけるってうそぶくんだ。でも翌日、言葉とは裏腹、崖から飛び込んで海の雫になってしまう。彼女は人魚姫だから、恋が叶わなかったら死ぬ運命《さだめ》だったんだ。だけどさ、本当は男も人魚姫を愛していたんだよ。自分が不治の病で余命、幾ばくもないから、彼女に自分のことなど忘れ、強く生きてもらいたい……ってわざとお金だけ渡して突き放した」

新幹線の中で一度開いたものの最初の三ページで眠ってしまい、石山自身、その泣ける筋書きも知らなかった。しかし表紙に書かれた酷い筆跡だけで、倉内が靖夫を連想したのだとすれば、かなりの洞察力だ。しかし雄は別のことに思い当たったらしく、目を細めて馬鹿にしたように言った。「まさかあそこに書いてあった番号が、兄さんの携帯だって気付いたとか？　それなのに会ったことがない振りしてるし、何となくやばいから、殺しちまおうってか？」

「そんなはずないでしょ。今の時代、誰が他人の携帯番号なんて記憶してるのよ。自分の番号だって、時々忘れるのに」

「じゃあ、なんでさ」

芹は軽く息を吐く。そして石山を見てゆっくり言った。

「『時限人魚』――実は彼自身の著作、作者は倉内さんだったの。モチーフは彼の母親の物語。彼のお母さんはデンマーク人ではなく、純粋な日本人でしたけど。長くデンマークに住んでいたのでしょうね。目的は多分、陶磁器の勉強や買い付けあたりじゃないかと思うけど。倉内さんにとって母親は、永遠にガラスの心を持つ人魚姫に他ならなかったのよ……」

「え……」雄と石山は同時に声を上げた。

「……って、これは先ほど本人に確かめたばかりですけどね」

芹はそう言って肩をすくめ、今度は部長を振り返る。

「警察は靖夫さんの死亡時に屋敷にいて、彼に関わった人物を一応洗ってるはずですね。その時、彼が女性名義で『時限人魚』という恋愛小説を刊行していることも、調べはついていたのでしょ。でも警察は、それを京美さんを始め、田島家の人々に知らせたりはしなかった。彼の文筆業というのは周知のことだし、彼の詳しい筆歴などを紹介する必要もありませんから。彼が名乗っている『倉内』は元々ペンネームという触れ込みであったし、複数のペンネームを持っている人も多いので、彼が田島家でジム倉内と呼ばれていることも、疑問には思わない。本名も職業も隠していたわけではありませんしね。それが両者にとって盲点になっていたのです。彼は絶対的に、京美さんに自分の過去の私小説である『時限人魚』を知られたくはなかった。そこにその本を持って現れた石山先生は、彼にとって自分の過去だけでない、靖夫さんを殺した動機まで知っているであろう『脅威』だったのです」

「そんな。僕は何も……あの本を持って来たことだって偶然だし」

石山はそう言いかけて、はっと口をつぐんだ。はたして本当に偶然だったのだろうか。まさか靖夫は自分が殺されることを予感して、ダイイングメッセージの運び屋として石山を使ったのか。しかしその考えは、あまりに突飛で奇をてらいすぎる。

「そんなに隠したがる過去って何さ」雄が暗い顔で言った。誰にも闇の部分がある、とでも言いたいような口調だった。

「どんな生い立ちだって関係ないじゃん。小説は賞をもらって出版されたし、姉さんは相手の出自なんか拘らないよ。もともと倉内だって医者や弁護士、青年実業家なんて騙ってるわけじゃないんだし。姉さんはそういうエリートやお坊ちゃまには辟易してるんだから」

何も言わないが確かにそのとおりだろう、と石山も思った。

芹は頷いて京美をチラと見た。「そうね。まだ、そこはね。いいの。でも雄くんは本を読んだくせに、その鷗外を気取った中年の旅行者って言うのが、誰のことか分からなかったの?」

「……え」雄は初めて青ざめた。

「そうよ。その男についての詳細な描写があったでしょう? 口癖や吸っていた煙草、服の趣味まで。こんな一方的で独りよがりな恋愛小説、大伯母さまが読まずに済んだのは幸いだったけれど。読めばすぐに気付くでしょうね。それが自分の夫、田島翁ってことに」

「嘘……だろう」それまで黙って聞いていた宏明が、一度に酔いが醒めたように叫んだ。京美も青ざめた唇をわなわなと震わせる。

「じゃあ、倉内さんは……じいさまの子供ってこと?」雄がやっと、二人が口に出来なかったことを尋ねた。

「そうよ。あなたの叔父さんになるわ。京美さんとも叔父と姪。血縁的には三親等、彼も田島カラマーゾフの重要な登場人物だったの」

芹はそう言って、口を引き結んだ。

「大伯母さまが目白の家で怪我をした夜、わざわざ人払いをして話をした相手は他でもない、お祖父さま本人だったの。小説によると人魚姫は男の妻、つまり大伯母さまに会って話をしているけれど、たぶんそれは創作ね。ただ愛人とその子供の存在を知った大伯母さまは、夫の意思を確認したくてお祖父さまと二人きりになった。もちろん感情的にもなったでしょう……結局話し合いは決裂し、お祖父さまは家を出ていった。でもお互い頭を冷やすため、二、三日、家を空けようとしただけだと思うの。冷静でなければ、きちんと玄関を施錠し鍵まで持って出ないでしょうし。だけど大伯母さまは一人残されて動揺した。ヒステリー状態になってその場にあったドイツ製の人形を摑み、暖炉にくべて燃やしてしまおうと思った……夫がデンマークの隣国、ドイツから持ち帰った青い目の人形こそ、その時期といい地方といい、愛人を思い出させるものでしかなかったから……そして波立つ感情とショックに、勢い余って階段から落ち、怪我をしてしまったの。人形……すなわち愛人のもたらした愛憎、嫉妬、怒りのために、それ以後、歩くことが不可能になったのよ」

女傑と言われた刀自のあまりに女の部分に、石山は驚いていた。

「じゃあ、どうして……靖夫くんまで？」

大戸木医師が怖々口を挟んだ。芹はそちらを振り返って答えた。「靖夫さんはあれで、無類の本好きなんです。賞をもらった本や話題の本は、大抵購入して読んでいる。あの『時限人魚』も同様で、雄くんよりお祖父さまと接した年月が長いだけに、じき、登場人物がお祖父さまであることに気付いたのでしょう。靖夫さんの方から彼に接触したのかもしれないし、或いは逆かも。いずれにしても面倒なことは気にせず、人生を楽しむってところがありましたから。でも田島につれて来て、普通に経歴を紹介すれば、本を読んだ誰かが小説の秘密に気付いてしまうかもしれない……だからライターはライターでも、音楽関係と思えるペンネームを、靖夫さん本人が勝手に持ってきてつけてしまったの。開けっぴろげな靖夫さんが、わざわざ彼のペンネームを家族にのみ偽っていたこと。それも『小説に秘密が隠されている』と推測できる理由の一つね。それが四つ目のポイント……彼の思考傾向から推測すれば、実際にライターでジム倉内って人がいたとも考えられますけど、倉内さんもいずれ田島家の財産に対して権利を主張するつもりだったし、田島家の暮らしぶりにも興味もあったから。靖夫さんに乗せられふざけたペンネームを掲げて、下調べのつもりで島へとやって来たのね。でも彼はうっかり京美さんを好きになってしまった……複雑だから、最初は親等を勘違いしたかもしれないですけれども」

皆、鬱とした表情で黙り込む。

「でも、やがて気付いたのでしょう。自分と京美さんの結婚が不可能だということと……自分が田島翁の息子だってことは、靖夫さん以外誰も知らない。財産分与ではＤＮＡ鑑定でもしなきゃ立証できなかったことが、その時初めてプラスの要素になったのね。入るべき財産は惜しいけれど、お金や権利は京美さんにもかなり付いてくるわけで……なにより田島グループの次期後継者と見なされてる女性ですもの。相対的に見て、損はしないのです。後継者の夫という方が、愛人の子供というより立場的にも大手を振っていられる。欲と欲……相乗効果を呼んだのね。倉内さんは京美さんを手に入れられるなら、自分の身分は抹殺してもよいと思ったの」

芹はそこで水を飲み、ますます芝居がかってまわりを見回した。

「でもそれには一つ困ったことがありました。靖夫さんの存在です。靖夫さんだけは何もかも知っている。そして口の軽い靖夫さんが、自分の正体を京美さんやご家族に話してしまうのも時間の問題だったのです。そこで靖夫さんがミニジャムの瓶に入れて持っていた青酸カリを盗み出した……制作中、靖夫さんは絵以外のこと、全て忘れてしまう。それが青酸カリであったって同じ……靖夫さんの部屋でお酒を飲んでいる時、ふいに『そういえばさっき海岸で怪しい影を見た気がする』とか、『この島は泥棒に対して無防備過ぎる』だとか『気味が悪いから、自分はチェーンを掛けて寝るぞ』なんて、軽く刷り込んでおくんです……そして帰る間際に、隙だらけの靖夫さんの目を盗んでグラスに青酸カリを入れ『こんないい酒。もったいないから戻って飲むよ』と自分のグラスを手に、部屋を出たらばどうでしょうか……靖夫さんは感受性が強い分、とても怖がりですから。彼がドアを閉めた後、まんまと自分で鍵を掛けたんです。それも二重に。そして泣いている人形の前で一気にワインをあおった。それが毒杯だとも知らずに」

防衛本能が異常覚醒しちまってる――仲野の言葉を思い出す。どうせ用心深いなら、倉内の存在自体に危険を感じるべきだったのだ。石山は唇を噛んだ。

京美は顔を歪めた。「私たちそういう関係じゃありません。彼が私のことをどう思っていたかは知りませんけど、私は弟の友達っていう認識でしかありませんでした」

それは事実だろう。相手にされないと倉内自身も言っていたのだ。そういう不確かな愛情のためだけに、彼は靖夫を殺したのだろうか。

「……勝手だよ」雄は拳固を握りしめて言った。

「殺人なんて勝手でないとできないわ」芹は言う。「でもそれだけではないの。もっと重要な動機があった。それは靖夫さんがかねてから疑問に思っていたことでもあるの……お祖父さまの行方についてよ」

「愛人と逃げたっていう……あ」吉見が顔をしかめる。

「それは、家族がそう思いこんでいただけだった。そう証明されたのだけど……その愛人とは倉内さんのお母様のこと。お祖父さまが今どうしてるのか、どこにいるのか。靖夫さんでなくても倉内さんに尋ねたくもなる……」

宝の在処においても、祖父への興味が再燃するきっかけになったのかもしれないと石山は思った。

「お祖父様を殺したのも彼だっていうの？」

京美は青い顔で尋ねる。芹は静かに頷いた。

「あの小説の人魚姫が男に会う部分。何だか幻想的な描写ですよね。北の海のようで哀しく、まるでこの世とは思えない。場所や具体的な状況がないの。そしてその後、人魚姫の子供がどうなったか、全く描かれていない。それは筆者が事実にふるいをかけて、意図的に書けないことを削除し、ねじ曲げてしまったからなのよ」

芹はそう言って言葉を切ったが、まわりがじっと続きを待っている様子に気付くとまたすぐ口を開いた。

「お祖父さまは、愛人と子どもに会いに行っていたの。でもみんなが信じていたようにそのまま一緒に失踪した、というのは違うわ。お祖父さまは愛人とその子供に経済的に十分な償いをした後、大伯母さまの所に戻るつもりだったと思うの。最後に数日、親子水入らずで暮らして、不義理を謝罪し、将来や人生について息子と語り合うつもりだった。お祖父さまは、自分が病気であと数ヶ月の命だって知ってから、田島観音を建てたの。これまでの傲慢な部分を反省し、愛人と子供に出来るだけの誠意を示すには、うってつけの場所だったのでしょうね。家族として暮らしたのだから当然、食堂にあるキーボックスナンバーも教えるでしょうし……そのおかげで倉内さんはここで透明人間のように、どこの部屋でも出入り可能になったのよ」

「本当に、じいさま。余命幾ばくもなかったの？　小説の通り？」雄が喘ぐように言う。

「ええ、愛人と子供に対して禊ぎが済んだ後は、大伯母さまの足となって、残された時間を静かに過ごしたいと言ったそうよ」

「誰がそんなこと、お前に話したんだ？」吉見が驚いて尋ねると、芹は当然のように答えた。

「大伯母さま」

うっ、と吉見は喉をならす。

「なのに、お祖父さまは大三島に船を残し、愛人、子供とともに消えてしまった。最後の女として彼女を選んだ、と大伯母さまは考えて、死ぬまでずっとお祖父さまを許さなかったの。でも本当は、帰りたくても帰れなかっただけなのよ。倉内さんがお祖父様、実の父に見捨てられたと思って逆上し、刺し殺してしまったから。そして地下道をセメントで塗り固めてしまった……小説の子供は十歳だったけれど、それは日本に帰って来た時の年齢。その後十年が経過し、倉内さんは二十歳になってた。船を操縦することも出来たわ。だから今回も、船で逃走することに迷いはなかったの。小説の中で死んだのは人魚姫だったけど、実際命を奪われたのは父親であるお祖父様。たぶん、溺死のお祖父さまは地下道を彷徨い、田島観音までたどり着いて息果てた……三人水入らずで最後のバカンスを過ごしたいと思ってたから、誰にも告げず、内緒で船を動かして島に来ていたのよ。だからその後、倉内さんと母親が大三島に渡り、係留場の定位置に船を乗り捨てたことによって『ホテル王がふらりと失踪した』という逸話が出来上がってしまった。倉内さんはおびえる母親を連れ、父親にもらった大山祇神社のお守りと、表に出ることのないそれ相応の財産を手に、大三島から母親と二人で旅立ったの。やがて人魚姫は精神と体を病み、その三年後に亡くなった。そうやって悲劇の一幕目は閉じた……」芹は息を吐いた。

「倉内さん。お祖父さま殺害後、手帖を見つけて初めて、父親が重い病気だったことを知ったのですって。お祖父さまなりの美学かもしれないけれど、それで恨まれ、殺されていたのでは何の意味もないわ。お祖父さまは、妻にも愛人にも誠意の尽くし時を間違えたのよ……自業自得とはいえ気の毒だわ」

——自業自得。

しんと静まりかえった中で再度、吉見がおびえるように尋ねた。

「なんでそんなことまで、お前に分かるんだよ」

「推理ね。それと、言ったでしょ……細かいことは本人から聞いたって」

「いつ？」

「スイカを持っていった時よ」

「だあーっ。まったく……お前は」吉見は頭を抱える。

石山は、芹の過剰な出しゃばりで被疑者が死亡したことが、兄の監督不行き届き、責任問題に発展しないことを密かに願った。

「お話としてはよく分かったけどさ」雄はまだ食い下がる。「推理って……何を根拠にあの小説の作者が倉内だって言えるのさ。吉見さんから聞いてたの？　それってインチキじゃん」

「それはあり得ません、私は一切……」

吉見は部長に向かって慌てて首を振って見せる。芹は微かに微笑した。自然、それで吉見がその本の作者の正体を認めたことになる。部長は思いきり顔をしかめた。

「一年後。同じ場所、同じメンバーでまた殺人が再開されたとしたら、九割がたそれは一年前の事件と関係があるはず。そう思うわよね。それなのにどうして、一見関係ないはずの石山先生が狙われるのか。靖夫さんと石山先生がバー〈綸子〉で話をしたことは、私と雄くんしか知らないはずですもの……その事実を知る手がかりになり得る物があるとしたら、靖夫さんに関するもの……犯人が、靖夫さんと石山先生を結びつける物的或いは精神的証拠が存在するに違いないわ。石山先生が靖夫さんから手渡された『時限人魚』。それが、物的証拠にならなくてどうするのよ」

芹は考え考えしながら「そして本の中身は人魚姫……デンマーク。ドイツの隣の、さほど大きくもない国。よく見るとこのお屋敷には、デンマークと人魚姫が溢れかえっていたの」

「デンマーク？」雄は眉をひそめる。「……例えば？」

芹は頷く。「まず応接室。デンマーク語の本が多かったでしょう。おやゆび姫、アンデルセンの初版本もあったわ。そしてお祖父さまが自らレゴで作った目白のお屋敷の模型……『レゴ』ってデンマーク語で『よく遊べ』って意味。デンマークが世界に誇る知育玩具よ。ドイツに旅行したお祖父さまが、人形を持ち帰ったその時に当然、隣国デンマークに立ち寄り、本場でアンデルセンの本や、レアなレゴ部品をお買いになったことは、簡単に推測できるのよ」

石山も応接室に並ぶ本の背表紙を見、ドイツ語に似た言語とは思ったが——デンマーク語だったのか。同じように応接室にいて、同じものを眺めながら、何も分からなかった自分が情けなくなる。

「大伯母さまが怪我をした後、あの人形がまるで島流しにあったように、屋敷の二階に置かれたのはなぜ？　大伯母さまはもちろん、愛人の詳しい人となりなど何も話さなかったけど、夫と彼女のロマンスが、デンマークを舞台に繰り広げられたことは承知していたから。ヨーロッパの陶器が好きで、セーブルを普段遣いになさってる大伯母さま……シンプルな藍染めやブルーローズを好む大伯母さまが、デンマーク王室御用達のロイヤルコペンハーゲンを嫌い、一つも持っていないのは不自然……その理由は全て『デンマーク』というキーワードが教えてくれることよ」

「ばあさんも知ってたの？　あいつが爺さんの隠し子ってこと」

青ざめた京美が言った。「それで……あいつに殺されたの？」

「ええ」芹は目を伏せた。「大伯母さまは、最初、彼を見ても何者かは分からなかった……でも不信感を覚えたの」

「不信感？」雄が眉をひそめる。

「それって、僕と同じ、あいつが好きになれなかったってこと？」

確かに雄が感じていた嫌悪感は、特殊なものだったのかもしれない。今になって、石山はそう思う。

「いいえ、もっと具体的な疑惑。私も後で考えてやっと分かったことだけど……」芹は肩を竦める。

「私たちが初めてここに来た夜、大戸木先生から『古希』の話が出たわね。古希って幾つ、って京美さんに尋ねられた倉内さんは、七十を言い損ねてひどく混乱していたでしょう。三と二分の一……とかそう言って……フランスでは七十を六十プラス十って数えるけど、七十を三・五かける二十と数えるのは、デンマークの特徴なの。デンマークでは英語も使われているわ。雄くんは彼が英語が話せないって馬鹿にしていたけれど。倉内さんは十歳までデンマークで育ったことで、英語は忘れてもデンマーク語の、それも数の概念だけはしっかり頭に残っていたのね」

古希のことは確かに石山も記憶してはいるが、自分同様緊張しているせいだと思っていたのだった。数の数え方——数学を専攻した石山も、フランスやインドはともかく、デンマークまではさすがに考えが及ばなかった。

「あの時、大伯母さまは青ざめ、ぶるぶると震えていたの。その会話の後にすぐ二階でリヒャルト・ストラウスが大音量で流れたでしょう。誰かさんが登場人物の反応を見ようと、お約束の演出をしてみたのでしょうけど。みんな驚いて……大伯母さまもそのせいで驚いているように見えたけれど。普段、あまり動揺を表に出さない大伯母さまが、あの程度のちゃちな悪戯で驚くはずがないの……大伯母さまは、お祖父さまからデンマークのことを色々聞いていた。だから倉内さんの言い間違いから、瞬時に彼がデンマーク育ちであることを悟り……年格好からその正体と意図を悟り、そしてもう一つの顔を隠して、京美さんに近づこうとしている気持ちを恐れたの」

芹は手を組み合わせて細い顎を載せた。「あの夜、ＩＣレコーダから流れ、石山先生が聞いた『大三島』『ドイツ』これらが倉内さんに関わる言葉だということは分かるでしょ……だけど『興味を？　……それだけは……決して』というのはどうでしょう。これは、漢字さえ置き換えれば分かる。決して許さないのは『興味』ではなく『京美』さんのことだったの。大伯母さまは倉内さんを呼び寄せて全て告発した後、彼の歪んだ野望を非難し、京美さんを命がけで守ると宣言したの。まさか、その会話が録音され、自分の殺人に利用されるとは思いもしないで……」

沈黙が流れた。京美は黙って両手で顔を覆った。

やがて部長が唸りながら呟いた。

「では倉内、もとい斉藤が睡眠薬を飲んだのは、自分も石山さんと同じ被害者を装うつもりだったということですな」

芹があの時、石山の事件を過失に見せかけようとしたのは、他に狙われる人物はいないと確信していたからなのだ。

「ええ……」芹は頷く。どうやら一部始終を語り終え、会合は終結を見たかに思えた。

「でもあの、爆発は何？　なんで彼は不発弾なんか持ってたの？」

石山もずっと不思議に思っていたことを京美が尋ねた。

「さあ……私たちを地下道に閉じ込めるために岩を動かした時、たまたまそれを掘り起こしてしまったんでしょうね……きっとバチが当たったのだわ」

それまで論理的に話を進めてきた芹に似合わず、投げやりな言い方だった。何の罰だろう。田島観音の？　まさか芹の？　石山はまた田島翁の遺体を思い出して、瞼に焼き付いた光景を振り払おうと頭を振った。

「しかし、不発弾というのは、結構大きくて重いものだが……」

大戸木医師がため息混じりに言うと、芹は肩をすくめて、

「そうですね。私もあんな可愛い爆弾初めて見ました。一見、鉄アレイかと思いましたもの。直径は十センチそこそこ。長さは一メートルもなかったわ。たぶんお米一袋、十キロくらいの重さなんじゃないでしょうか。ロケット弾っていうやつですね」

「お前……見て、知っていたのか」吉見はまた絶望的に言って、頭を抱えた。

——そういえば、穴から助け出された時、芹が岩の辺りをじっと見ていた気がする。うわのそらで、珍しくうっかりした口調になっていたっけ。あの時そんなものを見ていたのか。

石山はぞっとした。あの近辺を掘り起こしていた自分たちも、下手をすれば吹き飛ばされたかもしれないのだ。

やがて部長は皆に、荷造りをするよう勧めた。警察もこれ以上被害者が出ることを恐れたのか、ようやく島を離れられそうだった。

芹と二人、階段を上りながら、石山はふと思い出して尋ねる。

「君が廊下で倉内さんに、何か知ってたら話してくれと言っていたのは何だったの？」

何度も殺されかかったとはいえ、京美の冷たい態度を見ると倉内が哀れな気もする。やるせない気分だった。

「疑ってると気付かれたらこちらまで危なくなるじゃない。先生だけでなく、私まで狙われたら防ぎきれないわ。罪のない探偵ごっこだと思わせていたから、自由に動けたのだし。単にああ言って反応を見たのよ。被害者を装って睡眠薬を飲んでみせるなんて、演出過剰もいいところだわ」

「カマをかけたのか……」

しおらしい態度はまやかしだ。芹はやはり殺人者になんの情けも掛けていなかった。

「君……船のエンジンが掛からないように細工したとか、言ってたけど。まさか……静電気かなにかで、火花が起こるようなしくみ……」

「何？」芹はちらと石山を見て、口角を上げた。

「いや……」恐ろしさのあまり、石山はそれ以上何も言えず首を振った。

幕間　八月十一日　午後十一時三十五分

「着きました、ここです」菜摘は車を止めた。

総合病院の入り口だった。田舎には不自然なほど立派な病院だ。高速を降りた地名には見覚えがあった。原子力発電所の誘致で潤った漁師町は、やたら新築の家や公共施設が目立つ。

菜摘は訳も分からず立ち尽くす脇田を促すと、救急の入り口から病院内に入り、時間外の受付へと向かう。不気味に広いエレベーターに乗り、腕時計を見ると、その針は五時を指したまま止まっている。ここのところずっとポケットに入れていたせいで、ねじが巻かれていなかったらしい。事実、病院の大きな柱時計はすでに十一時半を回っていた。

病棟は静かで何も物音はしない。面会時間はおろか消灯時間も過ぎているというのに、守衛は何も言わず、部屋番号を調べてくれた。脇田は嫌な予感を感じたが菜摘は黙ってドアをノックする。俯いているので表情は見えなかった。

菜摘とともに、暗い部屋に一歩踏み込んで脇田は思わず足を止めた。スタンドの暗い明かりに照らされてベッドに誰かが横たわっており、その顔には白い布がかけられていた。

「セッちゃん……」菜摘は呟く。

「誰か……死んだのか……これは。まさか……」

脇田は愕然と、その真っ白いシーツに覆われた物体を見た。

「脇田？」

聞き覚えのある声が闇の中から聞こえた。影になっていて分からなかったが、寝台の横には菜摘の双子の妹、若名摂子《せつこ》が憔悴しきって座っていた。脇田は自分の想像が外れていたことで、微かにほっとする。菜摘は摂子の肩を抱き、脇田に黙って首を振ってみせた。

髪の毛や服装は闇に沈み、白い顔だけがぼんやり浮かび上がる。

同じ顔が二つ並んで、じっと脇田を見上げた。摂子は激した気持ちを抑えた低い声で、独り言のように囁いた。

「この人、死んだの。盲腸を拗《こじ》らせたのよ……あんまりだわ。私が手を下す前に、こんなに呆気なく死んじゃうなんて」

「セッちゃん。少し休んだ方がいいわ」菜摘は言う。

「こいつ、誰なんだ……」

脇田は呆然と、その微動だにしない体を見つめた。はみ出した青白い手首に小さな赤い痣が見えた。

「まさか……皆本隼人?」そう言って思わず菜摘を見る。しかし菜摘は全て分かっていたかのように、ただ静かに摂子の隣に座っていた。

摂子は小さく頷く。「この人は何も考えてなかったわ。本当にいい加減で自分勝手だった。ただ、自分と同じ美しいものが好きなだけなの。花や音楽や、殺人さえも美しい芸術にしたかっただけ。奥さんも、私も、あいつらも……この人のそういう儚いところに引きつけられてたのよ」

「あいつら?」脇田は眉をひそめた。

「そう、大学合同の研究会に毛が生えたようなものだった。秘密の漏洩が怖くて規模も広げられなかったし、てんでバラバラな集団よ。この人のカリスマ性で、何とかまとまってたわ。新しいカリスマを見つけ出せなければ、そのうち自然消滅するでしょうね」

「何か、やったのか」

「ええ。食べ物の流通が不透明になることを、あいつらは極端に恐れていたわ。近い将来、それが当然になって誰も気にしなくなる。そんなこと人間にも環境にもよいはずはない。そうなる前に根を破壊するべきだって、言ってることは最も至極。でもやることはテロリスト……偏執狂ね」

「まさか……」

脇田はここのところ連続して起こった企業の爆破事件を思い浮かべる。しかし摂子は静かに首を振り、まだ記憶に新しい飛行機と大学の爆破予告を挙げただけだった。どちらも乗客や学生など一時避難したが、ただの悪質な悪戯として小さく取り上げられただけだ。

「みんな企業爆破より、もっと直接的なことを考えていた。予告はシミュレーションだったの。もう具体的なプランは出来上がってた。もっと直接的でもっと恐ろしい計画。あとはあんたさえ引き込めばよかったのよ。その準備も出来ていた」

「俺？」脇田は目を剝く。そして直前、訳もなく家庭教師を首になったことを思い出した。話しているうちに摂子は冷静さを取り戻し、口調も次第にはっきりしてきたようだった。

「あんたが爆発物を作ってること、学内公然の秘密だったわ。あんたの力が加われば、組織はお遊びの範疇を超えてしまう……なのにあんたは何を思ったのか、それ持ったまま旅に出た。正直焦ったわよ」

広島で会ったのは偶然ではなかったのか。脇田は息を飲む。そしてこの男の死に場所となった町が原子力発電所のあるここ、Q市であることを考えてぞっと背筋が寒くなった。

「……脇田、あんたには創造力があるわ。やばいものでもいいものでも、自由自在に作り出すことが出来る。あんたとあいつら、そしてこの人を結びつけたら、とてつもない怪物が出来上がることは分かってた……脇田。あんた、広島と長崎の原爆の違いってわかる？」

脇田は頷いた。「広島のリトルボーイはウラン235を、長崎のファットマンはプルトニウム239を使ったんだ」

「こいつってば、原爆忌は知らなくても、こういうことはすぐ答えられるの」摂子はくっと笑った。「きっとこれからもどんどん技術革新が進んでいくわ。そして人類は神の領域に達したと勘違いし、ある日突然、想像もつかないような恐ろしいことが起こる……この子が出来たって分かったとき、親子三人で『アイルランドのような田舎』に住んで、自給自足の畑仕事で生きて行けたらって、本気で思ったんだけどなあ……まあ、この人には無理だったでしょうけど」摂子はそう言って、自分の腹に手を当てた。

「お前、子供が？」脇田は驚いて言い、思わず菜摘を振り返った。菜摘も知っていたのか黙って頷く。摂子は初めて微笑した。その表情は満たされた母親のそれだった。

「お前みたいな小利口な女が、なんでこんなヤツと」脇田はその男を見た。

「きついわね」摂子は笑う。荒療治だが、気力が戻って来たように見えた。「誰にでも欠点はあるわよ。だめな男を好きになるのが私の欠点。この人はただ、崇められて持ち上げられて、いい気分になってただけのお馬鹿さんよ。本当はこの世界が続こうと途絶えようと、どっちでもよかったの。あいつらにとっては象徴でも……この人自身は、雑務や汚い仕事にまるで興味はなかったわ。だから、あんたにだって興味はなかった……菜摘は本当に大胆なことをしてくれたわ。奥さん殺しのトリックを暴いてこの人を脅すことで、私からも組織からも遠ざけようとしたのよ」

脇田は複雑な気持ちで顔をしかめる。当の菜摘はただ静かに微笑むだけで何も言わなかった。

「蔵の仕組みくらいお前にも分かってただろ」脇田は摂子に尋ねた。

「ええ。発火はね、トリックそのものは単純だったから」摂子は頷く。「でも、テープレコーダの遠隔操作《リモート・コントロール》は今ひとつ……アメリカなんかにはそういう装置もあるそうだけど。どうやったの？」

脇田がため息混じりに炭を使うことを説明すると、摂子は呆れたように顔を上げた。

「そっか、あんたやっぱ頭いいわ。トリックの材料は原始的であるか、もしくは最先端か……極端であるほど、分かり難いってことね」

「組織のやつらは？」

「うん」摂子は微笑した。「彼が超能力でやったんだって、みんな思いたがっているのよ。利口なんだか、馬鹿なんだか……本当によく分からない連中だわ」

「十分、報いを受けたんですもの。だから、脇田さん。このことはもう……」

菜摘が言う。本人が死んだ今、生まれる子供のためにも全てを忘れて、謎のままにしておいてくれということなのだろう。脇田は頷く。今更、犯行を表沙汰にするつもりなどなかった。

「しかし何で、奥さんを？」

「邪魔になったのよ。いい加減、自由になりたかったんでしょう」

「……冷酷だな」

「その辺歩いてる普通の男だって、たいてい奥さんを殺したがってるわ。いい方法を思いつかないから実行しないだけ。結婚して十年以上たってまだ奥さんラブの男なんて、ある意味気持ち悪いわよ」

摂子は苦笑した。そして横たわる皆本に目を向ける。

「このいちご痣、彼のお父さんにもあるの。時々家系に現れるのですって。この子もいちご痣や、なによりこの人の危うさを受け継いでいるかもしれない。だからこそこの子には、地に足のついた剛健さを持って育ってほしい。できれば公僕として、人のために働くことを自負してほしい。それがあの連中への、せめてもの抵抗《レジスタンス》」

そう言ってお腹に手を当てる。その手に菜摘は自分の手を重ねた。

「……戦争。終わったじゃない。これからの世の中は暗いことばかりじゃないわ。人間もそんなに愚かじゃない。破壊からは憎しみしか生まれないことに気付くの。その子が学校を卒業して、仕事を持つ頃はもう二十一世紀ですもの。私たちはのんびり地上絵《ナスカ》や空中都市《マチュピチュ》を見に、南米へ行きましょう」

「二十一世紀……そんな先まで、世界が無事に残ってるのかしらね」

摂子が言うと、菜摘はめっというように摂子を睨んだ。

「セッちゃんはこれからお母さんになって、その子を育てていかなければならないのよ。もちろん私たちも協力するけど、そんな悲観的なことを言っていてはだめよ」

「そうね。いっそ、菜摘に育ててもらおうか。私だとまた、この人の二の舞にしそうだし」

「そんな……無責任な」思わず脇田が口を出す。

摂子はそんな脇田を見て笑った。

「……彼らに限らず、これからはどんどん行き場のない若者達が社会の膿をため込んでゆくでしょうね。今は学ぼうとしても新鮮な理論や教えが足りない。だれもがそれを欲しがっているのに、昔の使い古された思想しかないの。そう言う時代には間違った考えでも、目新しいだけで魅力的に見えてしまうのよ。それに群がる彼らはモラルはないくせに、プライドだけは高い。知識もどんどん細分化されていくでしょう。技術改革の恩恵を受けて、破壊活動も多様化される。あいつらはカリスマを選び損なって失敗したけど、これからは自らカリスマ的な悪人もどんどん出てくるに違いないわ」

「セッちゃん。あなたはもっと自分を大切にしてね。世の中には生きたくても生きられない人がたくさんいるのだから」

菜摘が子供に説教するように言う。

「他人のことなんか、知らないわよ」摂子は苦笑して、バッグから紙袋を取り出した。

「それから脇田、これ返す。あんたも危ない男だけど、菜摘がいれば大丈夫そうね。あんたをまんまと利用する傍ら、この何日間で完全に毒気、抜いちゃったもの」

脇田は袋を受け取りながら中を覗いた。トラップ配線など作ってはいなかったが、摂子はそれを切ることを避けたらしく、雷管だけきちんと分解してある。脇田は今更ながら、摂子の知識に恐れをなした。摂子が惚れていたこの男とも一度ゆっくり話をしてみたかったと思う。

「そういえば……」菜摘は肩を竦めた。「ごめんね。セッちゃん、車、傷付けちゃった」

「へ、A級ライセンス持ってるあんたが？」

A級ライセンス？　脇田は驚いて菜摘を見る。そして車の持ち主を知って納得した。「お前のだったのか、どおりで派手な車だった」

「バイトして買った大事なケンメリよ。修理代、あんた達に払ってもらうからね。あと、菜摘、あんた山谷の炊き出しはやめなさいね。母さんが心配してるんだから」

「え？」脇田は驚いて目を見張る。菜摘はぺろりと舌を出した。

摂子もようやく笑って、小さなトランジスタラジオを取りだした。雑音に紛れて軽快なピアノとハーモニカが流れる。

「ジャズ？」脇田が言うと、菜摘は微笑した。

「ビリー・ジョエル……今夜、私のために歌をうたって。ピアノ・マン」

「やだ、なんでだろ。泣けちゃうじゃない」摂子は初めて肩を震わせ、手で顔を覆った。

一九七五年——昭和五十年。

五月にサイゴン放送が南北ベトナムの境界線解放を告げ、ベトナムの戦争が終結したばかり。時代はゆっくりと、視界ゼロと言われる方向へと進んで行きつつあった。そのなかで脇田、菜摘、摂子。それぞれの夏も、まもなく終わろうとしていた。

八月十一日　午後四時十分

島の滞在客が荷物をまとめ、警察が差し向けた三艘の船に分かれて乗り込んだのは、夕方のことだった。石山と芹が島に来てから、早くも五日が経過している。

皆で福山まで戻り、東京へ帰るものはそのまま駅前のホテルに一泊する。石山だけは当初の予定通り実家に立ち寄るため、今治へ渡る最終バスを予約していた。警察から所在だけははっきりさせておくよう言われたものの、さほど拘束されることもなく済みそうだ。

石山は雄、芹と共に部長と同じ船に乗った。日が傾いて海がオレンジ色に光る。

七年前、一年前そして今。島で起こった全てを見てきた田島観音が次第に遠ざかってゆく。

「今思うと、人形の情念殺しを真似した出来の悪い演出……ばあさま本人が見られなかったの、唯一の救いだったかなって思って……」。

雄は漢文の参考書を閉じてそう言い、遠く光る波に視線を投げた。

「これ、あんまり大きな声で言えないことなんすけど……奥さん殺されたっていう俳優。ばあさまが、前の旦那さんの所に残してきた実の息子なんですよ」

「え?」思わず大きな声を出した石山は、しっと雄にたしなめられて慌てて口を噤んだ。幸い、芹と部長には聞こえなかったらしく、何やら楽しげに談笑している。

「芹さんち、若名家って由緒正しくて、そこのお嬢様だったばあさまは十代で親の決めた埼玉の大店に嫁いだんですけど。耐えられなかったらしくて。子どもを残したまま、店に出入りしてたじいさまと手に手を取って逃げちゃった……きっと倉内はそれ知ってて、わざとあんな風に飾りたてたんですよ。ほんと、どこまでも人の気持ちをえぐる最低なやつ」怒りが収まらないように目を吊り上げる。「父さんが生まれてからも、その息子って人にはたまに会ってたらしいですけど。結局、その人も早くに病気で死んじゃったって。ばあさま、色々つらかっただろうな」

「……そうか」

それで大戸木医師が過去の事件を話題にした時、なにやらわだかまった空気が流れただけで、誰も話に乗ってこなかったのか——今になって態度の不自然さに思い当たる。

「船の揺れで、気分が悪くなるわよ」部長との話が終わったのか、芹が麦わら帽子を手で押さえながら、雄に声を掛けた。来た時と同じように、船から見える景色に興味津々だ。

「ほお、漢文か。わしにはチンプン漢文じゃ」

部長のおじさんギャグに、雄は、ははは と力無く笑う。石山も今頃になって脱力感が襲って来て、煩わしい実家よりそのまま東京のアパートに戻りたい気分だった。部長だけは芹と話をするのが楽しいのか、妙に上機嫌だ。しかし眼光鋭いのも伊達ではなく、その間も抜け目なくあちこち観察している。勉強を諦めた雄が、スポーツバッグのファスナーを開けて参考書をしまおうとすると、ぼろぼろのカステラの箱を目敏く見つけ、手を伸ばした。

「それも勉強の道具かね」

「違います。何でもないです」雄は顔色を変えてバッグを引ったくり、無理矢理ファスナーを閉めようとした。

「ああっ……」

石山と芹が同時に叫ぶ。反応が過剰だったせいで、勢い余ったバッグが、雄の手を離れて空中に跳ね上がってしまったのだ。

蓋が開いたそれはふわりと歪な放物線を描いたかと思うと、エメラルド色の飛沫を上げて海へ落ち――ゆっくり吸い込まれていく。石山は息が詰まりそうになった。

「止めて、船、止めてください」雄が半狂乱になって叫んだので、驚いた操縦士は振り返ってスピードを落とした。

「どうしたんだ」

「僕のバッグが……僕の……」

雄はTシャツを脱いで、痩せた上半身を顕《あら》わにすると、海に飛び込もうとした。慌てて石山と部長が両側から押さえる。

芹が眉をひそめた。「だめよ。ここは凄く深いわ。流れも速いし、今飛び込んでももう、何も見つかりはしないわよ」

「でも……」雄は涙目になって海を見つめた。

「悪かったな、坊主、そんなに大事なものが入っていたのか」

「そりゃ、そうだよ。あの石はエメ……」放心した雄は目を泳がせて譫言のように呟いた。「何よ、大げさね」芹が言って、雄の背中をばんと叩いた。「命の方が大事でしょ」

我に返って口を噤むと、雄はがっくりと肩を落とす。

そこに空っぽの木箱がゆっくりと浮かび上がってきた。雄は必死でそれを引き揚げたが、全て流れ出し、何一つ残っていないことは一目瞭然だった。雄が何度も箱を開いては見ていたので、貼っていたテープも粘着力を失っていたらしい。バッグ自体も本などが重りになって浮かび上がって来なかったが、潮の流れも速く、どう見ても石を拾い集めることなど不可能だ。

「もうだめだ……どうして運命は、僕にだけこんなに過酷なんだろ」

「また、良いこともあるわよ」芹は慰め口調で言った。

「海に返すべきだったのかも。水軍と運命を共にしてね」

船がまた大きなエンジン音を立てて動き始めると、雄は石山だけに聞こえるように言った。

「人生なんて、諦めの連続っすよね……先生、今から田舎に帰って、やっぱりお見合いするんですか」

「……さあ」

石山は夕日がシルエットに描き出した島々を見つめて、長いため息をついた。

二〇一五年一月二日午後三時三十分

披露宴の間、退屈そうに欠伸を嚙み殺していた芹は、宴が終わるや否や、石山を追い立てるようにしてホテルの一階のティーラウンジに落ち着いた。

「このメンバーが集まると、また不吉な強迫観念に囚われるわね。おめでたい席だっていうのに、パブロフの犬みたいで鬱」

伸びて幾分女らしくなった髪の毛を、芹は煩そうにかき上げた。

コンピュータ、ネット、携帯電話、すべてが矢のような方向性を持って進化し、大きく様変わりした十年。震災が起こり、日本国中が不安と涙に覆われた時期もあった。しかし十年一昔というわりに、こうして会ってみると、すぐ皆、元の雰囲気に馴染んでしまうのは不思議なことだ。

芹は東京に帰るとすぐ、遊学と称していきなりロサンジェルスに行ってしまい、つい十日前に帰国したばかりだった。もともと米国生まれの芹は、それなりに学生生活を楽しんでいるようだったが、時に「愛をこめて」と書いた絵葉書とともに、ネイティブアメリカンの羽根飾りなどを送り付け、石山をおののかせることも忘れなかった。

そしてよほど勉強が好きなのかと思いきや、今の肩書きは「ジュエリー・エグゼキュター」。自らアクセサリーを制作しつつ会社を立ち上げ、日本でも女性ならほとんど知っているほどのカリスマデザイナーとなっていた。

芹は大人びた様子に整えてもまだ、若干濃いめの眉をひそめて言った。「披露宴は素敵だったわ。京美さん、人を束ねていく人間の器って、ほんとあああいうものなのだと思う」

花嫁に対する賛辞とは思えないが、彼女なりに祝福してはいるのだろう。そういう芹は、黒いシルクのワンピースに生花のコサージュ、ゴールドの自作アクセサリーというシンプルな姿で、清楚な美しさを際だたせている。

そこにやっと、披露宴会場を抜け出した雄が、息を切らして入ってきた。雄は今、弁護士事務所で働いている。ずっと理系だと思い込んでいた石山は、在学中に司法試験に受かったと聞いて、ひどく驚いたものだ。芹に髪を切られて以来、ぐっとお洒落にもなった様子。前よりずいぶん明るい感じだった。

「吉見さん、元気？　忙しいんでしょ」

散々犯人扱いし、罵ったことが未だに照れくさいようだ。石山たちもその後何度か事情聴取されたりしたが、捜査が進むにつれ、事実は立証されていき、ほぼ間違いなしと判断されたものらしい。ただ田島観音の下の地下道の目的と、不発弾が暴発した経緯に着いてはついぞ警察も分からぬままなのだった。

「そうね。いつ電話してもいないって母がこぼしていたから」

芹はどうでもいい様子で言って、紅茶を口に運ぶ。雄は「僕、カプチーノ」と注文してから、水を一口飲んだ。

「そうだ、これ」芹はふと思い出したようにラメのバッグをあけ、中から小さい指輪のケースを取り出した。石山と雄が覗き込むと中には緑色の石が一つ入っている。

「あ、あのエメラルド？　どうしたの」雄は目を見張った。

「バスタブで頭から被ったでしょ。あの後、シャワー浴びようとしたら胸の谷間に残ってたの。三つだけ」

石山は顔をしかめたが、雄はエメラルドにしか興味がない様子で、

「もう見られないと思ってた……すごいな、寄せて上げるブラ」指でつまむと光に透かす。「あ、後の二つは？」

「うふふ」芹はふわりと髪をかき上げて笑い、加工したエメラルド色の石を見せた。かなり小さくなっているが、その分深みと輝きを増している。

「あーっ。ピアス。なんだよ。勝手に」

「いいでしょう。そもそも一つも手元に残らないはずだったのだから。それで満足なさいな」

相変わらず戦前のような物言いでいい、ケースを指ではじく。

「ちぇ、性格悪いの変わんないね」

「それとね。今さらなんだけど」芹はまるでおかまいなしに「あの時、五輪の塔と地下道の岩肌を削って持って帰ったでしょ。専門家に調べてもらったら、五輪の塔の方に緑柱石《ベリル》が含まれていたの」

「え？　ええ？　なにそれ？」

初耳の雄が素っ頓狂な声を出したので、芹は顔をしかめる。

「声が大きいわよ。でも緑柱石《ベリル》って、グリーンならエメラルドだけど、青だとアクアマリンだし、紅ならモルガナイトって色によって全然、価値が違うのですって。本来、瀬戸内海に緑柱石があっただけでも奇跡に近いの。深いグリーンのエメラルドがある、と思う方が無謀だったのよね」

「ええ？　エメラルド？　地下道に？」

雄はなかなか話に追いつけず、すっかり混乱しているようだった。

「じゃあ、その緑柱石は？」石山は尋ねる。

「無色、ただの透明だったわ」芹は苦笑して、ゴールドの指輪が光る右手でグラスを持ち上げる。「でも、むしろ地下道の岩肌の方にグリーンの鉱物がたくさん露出してたでしょ。どうやら、あそこで何か採掘してたみたいなの。ほら生口島、瀬戸田の耕三寺の近くに青い崖ってあるのを知らない？　孔雀石やブロシャン銅鉱なんかが出ることで有名なんだけど」

「知らないよ、そんなの」自分だけが地下道を探索できなかったことを、根に持っているような口調で雄は言った。

「そことよく似た地層だったみたい。地下道で出たのは、青緑の斜開銅鉱と、緑の川状になったアガード石だったわ」

「それって何？　宝石？　ただの石？」雄は言った。石山にもそのくらいの区別しか出来ないので笑えない。芹は頰を膨らませて「このエメラルド。同じラインで作った抹茶飴みたいに、傷もなくて、大きさも粒も揃っていたわよね。そんなのちょっと変でしょ」

「じゃあ、偽物だったの。これ。合成？」雄はやっと話が摑めてきたのか、ケースごとエメラルドを光に透かして見る。

「エメラルドって、高温で結晶を成長させて合成するらしいの。見ただけではほとんど分からないんだけど、比重や屈折率が天然よりもわずかに低い。でもね」

芹はケースから石を取り出し、二人の前に差し出した。

「この石は、比重も屈折率も、天然の物より高いのよ」

「どういうこと？」雄は訝しそうに眉をひそめる。

「人工宝石の分野では、淡い色の緑柱石の表面に濃いエメラルドを張りめぐらせる方法があるのだけれど、ほとんど天然のものと同じ性質になるのですって。でも経費が恐ろしく掛かって、かえって損をするからって、誰もやらないらしいの。その方法だと、比重や屈折率が本物より高くなるんじゃないかって。でも厳密にはこれはその方法とも微妙に違う『謎のエメラルド』ってことしか分からなかった。でも一見、本当のエメラルドにしか見えないって」

「それってさ。グリーンの孔雀石かなにか、他の鉱物と緑柱石を使ってエメラルドを合成する技術があったってこと？　あんな昔に」

「水軍に関わる人の中にいたのかも、そういう人」芹はあっさり答えた。

「だって水軍って、国際人だったでしょう。高度ではないにせよ、模造や処理宝石の類なら古代エジプトからあったって言うわ。アジアの、たとえば中国やインドの天才職人が、現代の科学でも解明できない技術をもって作り上げたとしても不思議じゃない。だってエメラルドは医学的にも色々な効用があると信じられていたもの。ただの宝飾品とはちょっと違うのよ」

「それでじいさまも始末に困って、天井裏に隠しておいたのか……」

芹はその話はもう終わり、とでもいうように頷いて、指輪ケースの蓋をぱちんと閉めた。そこにちょうどスーツに着替えた新郎新婦が、みんなに囲まれてロビーに下りて来るのが見えた。

「でも……」雄はため息をついて遠目に二人を眺めながら、

「本当に音楽のライターで倉内って人がいて、その人がまた姉さんとくっついちゃうなんてね。なんか。節操ない感じで嫌だなあ」

「仕方ないわよ。別の人なんだし。偽倉内さんは元々、未解決事件などのルポ中心に書いてた社会派ライターだったらしいわ。だから四十年以上も前の、何とかいう俳優の事件にも詳しかったのね」そう言いつつ、芹も内心、納得できないようにみえる。

「だって、姉さんのために彼、人殺しまでして自分でも死んじゃったわけだよね……なんか嫌だなあ。でも偽倉内って、意外と気が小さい人だったよね。芹さんに指摘されただけで尻尾巻いて逃げようとしちゃって。僕なら芹さんをまず消しちゃうな。名探偵きどるために、もったいぶって誰にも話してなかったわけだしさ」

雄は穏やかならぬ発言をする。石山は苦笑した。今だから笑い話にもなるが、その時は確かに、何が起こってもおかしくない状況ではあった。

「そうね。だから私が殺したのかもしれないわ」

「え」雄は絶句する。「……冗談でしょ」

「冗談よ」芹はニコリともせずに言った。石山はまた背筋が凍る。

「あの島は岩山が崩れて、岩が不自然に転がってたでしょ。あれは自然の地形ではないわ。海軍工廠に近いせいで、戦時中に散々爆撃を受けたの。手つかずの無人島だった田島に不発弾が残っていたとしても不思議じゃないのよ」芹がプラスティック爆弾を持ち込んだ、などというきわどい話でなくてよかったと石山は思う。

雄も毒気に当てられたように、ロビーで皆に囲まれている新郎新婦をぼんやり見つめていたが、その後ろに誰か見つけて嬉しそうに手を振った。

「あ……」

上品な大人のカップルが、雄たちに気付いてこちらに歩いて来る。

「先生、芹さんのご両親だよ」

石山は驚いて腰を浮かせた。二人ともずいぶん若い。特に母親は細身で可憐、芹と並んでも姉妹のようだ。石山は田舎の母を思い浮かべ、これで吉見の母でもあるのかと信じられない思いだった。

「大恋愛の学生結婚なんだって。お父さんは養子に入るって条件で結婚を許してもらったんだよね」雄が小声で言う。

「恥ずかしいから解説しないで」芹が顔を背けた。

母親は優しい笑みを浮かべてテーブルに近づき、雄と芹、石山にも微笑みかける。

「雄ちゃん。今日はおめでとう。京美ちゃん、きれいだったわね」

「菜摘さんの方が、ずっときれいっすよ」

雄がため息混じりに言うと、仕立てのいいスーツを着こなした紳士が小さく吹き出した。妻が玉虫色のショールを掛け直すのをさり気なく手伝う手に、火傷のような傷が見える。よく見ると顔にも引きつったような傷があるが、それがまた渋みを感じさせる容貌だ。

芹の母、菜摘は雄に石山を紹介されると、その大きな瞳でじっと石山を見つめて微笑した。

「芹がお世話になって……」

深々と頭を下げられて石山は恐縮しつつ、その優しい笑顔に心が癒される。ひとしきり差し障りのない話をして菜摘たちが立ち去ると、それまで具合が悪そうにそっぽを向いていた芹が、ようやく元の様子に戻った。

「菜摘さんって、なんか超越した感じあるよね。きれいだし。先生、見とれて口開いてましたよ」雄が言う。

「あの人、苦手なのよ。天然のくせして案外、鋭い所もあるし」芹も顔をしかめる。彼女にしては子どもっぽい反応だった。

「僕、ずうっと芹さんて一人っ子だと思ってた」

「兄貴は、中学からずっとよそにいってたもの……それに」

芹は何でもないことのように付け加える。「兄貴の母親は、本当は母の妹なの。叔母は仕事でほとんど海外だし、生まれてすぐうちの子になったみたいだけど」

「え？　嘘。知らなかった。じゃ、いとこじゃん」

「そうね」雄の反応にかえって驚いたように答える。

「でも姉妹って言っても、一卵性双生児だから、異父兄妹に近いわね。叔母がいつも言ってるわ。うちのオヤジがいつまでも妻ラブなのが、相当気持ち悪い、って」

「だって奥さん、菜摘さんじゃん。誰だってそうなるよ。じゃ、吉見さんのお父さんは？」

「うん。市役所の戸籍係だったって。無遅刻無欠席を貫く余り、結婚式直前に盲腸をこじらせて死んじゃったらしいわ」

「へえ……」吉見の、見掛けに合わない真面目さは、そういう父親の血を引いたのか。石山は妙に納得した。

「来週から、姉妹で南米に旅行するのよ。二人とも忙しくてほとんど無計画、行き当たりばったりだから、兄貴が心配して煩いったらないの」

「ふうん」菜摘のような母親が二人もいるなど、複雑な生い立ちを差し引いても羨ましい限りだ。

「そう言えば僕もこれ、芹さんに渡そうと思って持って来たんだ」雄が思い出したように言い、大きな紙袋から無造作に取り出したのは、あの骨董人形だった。

「靖夫兄さんの形見。気味悪がるんじゃないかって、姉さんなんかは言ってたんだけど」

「いいの？　ありがとう」芹は気にする風もなく、喜んで人形を受け取る。改めて見ると美術館にでも展示されそうな美しい人形だ。特に正装した芹が持つと、西洋の絵画のように見える。胸には芹のピアスとお揃いの石が光っていた。

「でも、平気？　ばあさまのこと、思い出したりしない？」

「この子のせいじゃないもの」芹が言うと同時にロビーで拍手が起こる。新婦に花束が手渡されたようだった。

「僕なんか、姉さんの旦那さん見たら、倉内つながりでいつも事件を思い出しそうだ」雄はそちらを見ないようにして言った。

「人物も性格も全然違うよ。話してるうちに、すぐ忘れてしまうと思うけど」

石山は何とか取りなそうとするが、雄はどうも納得できないようすで、苦そうにカプチーノを飲み干した。

芹はまだ人形を抱いて、ロビーの方を振り返ろうともしない。カシャリと顔を回転させて泣き顔を出し、しばらく見つめて元の顔に戻した。「この顔はもう、封印ね。この子には両面人形《マルチフェイスドール》ではなく、骨董人形《アンティークドール》として、残りの人生を過ごしてもらいましょう」

「でも、兄さんのダイイングメッセージとかじゃなくてよかった。そしたら芹さんにもらって、なんて言えないもん」

雄は顔が元に戻った人形を見つめて、独り言のように呟いた。

芹は目を上げて「そうねえ、誰も気付かないでしょうね。そういうところ、全く靖夫さんらしくてつらいわよね」

「え？」雄と石山は同時に声を上げる。

「ほんとはあれ、ダイイングメッセージだったのよ。靖夫さんは、断末魔の苦しみの中、誰にも伝わらない残念なメッセージを残したのよ。皮肉にも、そのレベルに感応したのは犯人だけ。だから大伯母さまを殺害した時、わざわざ見立てを作り、あんなオカルトチックに人形を置いて、メッセージを隠そうとしたんだわ」

「どういうこと？」雄が呻いた。

「ヨーロッパからお祖父さまが持ち帰った人形。笑顔の裏に泣き顔を持つ、二面性のある性格。彼と共通する部分が多いわ。でもそういうのではなく……」

その時、石山を見つけた新郎が満面の笑みを浮かべ、大げさな仕草で喫茶室に入ってきた。

「やあ、石山、来てくれてありがとうな。お前はまだ、結婚出来そうもないのか。遠慮なく、すぐ後に続いてくれて、ＯＫ牧場だぞ」

「……無理、言わないでくださいよ」

音楽評論家として、何度かペンネームに使ったことがあったらしいが、今は「ジム倉内」より「ニャンコ・アンダーソン」の方が有名だ。靖夫が知っていたのは意外だが、そういう言葉遊びをいかにも喜びそうな気もする。

新郎、バー〈綸子〉のマスター仲野は、カウンターにいる時と同じ笑顔で笑った。

芹は講釈するように呟く。「〈綸子〉……あの店のコンセプトって、三味線の歌謡集『松の葉』だったわよね。『池田伊丹の六尺達は、昼は縄帯縄だすき、夜は〈綸子〉の八重まはり』。伊丹の酒造り男は、昼は荒縄をたすき掛けにして腰に巻いて働いても、夜は、絹の〈綸子〉を八重にまとってお洒落。まるでガテンを感じさせない伊達男。それこそが粋だっていう……。あの人形のウエストに、ぐるぐる巻き付いていた縄は縄帯、縄だすきだったわ。そこから〈綸子〉」

「げっ。最低。そんな超マニアなネタ。誰がわかるんだよ」

雄は露骨に顔をしかめた。「でも、兄さんらしい独りよがりだけに辛いなあ。縄帯縄だすき……〈綸子〉……ジム倉内」

「なんだ、なんだ、謎かけか」新郎は物見高そうに顔を近付ける。

「ヘイ、ジム。バッド、バッド」芹はいきなりハスキーな声で歌うように言った。

「ルロイ・ブラウン。おうよ」新郎は嬉しそうに答える。

「ね、これが、本物のジム倉内の反応よ」

石山は呆然と二人を見比べた。

『ジムさんは、広島まで何で？　飛行機？』

初めて埠頭で会った時、彼は芹の謎掛けに応酬できなかったのだ。

ジム・クローチは七〇年代、三十才の若さで飛行機事故で亡くなった悲劇のシンガーだった。その遺作がアイ・ガット・ネーム、私は名声を得た、というのも皮肉な話だ。仲野の芸術の原点が太陽の塔なら、音楽の原点は往年のフォークシンガー、ジム・クローチらしい。そのクローチを倉内ともじってペンネームとしたのだという。

乱歩みたいだ、と雄など顔をしかめるが、当の新郎はロビーから新婦に手招きされてうれしそうに店を出てゆく。雄もしばらく後ろ姿を目で追っていたが、時計を見てあたふた立ち上がった。

「行かなくちゃ。デートなんだ」

「へえ、憎らしいわね、みんな幸せになっちゃって」

「宏明兄さん、ほどじゃないって」雄は笑った。ポジティブシンキングを取り戻した宏明は、昨年美人若手女優と結婚し、実業家としてマスコミにも時々顔を出すようになっている。

芹は人形のブローチを外し、雄のスーツのポケット辺りに付けてやった。女の子のブローチなのに、妙に似合うのが雄らしい。

雄は照れたように笑って「そう言えば芹さんってさ。まだ、ニーチェを大音響で流したの、僕だって思ってるの？」

「……違うなんて言わないでね」芹は急に青ざめる。

「だいたい、兄さんがどうしてあの本を先生に渡したか、それだって無作為の作為みたいなもの、感じるじゃん。世の中には、科学や理屈じゃ証明できないことがあるってこと」

「……やめてよ」

雄はしてやったりという顔で笑い、西欧の貴族さながら優雅にお辞儀して見せた。

参考文献その他

『瀬戸内水軍　村上水軍の動向とその資料』（広島県教育委員会　因島市教育委員会）

『広島県重要文化財　因島村上家文書』（因島市教育委員会）

宇田川武久『瀬戸内水軍』（二〇〇〇年、ニュートンプレス）

愛媛県高等学校教育研究会社会部会『新版・愛媛県の歴史散歩』（一九九一年、山川出版社）

崎川範行『宝石』（一九六三年、保育社）

佐藤和夫『海と水軍の日本史』（一九九五年、原書房）

砂川一郎『宝石は語る　地下からの手紙』（一九八三年、岩波書店）

広島県の歴史散歩研究会『新版・広島県の歴史散歩』（一九九二年、山川出版社）

増淵宗一『現代美学双書 4　人形と情念』（一九八二年、勁草書房）

松原聡『日本の鉱物』（二〇〇三年、学習研究社）

山内譲『海賊と海城　瀬戸内の戦国史』（一九九七年、平凡社）
「広島平和宣言」（一九七五年）

その他、たくさんのＨＰ、ウェブサイトを参考にいたしました。改稿にあたり、ご尽力いただいた原書房の石毛力哉さまにも深く御礼申し上げます。

川辺純可（かわべ・すみか）
広島県呉市生まれ。日本女子大学文学部卒。京都市在住。
2013年、『焼け跡のユディト』で島田荘司選第6回ばらのまち福山ミステリー文学新人賞優秀作（応募時のタイトルは「麝香草荘のユディト」）、翌年に同作刊行。

時《じ》限《げん》人《にん》形《ぎょう》

●

2016年9月16日　第1刷

著者…………川辺純可《かわべすみか》

装幀…………川島進

発行者…………成瀬雅人
発行所…………株式会社原書房

〒160-0022 東京都新宿区新宿1-25-13
電話・代表03（3354）0685
http://www.harashobo.co.jp
振替・00150-6-151594

印刷…………新灯印刷株式会社
製本…………東京美術紙工協業組合

ISBN978-4-562-05347-6, Printed in Japan